HORROR-TASCHENBUCH

BAND 38

Zuletzt erschienen in der Reihe HORROR TB:

Nate Southard

RED SKY

Aus dem Amerikanischen von
Sandra Schindler und Wolma Krefting

FESTA

Die amerikanische Originalausgabe *Red Sky*
erschien 2010 im Verlag Thunderstorm Books.

1. Auflage März 2012

Titelbild: iStockphoto.com
Lektorat: www.bueropia.de

ISBN 978-3-86552-146-0

Für Norm Partridge.
Keiner mischt das Düstere und das Grauenvolle
besser als du.

DANKSAGUNG

Vielen lieben Dank an meine Freunde und meine Familie und an Paul Goblirsch für die erneute Zusammenarbeit. Danke Alex McVey für das wunderbare Cover der US-Erstausgabe und all denjenigen, die beim Lektorat geholfen, mir Mut zugesprochen oder mich mit konstruktiver Kritik unterstützt haben. Eure Hilfe und euer Beistand sind das, was zählt.

Und danke fürs Lesen. Das meine ich ehrlich.

1

Als er die merkwürdige Veränderung in Dales Stimme hörte, war Danny Black klar, dass der Banküberfall schiefgehen würde. Er hielt inne, starrte auf die Bündel Hunderter in seinen Händen und hörte die Worte des schwergewichtigen Proleten. Den ganzen letzten Monat war ihm Dale als fröhlicher, etwas einfältiger Typ erschienen, der all seine Aufträge ohne Murren ausgeführt hatte, aber nun klang die Stimme des Gorillas schroff und kalt.

Als Danny das letzte Mal geschaut hatte, war Dale durch die Menge gelaufen, um Geldbörsen einzufordern und den Menschen zu befehlen, mit dem Gesicht nach unten liegen zu bleiben, damit niemand verletzt werden musste. Er hatte gute Arbeit geleistet, denn niemand geriet in Panik, während er seinen Job erledigte. Jetzt befahl das fette Arschgesicht den Leuten plötzlich, ihren verdammten Blick abzuwenden, bevor er wirklich angepisst sein würde. Danny gefiel dieser Ton ganz und gar nicht. Nicht im Geringsten.

Er löste den Blick von den gebündelten Banknoten und spähte aus dem blitzblanken Tresorraum. Draußen stand Nelson wie versteinert vor einer Kassenschublade und behielt die Eingangshalle im Auge. Eine attraktive Kassiererin kauerte ganz in seiner Nähe auf dem Boden.

Danny arbeitete schon seit ewigen Zeiten mit Nelson zusammen. Beide wussten ganz genau, was den anderen in Panik versetzte. Wenn etwas einem von ihnen Angst machte, konnte man davon ausgehen, dass es den anderen auch nicht kalt ließ. Nelson schaute ihn kurz an. Danny blickte fragend zurück. Nelson schüttelte seinen kahlrasierten Kopf.

Plötzlich brüllte Dale wie ein Löwe. Ein Schuss war zu hören.

Danny presste die Augen fest zusammen und eine Reihe von Zahlen erschien vor seinem inneren Auge: das Geld, das ihnen bei einer übereilten Flucht durch die Lappen ginge, die Anzahl der Polizeibeamten, die sich an ihre Fersen heften würde und die verschärften Strafen, wenn aus einem Raubüberfall ein Mord wurde.

Verdammter Wichser.

Danny ließ das Bündel Hunderter fallen und rannte aus dem Tresorraum. Er zog seine 9-Millimeter-Pistole aus dem Schulterholster und hielt sie einsatzbereit vor sich. Sein schneller Blick überflog die Eingangshalle: die künstliche Lehmziegelmauer, Bilder von der Eroberung Lateinamerikas und den ersten Bahnhöfen, leere Schreibtische der Kreditabteilung und die Doppelglastür, die auf die Straßen von El Paso führte.

Jemand schrie, aber es gelang Danny, die Angstschreie in Sekundenschnelle auszublenden. Sie waren nicht wichtig. Angestellte und Kunden konnten warten, bis ihm klar war, was zum Teufel gerade vor sich ging.

Nelson stand immer noch reglos hinter dem Schalter. Die Kassiererin schniefte und war den Tränen nah. Gina befand sich dort in der Nähe und fixierte Dale. Dass sie so erregt aussah, machte Danny Angst. Gina und Dale waren nur im Doppelpack zu haben, jeder von beiden weigerte sich, einen Job ohne den anderen auszuführen. Danny wusste, dass beide ineinander verliebt waren, und hatte schon immer vermutet, dass die Frau mehr als nur ein bisschen versessen auf den schwergewichtigen Mann war, aber wie sehr, das war ihm nicht bewusst gewesen. Sie genoss die Inszenierung ihres Partners. Verdammt, sie war regelrecht verzückt davon. Sie leckte sich die Unterlippe. Danny unterdrückte den Drang, das Gesicht zu einer Grimasse zu verziehen. Diese Art von Psychose hatte er im Knast schon gesehen und er hasste sie.

Er entdeckte Sampson, der an der Tür Wache stand. Die Augen des jungen Mannes waren weit aufgerissen. Trotz der langen blonden Ponyfransen war die Angst in seinem Gesicht nicht zu übersehen. Er hielt mit den Fingern die Pumpgun so fest, dass seine Knöchel weiß anliefen. Danny fühlte eine Welle von Mitgefühl in sich aufsteigen, schließlich hatte er Sampson versichert, dass kein Blut fließen würde – und der Typ glaubte ihm jedes Wort. Warum auch nicht? Bei den anderen Jobs war es ja schließlich auch immer so gewesen.

Jetzt hatte es Dale für sie alle verkackt.

Der aufgeblasene Volltrottel selbst stand nun in der Mitte der Eingangshalle. Sein rauchender Revolver war immer noch nach unten gerichtet. Mit einem kurzen Blick sah Danny einen Mann in T-Shirt und Jeans auf dem Boden. Er war Danny schon zu Beginn ihres Coups aufgefallen. Ein Mexikaner. Wahrscheinlich Ende 20. Ziemlich gutaussehend. Jetzt allerdings nicht mehr. Eine breiige rote Masse verteilte sich auf den Marmorfliesen, dort, wo eigentlich sein Kopf hätte sein sollen.

Dale schäumte vor Wut.

»Lasst euch das eine Lehre sein, ihr Arschgeigen! Legt euch nicht mit mir und meinen Leuten an oder ihr endet genauso wie dieser verdammte Bohnenfresser hier!«

Die Menschen in der Bank starrten Dale entsetzt an. Mindestens zehn Kunden befanden sich im Eingangsbereich, dazu die Bankangestellten und ein einzelner Wachmann. Voller als es Danny lieb war, aber unter normalen Umständen absolut überschaubar. Danke, Dale.

»Ist das klar?«

Danny wurde mit einem Mal stinksauer. Er hielt seine Pistole fester umklammert und atmete tief durch, um sich zu beruhigen. Fast wäre es ihm gelungen.

»Hey!«

Dale sah auf. Auf seinem Gesicht machte sich wieder das dümmliche Grinsen breit, wie im Schneckentempo. »Hey, Danny!«

Dieses verdammte Stück weiße Scheiße.

»Keine Namen, Arschloch!«

»Sorry.«

»Nenn ihn nicht Arschloch, du Schwanzlutscher!« Gina klang so angepisst wie eine mit Tequila abgefüllte Braut, die ihren frisch Angetrauten mit der Hand unter dem Rock ihrer Schwester erwischt.

Nelson legte beruhigend eine Hand auf Ginas Schulter. »Pst jetzt.« Sie schüttelte ihn ab, schaffte es aber, die Klappe zu halten.

Danny sah Dale in die Augen. »Warum zum Teufel hast du das getan? Ich hab eindeutig gesagt: *Nicht schießen!*«

»Der Wichser hat mich angeglotzt. Hatte das Gefühl, er macht Ärger.«

»Er war ein dummes Gör, das sich ein bisschen zu weit aus dem Fenster gelehnt hat. Warum zur Hölle hätte er Ärger machen sollen?«

»Ist das jetzt noch wichtig? Keiner von den anderen Leuten hier wird jetzt noch den Helden spielen. Nicht nachdem ich diesen Fettfleck da hinterlassen hab.«

»Keine verdammten Schüsse mehr. Ist das klar?«

»Ja. Sorry, Boss.«

»Sag das dritte Wort noch mal.«

»Boss?«

»Als ob du es ernst meinst, verdammt noch mal.«

»Boss.«

»Und vergiss es bloß nicht. Alle zurück an die Arbeit. Tempo, Tempo. Lasst uns hier verschwinden, bevor der Proll hier noch völlig Amok läuft.«

Danny warf Dale einen letzten finsteren Blick zu, um dem Arschloch zu verdeutlichen, wer hier das Sagen hatte, und wandte sich dann wieder dem Tresorraum zu.

Und dann war die Hölle los.

Der nächste Schuss klang anders, weniger wie eine Pistole, dafür mehr wie ein besonders groß geratener Feuerwerkskörper. Zwei weitere Schüsse waren in schneller Folge zu hören, dann kam der ohrenbetäubende Krach aus Dales Revolver.

Danny duckte sich und sprintete aus dem Tresorraum. Er hielt abrupt inne, als er Dale sah. Das fette Schwein stand in der Mitte der Halle und hielt sich mit einer Hand den Bauch. Blut sickerte zwischen seinen Fingern hindurch und tropfte auf den Boden. Der Revolver hing schlaff zwischen seinen Fingern, rauchte und polterte dann auf die Fliesen, woraufhin sich ein weiterer Schuss löste.

Der Wachmann – ein hutzliger alter Scheißkerl mit stählernen Augen, wahrscheinlich ein Ex-Cop – stand da und hielt seine 9-Millimeter fest. Danny schäumte vor Wut. Er hatte Dale und Sampson beauftragt, nach Knarren zu suchen. Warum hatten sie ihre Aufgabe nicht erledigt? Vielleicht war der Sicherheitsmann auch einfach ein gewiefter alter Scheißer und hatte sie versteckt. Aber genau das hätte doch offensichtlich sein müssen. Schließlich war er ein Wachmann, verdammt noch mal.

Dale fiel auf die Knie und kippte nach vorne.

Schreie waren zu hören und Menschen rannten wild durcheinander. Mit einem Wutschrei begann Gina zu schießen. Danny konnte nur zusehen, wie die Kugeln den Wachmann, dann eine Geschäftsfrau mittleren Alters und schließlich einen alten Mexikaner mit Strohhut umnieteten. Der Hut wurde zerfetzt, als der Schädel des Mannes in einer Fontäne aus Blut und Gehirnmasse explodierte. Die Furie wollte schon wieder den Auslöser drücken, aber Nelson stürzte sich wie ein Football-Profi auf sie und riss sie zu Boden.

Sampson atmete schnell und kurz. Seine Augen, in denen sich Panik zeigte, wurden größer. Er richtete seine Schrotflinte auf die entsetzten Zivilisten und befahl ihnen, sich nicht zu bewegen – als ob solch ein Befehl jetzt noch etwas nutzen würde. Einige hielten sich daran, aber die meisten drängten sich an ihm vorbei und liefen zur Tür hinaus. Danny schrie gerade noch: »Nein!«, bevor der Kerl eine Frau mit der Schusswaffe in zwei Stücke teilte. Ihre zerrissenen, blutigen Überreste schienen einen Moment in der Luft zu verharren, bevor sie wie ein mit Flüssigkeit gefüllter Müllsack auf den Boden plumpsten.

»Lass mich los, du verdammter Affenarsch!« Gina drosch auf Nelson ein und malträtierte ihn mit den Ellbogen beim Versuch, sich zu befreien. Man musste Nelson zugutehalten, dass er sie mit aller Kraft festhielt, bis die übergeschnappte Schlampe ein Stück aus seinem Unterarm biss und es auf den Fußboden spuckte. Er hielt seine Wunde und drückte sie ab, während Gina wieder auf die Füße kam. Sie schwang ihre Pistole in einem weiten Bogen und feuerte wild drauf los. Sampson drehte sich zu ihr um, jedoch ohne selbst zu schießen.

Dann explodierte seine Schulter.

Der Schuss kam von einem Farmer, einem dicklichen, verwitterten Mann mit einer Haut, die an billiges Leder erinnerte. Er trug eine Wolljacke – viel zu heiß für einen Juni in El Paso – und Danny vermutete, dass die Waffe, die der Mann jetzt hielt, darunter verborgen gewesen war. Sampson ging just in der Sekunde zu Boden, als Danny klar wurde, dass der Banküberfall in Texas gar keine gute Idee gewesen war.

Er setzte nun seine eigene Waffe ein – und hasste sich dafür. [illegible] ganzes Leben hatte er Raubüberfälle begangen –

für mehr als 20 seiner 40 Lebensjahre – und nie einen Schuss abgeben müssen. Jetzt drückte er den Abzug und schoss dem Farmer von der Seite in den Kopf. Die Wände färbten sich dunkelrot. Der sonnengegerbte Mann fiel um wie ein Haufen lose aufgestapelter Steine.

Fuck.

Gina schrie immer noch und schoss auf alles, was ihre Aufmerksamkeit erregte. Als ihre Munition endlich ausgegangen war, sprang sie über den Schalter und eilte an Dales Seite. Der dämliche Schwanzlutscher stieß einen gequälten Schrei aus, als sie ihn umdrehte. Danny fand es alles andere als großartig, dass der Scheißkerl nicht tot war. Das war das letzte Mal, dass er jemanden nur aufgrund einer Empfehlung hin angeheuert hatte, egal wie verzweifelt er in dem Moment auch sein mochte. Entweder, er kannte jemanden persönlich oder er würde ihn gleich wieder zum Teufel jagen.

Im Eingangsbereich war es still, bis auf Dales schweres Atmen, das Wimmern einer Kassiererin, die nicht die Flucht ergriffen hatte, und Sampsons entsetzte Schreie: »Fuck! Fuck! Fuck!«

Danny sah die Angestellte lange an. Sie kauerte unter dem Schalter. Schweiß und Tränen hatten ihr schwarzes Haar an ihr Gesicht geklebt. Sie konnte nicht viel älter als 21 oder 22 sein. Sie sah wirklich gut aus.

Sie eignete sich perfekt.

Er behielt die junge Frau im Auge, als er zu Nelson hinüberkroch. Sein Freund zischte durch zusammengebissene Zähne und war dabei, sich ein Stück Stoff, das er sich aus seinem Hemd gerissen hatte, um seine Wunde zu binden.

»Bekloppte, prollige Arschgesichter!«

Danny klopfte ihm auf die Schulter. »Du bist derjenige, der sie für brauchbar erklärt hat.«

»Das waren sie doch! Der verdammte Rollins meinte, sie wären top.«

»Dann müssen wir in Zukunft unsere Leute anders auswählen. Vielleicht so, wie sie es in den Casinos machen.«

Darüber musste Nelson lachen, doch dann konzentrierte er sich wieder darauf, seine Schmerzen wegzukeuchen. Schweiß bedeckte seinen kahl rasierten Kopf.

»Die Cops werden jeden Moment hier sein«, sagte Danny.

»Das ist mir schon klar.«

»Wir müssen sie mit uns nehmen.«

»Bist du dir sicher?«

»Ich hab für heute genug Leute umgebracht. Ich habe hier drin schon eine ganze Ladung verpulvert.«

»Und das kotzt mich ziemlich an.«

»Dich und mich ebenso.«

Danny stand auf und fuhr sich mit den Fingern durch sein kurzes, grau meliertes Haar. Meistens kam er sich älter vor als 40, aber bei Banküberfällen fühlte er sich wieder wie 20. Na ja, vielleicht 30. Bis auf heute, denn im Moment fühlte er sich einfach nur total beschissen.

Sampson lehnte an der Tür und zuckte vor Schmerzen zusammen, als er seine verwundete Schulter berührte.

Gina tätschelte immer wieder Dales Wangen, küsste seine Lippen und versicherte ihm, dass alles gut werden würde, dass sie ihm einen Arzt holen würden. Die durchgeknallte Schlampe hatte keine Ahnung.

Danny biss die Zähne zusammen. Seine Leute hatten es ziemlich verkackt, was er vor allem dem prolligen Wichser Dale zu verdanken hatte. Er hatte gute Lust, seine restliche Munition einfach ins Hirn des Scheißkerls zu pusten und fertig. Er widerstand der Versuchung und nickte stattdessen Nelson kurz zu.

»Wir hauen ab.«

»Wie jetzt?«

»Hilf Gina, das Arschloch rauszuschaffen. Sampson schafft es allein.«

»Bist du sicher?«

»Ganz sicher.«

Von draußen waren die Sirenen eines Streifenwagens zu hören. Danny fluchte in sich hinein und wechselte einen Blick mit seinem Partner.

»Sieht ganz danach aus, als ob Wallace auch noch seinen Auftritt bekommt, hm?«

»Scheiß drauf. Wie zum Teufel kommen wir hier überhaupt raus?«

Er sah die Kassiererin an. Sie erwiderte seinen Blick mit weit aufgerissenen, verweinten Augen.

»Ich werde mir etwas überlegen.«

Danny hatte seinen Arm so fest um den Hals der Kassiererin geschlungen, dass es kurz vorm Erwürgen war. Seine 9-Millimeter drückte er fest an ihre Schläfe. Sie stieß einen entsetzten Schrei aus, als er die Tür der Bank aufstieß. Perfekt. Eine bessere Show hätte sie nicht abgeben können. Vermutlich war es der Situation ganz zuträglich, dass das Mädchen wirklich eine Heidenangst hatte.

Zwei Streifenwagen waren vor der Bank in einer losen V-Formation zum Stehen gekommen. Danny sah von einem schwarz-weißen Auto zum nächsten. Hinter jedem knieten zwei Polizisten, die ihre Dienstwaffen auf ihn gerichtet hielten.

»Mach keine Dummheiten, Schätzchen!«, warnte er die Kassiererin. »Ich will deine Gehirnmasse nicht über mich verteilen müssen.«

Sie rührte sich kaum merklich, deutete etwas wie ein Nicken an. Gut.

»Hört mir verdammt noch mal zu!« Er machte mit seinem

Kopf ein Zeichen in Richtung der Cops, damit sie wussten, dass er mit ihnen sprach. Dann bewegte er sich die Treppe hinunter. Der Sack voll Bargeld, den er über der Schulter trug, beeinträchtigte sein Gleichgewicht nur minimal. »Wir hauen jetzt ab. Wenn ihr versucht, uns aufzuhalten oder uns zu folgen, werde ich die Hirnmasse dieser hübschen Puppe über ganz El Paso verteilen! Das wollt ihr nicht riskieren, Officer. Nicht auf die Entfernung!«

Hinter ihm öffnete sich die Tür. Er wusste, dass Gina und Nelson – jeweils mit einem weiteren Sack über der Schulter – Dale heraustrugen. Den verdammten Dale. Sie hätten auf seine fetten Schultern noch einen Sack aufladen können. Er wünschte sich, dass einer der Cops seine Anweisungen missachtete und das Feuer eröffnete. Und dabei ganz zufällig eine Kugel zwischen die Augen des Prolls ballerte. Würde ihm ziemlich viel Ärger ersparen. Aber die Männer in Uniform begnügten sich damit, Danny selbst im Auge zu behalten. Schließlich war er der Bastard mit der Geisel.

Wieder wurde die Tür geöffnet und geschlossen. Das hieß, dass dieses Mal Sampson herausgekommen war. Prima, jetzt musste nur noch Wallace rechtzeitig vor Weihnachten auftauchen. Verdammt ungünstiger Zeitpunkt für den Jungen, sich auf die elegante Art zu verspäten.

»Waffen auf den Boden!«, befahl er den Cops. Sie sahen einander an. Jeder von ihnen behielt die Waffe in der Hand. Er schüttelte die Kassiererin durch und drückte ihr die Mündung der 9-Millimeter so fest gegen die Schläfe, dass sich ihr Kopf zur Seite neigte.

»Auf den Boden, habe ich gesagt, verdammt noch mal!«

»Wir wollen nicht!«, rief einer der Uniformierten.

»Natürlich nicht, Herrgott noch mal!« Er stieß den Lauf so heftig gegen die Kassiererin, dass sie schrie. Er hoffte, dass ihre Reaktion den Rest erledigte.

Einer der Cops ließ vorsichtig sein Schießeisen auf den Asphalt fallen. Die anderen taten es ihm gleich. Gut.

»Hierher damit, verflucht. Ich lass mich nicht von euch verarschen.«

»Ihr Drecksschweine!«

Ginas Stimme war mehr als eine Warnung. Danny konnte nur noch tatenlos zusehen, als sie einem der Cops eine Kugel ins Gesicht ballerte. Der Kopf des armen Kerls explodierte, als sei er mit Sprengstoff gefüllt gewesen, und sofort griffen die anderen drei nach ihren Waffen.

Verdammt!

Er zog die Kassiererin hinter sich, hielt sie aber am Hals fest, als die Cops das Feuer eröffneten. Er musste hoffen, dass sie nicht so gut zielen konnten, aber das war eine ziemlich schwache Hoffnung. Er schoss zurück, ließ seine 9-Millimeter tanzen. Alles was recht war, er würde sich nicht schon wieder einbuchten lassen. Er hatte schon zweimal eingesessen und das war mehr als genug. Zur Hölle, das hatte überhaupt erst dazu geführt, dass er in diese blöde Situation geraten war. Nein, er ging nicht in den Knast zurück. Da mussten sie ihn schon umbringen. Er hoffte nur, dass er lang genug durchhielt, um zu sehen, wie Dale den ganzen Bürgersteig vollblutete. Wenigstens das war ihm Gott doch schuldig. Oder auch nicht.

Als das Feuer richtig losging, hallte die Straße von den donnernden Schüssen wider. Gina verließ Dales Seite, um auf die Polizisten zu zielen. Sie drückte den Abzug fast pausenlos, ein ums andere Mal. Ein zweiter Cop fiel zu Boden, als eine Kugel ihn am Hals erwischte. Der Mann fasste sich an die Kehle und fiel dann als regloser Haufen auf den Asphalt.

Danny schoss wie wild um sich, in der Hoffnung, dass die Cops ihre Köpfe einzogen. Er machte sich wirklich Sorgen um Wallace. Der Junge war loyal, nicht der Typ dafür, einen im Stich zu lassen – doch der cremefarbene Lieferwagen war nirgends zu sehen. Die wenigen Autos auf der Straße gehörten verängstigten Schaulustigen.

Nelson stützte Dale immer noch mit einer Hand und versuchte mit der anderen, Schüsse abzugeben. Die Wahrscheinlichkeit, dass er dabei etwas anderes traf als die Luft, lag bei nicht mal einem Prozent, aber er zog dennoch eine ziemlich gute Show ab. Wenn er schon sonst nichts tun konnte, dann zeigte Nelson zumindest ordentlich Teamgeist, wie Danny es von ihm gewohnt war.

Sampson war eine richtige Überraschung. Er nahm eine Stufe nach der anderen und feuerte dabei mit seiner Schrotflinte um sich, als könnte es seiner Schulter nicht besser gehen. Die Schusswaffe spuckte ununterbrochen Feuer, außer wenn Sampson nachlud. Sein langes, blondes Haar tanzte wild im Wind. Es schien, als ob sich die Welt um ihn herum in Zeitlupe drehte. Er verzog den Mund zu einem gequälten, wütenden Lächeln. Ein Schlachtruf entrang sich seiner Kehle, der sogar über die Schüsse hinweg hörbar war.

Dann war die Munition aufgebraucht.

Danny sah, wie Sampson ganz kurz verblüfft und fast schon ängstlich auf seine Waffe blickte. Nur Momente später streckten ihn etwa ein Dutzend Kugeln nieder. Sampson tanzte, als die Patronen ihn durchlöcherten – einige kamen auf der anderen Seite wieder heraus und manche fraßen sich tief in seinen Körper. Die Flinte fiel ihm aus den Händen. Er tanzte eine weitere Sekunde, bevor er als kläglicher Haufen auf die Marmorstufen fiel.

Danny sah sich wieder auf der Straße um und versuchte die Panik und das ungute Gefühl im Magen zu verdrängen. Immer noch kein Lieferwagen oder Wallace in Sicht.

Fuck. Er weigerte sich, hier zu sterben. Weigerte sich, zu

verlieren und fortgeschleppt zu werden. Sein Gehirn hatte die Hebel von »übliche Routine« auf »pures Überleben« umgestellt und das würde sich so schnell nicht wieder ändern.

Er zielte auf einen der übrigen Cops und drückte den Abzug. Das Schwein flog rückwärts, als eine Kugel ihm den Hut vom Kopf fegte – und mit ihm einen Teil der Schädeldecke.

Danny lief weiter die Stufen hinunter. Die Kassiererin zog er immer noch hinter sich her. Er hörte sie hinter seinem Rücken wimmern, aber er konnte kein Mitleid mit ihr empfinden. Da sie ihren gesunden Menschenverstand nicht eingesetzt hatte, um abzuhauen, als sich die Gelegenheit dazu bot, konnte sie niemanden als sich selbst für ihre momentane missliche Lage verantwortlich machen.

Er sah sich um. Ein Cop stand noch, ein verdammt zäher Zeitgenosse. Er verharrte sicher hinter einem Fahrzeugreifen und gab hin und wieder ein paar Schüsse ab, bevor er sich wieder hinter dem Auto in Sicherheit brachte. Cleverer Schachzug. Er hatte Deckung, die Bankräuber hingegen nicht und es sah auch nicht danach aus, als würde ihnen bald jemand zu Hilfe kommen. Selbst wenn es noch eine oder zwei Minuten dauern würde, bis weitere Polizeiwagen auftauchten, konnte er sie ohne große Probleme in Schach halten.

Spitzenklasse.

Danny warf Nelson einen Blick zu. »Wir hauen ab!«

»Wohin?«

»Ich hab keinen Schimmer. Wir müssen einfach verschwinden!«

Danny sah, dass Nelson etwas hinter ihm fixierte.

»Was?«

»Oh, Mann. Wir sind gerettet.«

Er hörte Bremsen quietschen, roch verbrannten Gummi

und wusste, dass es Wallace doch noch geschafft hatte. Von weiter oben auf der Straße kam der Lieferwagen mit einem Affenzahn den Asphalt hinuntergeschlittert. Rauch stieg von den blockierten Rädern auf und das schwere Fahrzeug schwankte von einer Seite zur anderen. Doch Wallace hatte das Fahrzeug sicher im Griff. Danny hatte nie einen besseren Fahrer gesehen und er kannte fast jeden guten Fahrer, den es gab.

Auch der Cop schien den Lieferwagen bemerkt zu haben. Der Polizist, der so jung aussah, dass er ein Berufsanfänger sein konnte, doch gleichzeitig einen routinierten Eindruck machte, stieß einen ängstlichen Schrei aus und schaffte es gerade noch, von seinem Posten hinter dem Streifenwagen aufzustehen. Nur einen Augenblick später erwischte ihn der Lieferwagen wie ein Bulldozer und schleuderte ihn über den Streifenwagen – wie eine leblose Stoffpuppe mit Dienstabzeichen.

Danny schüttelte den Kopf und versuchte, eins und eins zusammenzuzählen. Vier Cops waren tot wegen eines Raubüberfalls, der von ihm ausgegangen war. Einer davon war durch seine Hand gestorben. In Texas. Das lief auf Hinrichtung durch die Giftspritze hinaus. Daran führte kein Weg vorbei. Es sei denn, die Jungs, die für Gerechtigkeit sorgten, entschieden sich dafür, ihn einfach niederzuschießen.

Er warf Dale, der immer noch von Nelson gestützt wurde, einen Blick zu.

»Dich werde ich persönlich zur Strecke bringen, verdammt noch mal.«

»Nein!«, stieß die Kassiererin mit hoher, ängstlicher Stimme hervor.

»Wer hat denn mit dir geredet? Meine Güte!« Er schleifte sie die Treppe hinunter, auf den wartenden Lieferwagen zu.

»Beeilt euch, verflucht!«, schnauzte er den Rest der Truppe

an, den er vor sich herscheuchte. Der Lieferwagen wartete in der Mitte der Straße. Nur eine Nudisten-Parade hätte ihnen mehr Aufmerksamkeit einbringen können. Gina riss die Seitentür des Wagens mit solcher Kraft auf, dass sich ein Metallstück löste und auf den Boden krachte.

»Was zum Teufel ist passiert?«, erkundigte sich Wallace. Die Stimme des Fahrers war hell und hoch, passte zu seinem Alter. Knapp 20 und immer noch im Kampf mit der Akne, die ihm die Jahre als Teenager eingebracht hatten, sah er überhaupt nicht wie der Fahrer eines Fluchtfahrzeugs aus.

»Ginas Lover hat alles kurz und klein geschossen.«

»Fick dich!« Wenn Blicke töten könnten, hätte Gina ihn jetzt erledigt.

»Das kannst du mir dann sagen, wenn ich anfange, Lügengeschichten zu erzählen. Bis dahin, halt's Maul.«

Wallace sah die Kassiererin, die Danny gerade auf das Fahrzeug zuschob, mit großen Augen an. »Wir haben eine Geisel?«

»Sieht verdammt danach aus, oder?«

»Was ist mit Sampson?«

»Er hat's nicht geschafft.«

»Hey, Danny«, mischte sich Nelson mit ruhiger, besorgter Stimme ein.

Danny stieß die Bankangestellte mit solcher Vehemenz in den hinteren Bereich des Lieferwagens, dass sie der Länge nach hinfiel. »Was denn?«

»Er lebt noch.«

Er sah zur Treppe vor der Bank zurück, wo Sampson am Boden lag. Sein blondes Haar stand ihm wild vom Kopf ab. Er bewegte sich tatsächlich noch, streckte eine Hand zum Himmel und machte sie in einer Art schrecklicher Pantomime auf und zu.

»Wir müssen ...«

Er nickte. »Ich weiß. Steigt in den Wagen.«

Nelson nickte ebenfalls und half Gina dabei, Dales nutzlose, blutende Körpermasse ins Fahrzeug zu hieven.

Danny drehte sich wieder zu Sampson um. Er hasste das, was er zu tun hatte, besonders jetzt, da sich Dale schon im Fluchtwagen befand. Doch der Scheißkerl hatte immer noch eine Chance. Gina war ein zusätzlicher Klotz am Bein. Wenn sie Dale verschwinden ließen, mussten sie auch sie loswerden. Und sie war gefährlich, mehr als jeder andere Gauner, mit dem er je zusammengearbeitet hatte. Wenn sie Gina im Stich ließen, würde sie sie entweder verpfeifen oder sie persönlich zur Strecke bringen. Sie konnten sie umlegen, aber sie würde einen ordentlichen Kampf abliefern.

Und dann war da Sampson.

Der arme Kerl. Er hatte Befehle besser entgegengenommen als Dale und viel länger die Fassung bewahrt. Er hatte es auch geschafft, heil aus der Bank zu entkommen. Er war auf den Füßen geblieben und hatte seine Leute durch reine Willenskraft zusammengehalten. Aber er war zu oft getroffen worden. Die Gruppe konnte ihn nicht retten und sie hatten nicht einmal ansatzweise genug Zeit, ihn in den Lieferwagen zu verfrachten.

Gottverdammt.

Danny sah prüfend auf jede Straßenseite, lauschte auf Sirenen. Ihr verräterisches Gejaule drang an sein Ohr, aber sie waren noch einige Blocks entfernt. Wenn er schnell handelte, hatte er immer noch ganz gute Chancen, zu entkommen.

Er ging die Treppe hinauf und nahm dabei zwei Stufen auf einmal. Einen Moment später beugte er sich über Sampson. Der sah ziemlich übel aus. In seinem Körper befanden sich mindestens neun Einschusslöcher und aus jedem davon strömte Blut. Auch aus seinem Mund drang dunkelrote

Flüssigkeit. Kleine Bläschen darin verrieten Danny, dass zumindest einer der Lungenflügel getroffen worden war.

»Fuck, Sampson.«

Der Verwundete versuchte etwas zu sagen, aber es entrang sich ihm nur ein schreckliches, keuchendes Husten. Blut spritzte ihm über Gesicht und Hals. Es blieben ihm nur noch Minuten. Vielleicht.

Danny schüttelte den Kopf. »Sorry.« Er hob seine 9-Millimeter und schoss Sampson eine Kugel zwischen die Augen, die ihn endgültig zum Verstummen brachte. Immerhin würde er nicht mehr leiden müssen – und bei den Bullen verpfeifen konnte er sie auch nicht mehr.

Danny stand über Sampsons Leiche gebeugt und starrte vor sich hin. Ihm war klar, dass er zum Lieferwagen zurückkehren musste, um so schnell wie möglich die Biege zu machen, aber seine Füße verweigerten ihm den Dienst. Es war, als ob sein Körper ihn zwingen wollte, alles genau zu betrachten und sich dieses Bild einzuprägen, damit er genau wusste, was er sich eingebrockt hatte, indem er Dale und Gina engagierte. Denn erst dadurch war überhaupt die Situation entstanden, in der er so handeln musste, wie er es getan hatte. Wieder war es eine Kugel aus seiner Pistole, ein weiterer Mord durch seine Hand, ein weiterer Nagel für seinen Sarg. Danny versuchte, alles zusammenzurechnen, zu zählen, wie viele Tote es gegeben hatte, aber er verlor den Überblick. Es war alles beschissen gelaufen. Nur ein verdammtes Wunder konnte jetzt noch seinen Arsch retten.

»Sorry, Sampson«, sagte er, als er die Treppe hinunterrannte und dabei versuchte, schneller zu sein als die sich nähernden Polizeiautos. Nelson winkte ihm aus dem offenen Lieferwagen zu. Er sprang hinein, prallte dabei mit den Rippen gegen die Stahltür des Autos und merkte, wie das Fahrzeug lospreschte und die Bank hinter sich ließ.

2

Wallace hatte sich als nutzlos erwiesen, es sei denn, er saß hinter dem Steuer eines Wagens. Danny hatte von Anfang an – seit drei Jobs nämlich – versucht, ihn einzubeziehen, aber dem Jungen fehlte das nötige Talent. Wenn man ihn bat, Pläne zu studieren oder die Belegschaft eines Überfallortes auszukundschaften, war Wallace völlig überfordert, nur noch ein regloser Körper, der verständnislos auf ein Blatt Papier glotzte, als würde er in ein schwarzes Loch starren. Schob man ihn aber auf irgendeinen Fahrersitz – ob Transporter oder irgendein Kleinwagen – konnte man meinen, Evel Knievel sei wiedergeboren. Er manövrierte die Wagen mit der gleichen Selbstverständlichkeit über den Asphalt, wie andere Leute atmeten. Weder schwitzte er noch klammerte er seine Finger um das Lenkrad oder sah alle paar Minuten nervös in den Rückspiegel. Solange er die Straße vor sich sah, konzentrierte er sich darauf – und war dabei schneller als jeder andere. Keine Straßensperre auf Erden oder in der Hölle konnte Wallace aufhalten, wenn er einmal den Fuß auf dem Gaspedal hatte.

Wallace, der vor der First National Bank von El Paso im Wagen saß, rammte den Fuß auf das Gaspedal, dass die Reifen zu qualmen begannen. Der Geruch nach verbranntem Gummi drang in die Nasen der Fahrzeuginsassen. Das Geräusch sich nähernder Sirenen wurde stärker und übertönte die quietschenden Reifen.

Dann startete der Wagen durch.

Das Auto war für alles gemacht, nur nicht für schnelle Fahrten, aber das bedeutete gar nichts, wenn Wallace einmal hinter dem Steuer saß. Das schwere stählerne Gefährt schoss vorwärts, als ob es einen Raketenantrieb hätte. Danny und der Rest der Truppe wurden nach hinten gedrückt und versuchten verzweifelt, sich irgendwie festzuhalten. Dale schlitterte über den Boden und stieß einen schmerzerfüllten, erschrockenen Schrei aus, bis Gina sein Hosenbein zu fassen bekam. Die verängstigte Kassiererin rollte nach hinten und prallte gegen die Ladetür. Sie blieb reglos liegen, ein zusammengesunkenes Häufchen auf dem Boden des Fahrzeugs.

Danny kletterte nach vorne und kämpfte gegen die Fliehkraft, die an ihm zerrte. Die ganze Zeit sah er durch die Windschutzscheibe. Die Straßen von El Paso waren außerordentlich voll. Autos verstopften jede Fahrspur wie zu viele Mäuse ein Labyrinth. Es war völlig egal, wie lange er vor einem Job die Gegend auskundschaftete. Am entscheidenden Tag waren die Straßen immer voll bis obenhin.

Die anderen Autos schienen Wallace allerdings nicht im Geringsten zu stören. Der Lieferwagen, den er mit seinen geschickten Händen lenkte, fädelte sich immer wieder in den Verkehr ein. Manchmal quetschte er sich an anderen Autos mit einem Abstand von nur wenigen Zentimetern vorbei. Das schwere Gefährt schlitterte die Straße entlang, als sei es völlig außer Kontrolle geraten, aber dann fanden die Reifen plötzlich Halt und der Wagen schoss in eine völlig neue Richtung davon. Die Bewegungen sorgten für Übelkeit in Dannys Magen, doch gleichzeitig musste er zugeben, dass ihn der Fahrstil zutiefst beeindruckte.

Schließlich gelang es ihm, sich am Beifahrersitz festzuhalten und sich hinaufzuziehen. Mit einer Hand griff er nach dem Gurt und legte ihn an. Er wollte nicht enden wie die Bankangestellte, nur weil Wallace ein Tempo draufhatte wie ein geölter Blitz. Sicher angeschnallt, sah er in den Seitenspiegel. Zwei Blaulichter. Die dazugehörigen Autos kämpften sich ebenfalls durch den Verkehr von El Paso.

»Sie folgen uns immer noch.«

»Kann ich jetzt nichts dagegen machen«, antwortete Wallace. »Entweder wir hängen sie ab oder auch nicht.«

»Das klingt nicht besonders beruhigend.«

»Ich bin hier nur der Fahrer, Boss. Motivationsreden sind nicht meine Sache.«

»Hast recht.« Danny öffnete das Magazin seiner Waffe und überprüfte es. Noch sechs Patronen übrig. Er hatte noch einen Ladestreifen startbereit, aber er musste immer wieder daran denken, was mit den ersten sechs Patronen passiert war. Irgendwann würde er sich damit auseinandersetzen müssen, aber jetzt noch nicht. Jetzt musste er sich erst einmal auf die Flucht konzentrieren. Alles andere zählte nicht.

Er schloss das Magazin seiner Pistole und schaute noch mal in den Seitenspiegel. Die Cops holten auf – nicht viel, aber zumindest so viel, dass es ihm auffiel. Hätten sie statt des klobigen Lieferwagens irgendein anderes Fahrzeug gehabt, wären sie längst über alle Berge. Wallace hätte die Bullen locker abgehängt. Eigentlich hätte das ein einfacher Job sein sollen. Er hatte einen ganzen Monat lang die Bank ausspioniert – fast die ganze Zeit, die er zur Verfügung hatte. Nelson hatte dabei große Hilfe geleistet und jeden Winkel überprüft. Es war ein leichtes Ziel, denn die Sicherheitsvorkehrungen waren hoffnungslos veraltet. Es hätte ein Kinderspiel sein können, aber Dale musste ja mit einem einzigen Schuss alles versaubeuteln. Das hatte nun zur Folge, dass der Lieferwagen, der als unauffälliger Fluchtwagen im Verkehr hätte untertauchen sollen, jetzt in eine Hochgeschwindigkeits-Verfolgungsjagd verwickelt war.

Danny kurbelte das Fenster des Beifahrersitzes hinunter und streckte den Kopf hinaus. Der Streifenwagen, der ihnen am nächsten war, hatte etwa 15 Meter Abstand – zu wenig, um sich in Sicherheit wiegen zu können. Danny wusste, dass es nicht viel helfen würde, aber er entschied sich trotzdem einen Schuss zu wagen. Er richtete die 9-Millimeter auf das vordere Polizeiauto und feuerte zwei Schüsse ab. Beide trafen ihr Ziel nicht im Ansatz, aber das Auto geriet trotzdem ins Schlingern, als es versuchte auszuweichen. Sofort legte der Lieferwagen wieder an Vorsprung zu.

»Danke!«, sagte Wallace.

»Keine Ursache. Sieh nur zu, dass du die Arschlöcher abhängst.«

»Bin dabei!«

Danny wurde nach links gedrückt, als Wallace das Lenkrad abrupt nach rechts drehte. Das riesige Fahrzeug fuhr eine enge Kurve und er stieß einen verängstigten Schrei aus, als die Räder auf der rechten Seite die Bodenhaftung verloren. Er war sich sicher, dass sie sich noch weiter in die Luft heben würden und die Fahrt mitten auf der Straße ein abruptes Ende fand. Sie wären zu fertig, um noch zu Fuß wegzurennen. Das wäre also das Ende der Geschichte. Eine Sekunde später berührten die Ränder jedoch wieder den Boden und der Wagen schlingerte vorwärts, während er wieder an Tempo zulegte.

»Pass auf, du Arschgesicht!« Danny drehte sich nach dem fluchenden Sprecher um und sah eine wutschnaubende Gina. Sie war über Dales blutenden Körper gebeugt und versuchte, ihn ruhig zu halten. »Du tust ihm weh!«

»Willst du hier rauskommen oder nicht?«

»Ich will nicht, dass er stirbt.«

»Dann lass mich meinen Job machen!«, erwiderte Wallace.

Danny empfand Mitleid für den Kerl. Wallace hatte noch nicht gemerkt, wie gefährlich – wie irrsinnig – Gina war. Ohne es zu wissen, spielte er gerade mit dem Feuer.

»Die Lady sollte besser das Maul halten!«, murmelte Wallace.

»Sei ruhig jetzt, okay?«

»Klar, Boss. Wie du meinst.«

Danny schloss die Augen und atmete tief durch. Sein Magen rebellierte erneut, doch dann war Ruhe. Am liebsten hätte er seine Augen nie wieder geöffnet – Wallaces Fahrstil würde ihn noch das Frühstück kosten –, aber er tat es doch, um alles im Blick zu behalten.

Im Seitenspiegel zeigte sich der erste Streifenwagen, der um die Ecke schlingerte, wobei das Heck gewaltig hin- und herschwang. Als er wieder eine gerade Bahn fuhr, startete er durch, als hätte man ihm einen Tritt versetzt. Das zweite Verfolgerauto versuchte sich mit dem gleichen Manöver, aber ohne vorher abzubremsen. Wahrscheinlich war der Fahrer zu sehr darauf aus, nicht den Anschluss zu verlieren. Das Ergebnis war eine Katastrophe. Das Auto schwankte bedrohlich, als sich die Reifen auf einer Seite schnell und hoch über den Boden erhoben, und hatte keine Chance, wieder heil nach unten zu kommen. Es überschlug sich und fuhr mit lautem Getöse aus sich verbiegendem Metall und zerbrechendem Glas in den Gegenverkehr, bevor es in ein Schaufenster krachte und in dem Laden verschwand. Danny sah fasziniert zu. So etwas Spektakuläres hatte er, abgesehen von einer Massenkarambolage aus 20 Autos bei einem Rennen in Talladega, noch nie gesehen.

»Heilige Scheiße!«

»Du solltest lieber Ruhe bewahren!«, mahnte ihn Wallace. »Wir sind noch lange nicht aus dem Schneider.«

Danny lehnte sich in seinem Sitz zurück und hielt sich mit einer Hand an der Innenverkleidung des Wagens fest. Die vor ihnen liegende Straße war zwar breiter, aber genauso voll mit Autos wie die anderen. Wallace verhielt sich jedoch wie ein Profi. Der Lieferwagen nutzte gezielt jede Lücke aus.

»Pass mal auf, Boss!« Das Fahrzeug wurde langsamer.

»Was tust du da?«

»Wenn ich dir das jetzt sage, ist es keine Überraschung mehr.«

»Ich mag keine Überraschungen!«

»Doch! Diese bestimmt.«

Die Tachonadel bewegte sich immer weiter nach unten. Danny sah wieder in den Spiegel. Der Streifenwagen spurtete auf sie zu und holte schnell auf. Danny wollte sich gerade aus dem Fenster lehnen, entschied sich aber dann doch dagegen. Wenn Wallace einen Plan hatte, dann sollte er ihn besser nicht durchkreuzen, indem er seinen halben Körper aus dem Fenster streckte.

Verdammt, Wallace. Hoffentlich weißt du, was du tust, dachte er.

Besorgt sah er auf das Auto der Verfolger, das jetzt nur noch sechs Meter entfernt war. Drei Meter. Er atmete tief durch und fragte sich, wie schnell die Verhaftung über die Bühne gehen würde, als Wallace auf die Bremse trat.

Der Lieferwagen schlitterte und die Reifen quietschten, aber Wallace hatte ihn im Griff. Dannys Oberkörper wurde auf seine Knie geschleudert und er sah gerade rechtzeitig wieder hoch, um die Cops vorbeischießen zu sehen. Sekunden später wurde er gegen die Sitzlehne gedrückt, als Wallace wieder aufs Gaspedal trat. Der Lieferwagen machte einen Sprung nach vorne, als sein Fahrer das Lenkrad ein klein wenig drehte. Es krachte, als die vordere Stoßstange des Fahrzeugs in das Heck des Streifenwagens donnerte. Wallace riss das Lenkrad in die entgegengesetzte Richtung, sodass das Polizeiauto völlig außer Kontrolle geriet und sich zu drehen begann.

Danny sah zu, wie es sich von ihnen weg drehte, über zwei Fahrbahnen schlitterte, dann an einer Laterne abprallte und sich in die Steinmauer eines Versicherungsbüros bohrte. Die Sirene des Fahrzeugs tönte noch ganz kurz, bevor sie endgültig erstarb. Im Wagen regte sich niemand mehr.

Danny drehte sich zu Wallace um, der sich auf die Straße konzentrierte, als wäre nichts geschehen.

»Wo zum Teufel hast du denn das gelernt?«

»Hab ich nicht, Boss. Ich dachte mir nur, dass es funktionieren könnte.«

Dieser verrückte, brillante Irre.

»Sag mir nur eins, Wallace. Kannst du uns hier heil rausbringen?«

»Aber sicher doch!«

Danny sah keine weiteren Cops mehr, aber die Chancen, dass das so blieb, waren gleich null. »Wir müssen uns ein anderes Auto besorgen.«

»Klar. Sag mir einfach, wohin ich fahren soll.«

»Kannst du eins kurzschließen?«

»Was glaubst du wohl, mit wem du es zu tun hast?«

»Heißt das ja?«

»Ja.«

»Dann sag das nächste Mal einfach ›Ja!‹, verdammt noch mal.«

»Sorry.«

Danny wischte sich neue Schweißperlen aus dem Gesicht. Wallace trieb ihn noch in den Wahnsinn, wenn die Cops ihn nicht vorher erledigten.

»Such ein Parkhaus und bring uns rein.«

»Sicher, dass du nicht erst aus der Stadt raus willst?«

»Damit sie die Zeit haben, uns per Helikopter zu verfolgen? Eher nicht. Such eine verdammte Tiefgarage, aber flott.«

»Klaro.«

Danny drehte sich zu den anderen um. Nelson hatte den leblosen Körper der Bankangestellten auf die eine Seite des

Wagens geschleift. Mit den Handschellen, die er bei sich hatte, befestigte er das Handgelenk des Mädchens an der Innenverkleidung des Lieferwagens. Sie ging nirgendwo mehr hin, es sei denn, Nelson wollte es so.

Gina kniete immer noch über Dale. Sie hatte ihm das Hemd vom Leib gerissen, zusammengeknäuelt und drückte es auf die Wunde an seinem Bauch. Zwar war alles voller Blut – so viel, dass es begann, sich auf dem Boden des Lieferwagens auszubreiten – aber die Blutung schien langsam weniger zu werden. Danny wusste nicht, ob er das nun für ein gutes oder ein schlechtes Zeichen halten sollte. Er war auch immer noch unschlüssig, ob er Dale helfen sollte durchzuhalten, oder ihn lieber dem Tod überlassen sollte. Darüber konnte er sich immer noch Gedanken machen, wenn sie entkommen waren.

»Wie geht es ihm?«

Gina sah ihn gerade lang genug an, um ihn mit ihrem Blick fast zu durchlöchern. »Wie sieht er denn aus? Er liegt im Sterben, du Arschloch!«

»Nelson, hilf ihr doch mal.« Er hasste es, auch nur den kleinen Finger zu krümmen, um ihr zu helfen, aber solange sie sie im Schlepptau hatten, blieb ihm kaum eine Wahl.

Nelson nickte und kam auf sie zu. Gina sah ihn mit einem noch giftigeren Blick an als zuvor Danny.

»Rühr ihn bloß nicht an! Niemand fasst Dale an, bis wir ihn zu einem Arzt bringen. Wenn es doch jemand versucht, werde ich ihn mit bloßen Händen in Stücke reißen.«

Nelson sah Danny an.

Danny nickte. »Das können wir nicht, Gina.«

»Was können wir nicht? Was zum Teufel willst du damit sagen?«

»Wir können ihn nicht zum Arzt bringen.«

»Was? Von wegen ihr könnt nicht, verfluchte Scheiße!«

»Dale ist der Grund, warum wir hier um unser Leben rennen. Einen Arzt zu finden, würde uns zu sehr aufhalten. Und ihn ins Krankenhaus zu bringen, kommt schon gar nicht infrage. Er kennt unsere Namen, Gina. Ich kann nicht riskieren, dass er uns verpfeift.«

Plötzlich sah sie verletzt aus. »Das würde er nicht tun.«

»Wahrscheinlich nicht, aber ich bin nicht so dumm, es darauf ankommen zu lassen. Das tue ich einfach nicht. Er würde es auch für keinen von uns tun.«

»Für mich schon.«

»Meinetwegen.«

»Er wird sterben, verdammt noch mal.«

»Wir werden tun, was wir können, aber erst, wenn wir in Sicherheit sind.«

»Und wann wird das sein?«

Danny konnte fast mit allem umgehen, außer mit jemandem, der seine Flucht gefährdete, und das war genau das, was Gina gerade tat. Die Psychopathin wollte sich einfach nicht an Anweisungen halten und tat ihr Bestes, um sie alle in die Todeszelle zu bringen. Er sah rot. Seine Wut verdrängte alles andere. Eine winzige Stimme in ihm bat ihn, sich zu beruhigen, aber er ignorierte sie. In seinem Innern gab es viele Hebel, die man umlegen konnte, und Gina hatte nun den falschen erwischt.

»Was zum Henker ist das Problem, Gina? Du machst das doch nicht zum ersten Mal, oder? Du hast doch auch in der Vergangenheit schon krumme Dinger gedreht, nicht wahr? Ist dir schon mal aufgefallen, dass ein Teil des Jobs darin besteht, sich in Sicherheit zu bringen? Hat dein verdammtes Idiotenhirn sich je mit diesem Gedanken befasst?«

Er sah, wie jeder Ausdruck aus ihrem Gesicht wich, aber nur einen Augenblick. In der nächsten Sekunde schrie sie aus voller Kehle, ließ Dale liegen und stürzte sich auf

Danny. Sie formte ihre Finger zu Klauen und versuchte, mit ihren Fingernägeln seine Augen zu erwischen.

Dannys Wut löste sich in Luft auf und wich seinem Selbsterhaltungstrieb. Er hielt sie an den Handgelenken fest und kämpfte sowohl mit ihr als auch mit seinem Sicherheitsgurt. Nelson packte sie von hinten und versuchte sie wegzuziehen, aber sie widersetzte sich ihm. Ihr Gesicht war wutverzerrt, ihre Zähne gefletscht und Speichel verteilte sich in alle Richtungen.

»Ich bring dich um, du Affenarsch! Ich kratz dir die Augen aus und schlitz dir die Kehle auf, du elender Schwanzlutscher!«

Er wusste nicht, was er tun sollte. Die verrückte Schlampe würde ihn in der Luft zerreißen. Er wollte ihr seine Faust entgegenschmettern und sie bewusstlos schlagen, sie möglichst auch fesseln, aber dazu musste er erst einmal eins ihrer Handgelenke loslassen. Und sie würde ihm sicher die Augen ausgekratzt haben, bevor er überhaupt die Chance hatte, sie anzuvisieren.

Wallace stieß einen Schrei aus und der Lieferwagen schlingerte vor und zurück, bevor er wieder gerade fuhr und beschleunigte. Danny wunderte sich über diesen Vorfall. Gina hatte es tatsächlich geschafft, Wallace eine Sekunde lang abzulenken. Das hatte bisher noch niemand geschafft. Er sah seinen Fahrer an, der sich nach vorne beugte, weg von der Psychopathin. Er umklammerte das Lenkrad so fest, dass seine Knöchel weiß wurden.

»Verdammte, nichtsnutzige Schwuchtel!« Ginas wütende Stimme hatte eine ganz neue Tonlage erreicht.

Danny sah gerade noch rechtzeitig in ihre Richtung, um mitzubekommen, wie ihr Kopf nach vorne schnellte. Ihr Mund war weit geöffnet. Er ruderte mit den Armen und ging mit dem Kopf ruckartig zurück. Ihr Gebiss schloss sich nur wenige Zentimeter vor seiner Nase.

»Nelson, hilf mir, verdammt noch mal!«, befahl er.

»Ich versuch's ja!«

»Versuch's ein bisschen mehr, verflucht!«

Danny hörte ein Brüllen aus Nelsons Kehle. Gina begann von Danny abzulassen, als sein Partner sie zurückzerrte. Er ließ ihre Handgelenke los und die beiden Verbrecher purzelten auf die Ladefläche des Lieferwagens. Dabei polterten sie über Dales ausgestreckt daliegenden Körper, bevor sie gegen die Hintertür des Wagens krachten. Der Proll stieß ein gequältes Geheul aus, das laut genug war, um die Kassiererin zu wecken. Sie stimmte in Dales Schreien mit ein, das sich mit Ginas irrem Kreischen und Nelsons verzweifelten Hilfeschreien vermischte. Die verrückte Schlampe versuchte gerade, Nelson zu Tode zu kratzen, treten und zu beißen.

»Ich hab ein Parkhaus, Boss!«, meldete sich Wallace zu Wort. »Einen halben Block weiter.«

»Fahr dorthin.«

»Bist du sicher?«

Danny löste seinen Sicherheitsgurt und drehte seine Pistole, die er am Lauf festhielt, in der Hand. »Verdammt sicher, Wallace! Fahr da rein und besorg uns ein anderes Fahrzeug!«

»Okey-dokey.«

Danny tätschelte den Hinterkopf des Fahrers, bevor er aufstand und nach hinten in den Lieferwagen stürmte.

Danny trat auf Dale, als ob das schreiende, blutende Arschloch überhaupt nicht vorhanden wäre. Er pirschte sich an Gina heran und hielt sich dabei an der Seite des Wagens fest, um nicht den Halt zu verlieren. Er bewegte sich nur langsam vorwärts, da er nicht auf dem Blut, das aus Dales Wunden gequollen war, ausrutschen wollte. Er taumelte, als das Fahrzeug ins Parkhaus hineinfuhr. Es wurde langsamer und er nutzte die Gelegenheit, um die Psychopathin zu erreichen, die ihm fast die Augen ausgekratzt hatte.

Sie lag auf Nelson, nahm ihn mit den Beinen in die Zange und beugte sich zu ihm hinunter, um ihm mit den Zähnen die Kehle auszureißen. Mit einer Hand entsicherte Danny die Pistole und mit der anderen hielt er sie an einem Büschel Haare fest. Er riss ihr den Kopf so heftig zurück wie er konnte und sie stieß einen Schrei aus, vor Wut und Schmerz. Eine Sekunde später knallte er ihr den Griff seiner 9-Millimeter gegen die Schläfe. Gina fiel wie eine Rinderhälfte auf den Metzgertisch.

»Jesus!« keuchte Nelson. Er atmete schwer, als er den reglosen Körper der Frau von sich rollte. »Danke, Kumpel.«

»Keine Ursache.«

»Oh, Gott! Oh, Gott! Oh, mein Gott!« Die Augen der Kassiererin waren tellergroß und schienen jeden Moment herauszufallen. Sie sah auf Gina, dann auf Danny und Nelson, bevor sie sich zu Dale umwandte, der versuchte, seiner Schmerzen durch zischende Geräusche Herr zu werden. Schließlich sah sie das Blut, das den Großteil des Bodens im Laderaum des Lieferwagens bedeckte. Ein Bach aus roter Flüssigkeit strömte in ihre Richtung. Sie versuchte auszuweichen, als ob die Berührung damit sie verbrennen könnte.

»Hey!«, sprach Danny sie an. Sie keuchte und sah ihn an. »Ruhe!«

Sie nickte und verzog ihren Mund, dass sie Ähnlichkeit mit einem Frosch bekam. Ihre Augen aber verengten sich zu schmalen Schlitzen. Sie musterte ihn mit bösem Gesichtsausdruck und er erwiderte ihren Blick.

»Entscheide dich, Mädchen. Mir ist es jedenfalls scheißegal, wofür du dich entscheidest. Verstanden?«

Sie nickte wieder, ihre Miene so undurchdringlich wie seine.

»Gut.«

Danny stupste Gina mit dem Fuß an, als sie begann, sich zu regen. »Wir sollten uns besser etwas überlegen, bevor sie wieder ausrastet.«

Nelson ließ seinen Kopf zwischen den Schultern kreisen, nachdem er Dales Wunden inspiziert hatte. Der Proll dankte es ihm, indem er androhte, ihm die Eier abzureißen, dafür, dass er mit seiner Frau gekämpft hatte.

»Ich wäre für eine Kugel für sie beide, aber ich bin offen für weitere Vorschläge. Ihr kennt mich ja – bin ein Team-Player.«

Sie duckten sich im Lieferwagen. Wallace manövrierte das Fahrzeug durch das Parkhaus. Es ging tiefer und immer tiefer, mit einer Geschwindigkeit, die mit jemand anderem am Steuer äußerst gefährlich gewesen wäre.

»Nein. Sie haben uns ziemlich in die Scheiße geritten, aber ich werde sie nicht umnieten. Wenn wir sie aus dem Weg räumen, hinterlassen wir nur unnötige Spuren. Nein, danke.«

Nelson nickte. »Stimmt.«

Danny hörte das Zögern in der Stimme seines Partners, das ihn an seine eigenen Gefühle erinnerte. Früher oder später mussten sie gegen die beiden Proleten etwas unternehmen. Sie waren einfach zu gefährlich. Früher oder später – oder am Ende würden andere ihretwegen draufgehen.

Er deutete auf die Kassiererin. »Du hast doch die Schlüssel für diese Handschellen, oder?«

»Selbstverständlich.«

»Vielleicht solltest du das andere Ende an unserer Psycho-Prinzessin befestigen.«

»Bitte!«, flehte die Bankangestellte mit ängstlicher, aber nicht mehr völlig panischer Stimme. »Bitte kettet mich nicht mit ihr zusammen.«

»Mir fällt aber sonst nichts Besseres ein ...« Er machte

eine spannungsvolle Pause und sah die Frau mit hochgezogenen Augenbrauen an.

»Mel.«

»Mel?«

»Melanie. Aber ich finde das klingt irgendwie doof.«

»Wie wär's mit Laney?«

Sie verzog entsetzt das Gesicht.

Danny kicherte in sich hinein. »Nee. Gefällt mir auch nicht besonders. Hey, Nelson. Gib mir mal die Schlüssel.«

»Sicher?«

»Nicht im Geringsten. Rück sie trotzdem raus.«

Nelson klatschte ihm die winzigen, kalten Metallstücke in die Hand.

Plötzlich drehte sich der Wagen nach rechts und hielt dann an.

»Wir sind da, Herrschaften!«, verkündete Wallace. »Hab einen netten Land Cruiser für unsere Zwecke gefunden. Hoffe, es hat keiner ein Problem mit ausländischen Autos.«

»Die Fenster?«

»Schön dunkel.«

»Prima. Geh schon mal vor und fang an. Wir bleiben solange im Lieferwagen.«

»Okay. Gib mir ein paar Minuten Zeit. Wahrscheinlich hat die Karre eine Alarmanlage.«

»Na großartig.«

»Ist kein Problem, Boss. Entspann dich. Kannst ja in der Zeit deine neue Freundin ein bisschen besser kennenlernen.«

»Halt's Maul und geh an die Arbeit, Junge.«

»In Ordnung.«

Danny hörte, wie Wallace seine Tür öffnete, ausstieg und sie wieder zuwarf.

»Sie kommt zu sich …«, warnte Nelson. Ein Stöhnen von Gina unterbrach ihn.

»Halt sie fest.«

»Mach ich.«

Er sah gerade noch, wie Nelson Gina ein Knie in den Rücken rammte und ihr die Arme auf den Rücken drehte.

Dale grollte wütend. »Ich bring euch beide um, ihr Arschlöcher.« Seine Stimme war schwach, aber sie klang immer noch giftig genug, um halb Texas zu verseuchen.

Danny schüttelte den Kopf. »Wie du meinst. Hoffentlich wird dir das Loch ordentlich wehtun.«

Er wandte sich an die Kassiererin, Mel. »Ich nehm dir die Dinger jetzt ab, aber wir sind noch nicht fertig. Wenn du versuchst abzuhauen, erschieße ich dich. Das will ich zwar nicht, aber ich würde es tun, verstanden?«

»Du hast doch behauptet, du wolltest keine Leichen zurücklassen. Keine Spuren, erinnerst du dich?«

»Aber weniger Spuren als eine schreiende Bankangestellte. Kapiert?«

Sie nickte.

»Ich will's hören, Mel.« Er zog seine 9-Millimeter aus dem Hosenbund und zeigte sie ihr.

»Ja, verstanden.« Sie sah die Pistole an, als wäre sie hypnotisiert.

»Gut!« Danny ergriff ihr Handgelenk und öffnete die eine Handschelle. Er hielt sie weiterhin fest, als er auch die andere Handschelle öffnete und sie inklusive ihrer Schlüssel Nelson zuwarf. »Mach du das.«

»Vorne im Wagen oder hinten?«

Er warf seinem Freund einen Blick zu.

»Hinten. Verstanden.«

Er sah wieder zu Mel. Sie rieb sich das Handgelenk. Die Haut an der Stelle war rot und wund.

»Alles okay?«

Sie starrte ihn wieder böse an. »Nein.«

»Sorry, Eis zum Kühlen haben wir leider nicht.«

»Ich rede nicht von meinem Arm. Der ist mir egal.«

»Alles klar. Würde mir wünschen, dass ich gegen den Rest auch etwas tun könnte.«

»Du lügst. Du hast Menschen umgebracht. Ich habe es gesehen. Als ob es das Einfachste der Welt wäre.«

Er schüttelte den Kopf und gestikulierte in Richtung des verwundeten Dale und der mit Handschellen gefesselten Gina. Die Psychopathin war immer noch etwas mitgenommen. Sie stöhnte und ihr Kopf wackelte hin und her. Nelson hatte von ihr abgelassen, lehnte an der Wand des Wagens und spähte vorsichtig unter das Stück Stoff, mit dem er seine Wunde umwickelt hatte.

»Die beiden da auf dem Boden, sie tun so, als wäre Mord das Einfachste der Welt. Wenn es eins gibt, was ich hasse wie die Pest, dann ist es Menschen zu töten. Versuch dir das zu merken. Ich weiß, das klappt vermutlich nicht, aber versuch es trotzdem.«

»Ich glaube dir nicht. Wie viele Menschen hast du heute erschossen?«

»Ich hab nicht gesagt, dass ich es nicht mache, wenn ich meinen eigenen Arsch retten muss. Ich hab gesagt, dass es mir keinen Spaß macht. Das ist ein großer Unterschied.«

»Sieht mir nicht danach aus.«

»Vielleicht nicht. Mir auch egal. Es war nicht das erste Mal, dass ich jemanden getötet hab und vermutlich ist es auch nicht das letzte Mal. Es wird aber ganz sicher nicht leichter mit der Zeit, das schwör ich dir.«

»Armes Kerlchen.«

»Wie auch immer. Halt einfach das Maul, okay? Tut mir leid, dass ich überhaupt was gesagt habe. Ich fange gerade an, dich zu hassen, weil du mich zum Reden gebracht hast.«

Sie sah weg und Danny war froh darum. Er schloss einen

Moment lang die Augen und atmete tief durch. Er hatte fast vier komplette Sekunden Ruhe, bevor ihn Gina aus den Gedanken riss.

»Was zum Teufel?«

»Du bist wieder wach. Gut. Verhalte dich ruhig und wir werden dich nicht hier zurücklassen.«

»Arschloch!«

Er riss ihren Kopf an den Haaren in die Höhe. Dales Blut befleckte ihre Haut. Danny konnte nicht umhin zu denken, dass sie das vermutlich auch noch gut fand. Er hielt ihr die 9-Millimeter ins Gesicht und ließ seine Stimme so eisig klingen wie Alaska im Januar.

»Ich hab dermaßen die Schnauze voll von dir, das kannst du mir glauben. Wegen dir und deinem dämlichen Lover sitze ich hier hinten in einem vollgebluteten Lieferwagen fest. Ein Job, der mich eine verdammt lange Zeit hätte über die Runden bringen können, endete in der Scheiße. Und zum Dank dafür, dass wir euch beide da rausgeschafft und vor den Cops gerettet haben, versuchst du, mir die Augen auszukratzen, verdammt noch mal. Fick dich, Schätzchen. Hier ist Endstation für dich.«

Ihre Augen wurden feucht und ihr Gesicht wirkte plötzlich so verknautscht wie bei einem kleinen Mädchen. »Du tust gerade so, als ob das alles unsere Schuld wäre.«

»Ist es ja auch.«

»Nein! Dale hat versucht zu helfen. Das versucht er immer, aber manchmal vermasselt er's eben.«

Nelson schnaubte. »Ach wirklich?«

»Schwanzlutscher!«, knurrte Dale, als er einmal kurz nicht vor Schmerzen aufstöhnte.

Ein Motor, der tief und kraftvoll klang, startete. Wallace war es gelungen, den Land Cruiser zum Laufen zu bringen. In Kürze würden sie hier weg sein. Danny musste sich schnellstens überlegen, was er mit all den Leuten machen wollte. Gina und Dale waren zu gefährlich, um sie mitzunehmen, aber er konnte sie nicht zurücklassen, ohne sie zu töten. Mord war allerdings keine Alternative, zumindest nicht hier – noch nicht. Es würde schon genug Probleme geben, wenn man den Lieferwagen irgendwann abschleppte und feststellte, dass innen alles voller Blut war. Und wenn in dem Wagen auch noch zwei Leichen lägen, würde das Fahrzeug noch schneller den Verdacht auf sich ziehen. Innerhalb nur weniger Tage würde der Geruch die Aufmerksamkeit anderer erregen. Auch in das neue Auto wollte er keine zwei Leichen legen, nicht solange sie es noch durch die ganze Innenstadt von El Paso schaffen mussten.

Er fluchte in sich hinein und trommelte mit den Fingern gegen Ginas Schläfe. »Okay, hier kommt mein Vorschlag: Entweder du erklärst dich damit einverstanden oder wir haben ein ganz großes Problem.«

»Alles, was du willst!«, antwortete sie. Aus ihren Augen quollen Tränen. Entweder war sie wirklich verängstigt oder sie wusste, dass sie verdammt gut schauspielern musste, um sich und ihren Freund heil aus dem Parkhaus zu bringen.

»Wir können Dale nicht ins Krankenhaus bringen. Es ist einfach nicht möglich. Er weiß zu viel über uns und wir können das Risiko nicht eingehen. Wir nehmen euch beide mit, vorausgesetzt, ihr verhaltet euch verdammt ruhig. Wenn du dich noch mal im Ton vergreifst wie vor einer Minute, schießen wir euch beiden eine Kugel in den Kopf, bevor wir euch auf die Straße schmeißen. Soweit klar, Gina?«

»Aber Dale?«

»Wenn wir hier erst mal draußen sind, werden wir Dale Hilfe holen. Er hat einen Schuss in den Bauch abbekommen und das tut saumäßig weh, aber es dauert sehr lange, bis man verblutet. Sobald wir ein gutes Stück Weg zwischen uns und El Paso gebracht haben, werden wir jemanden finden, der ihm helfen kann. Bis dahin bleibt ihr beiden ruhig und benehmt euch, sodass wir aus diesem Dreckloch verschwinden können.« Er warf Nelson einen Blick zu und erntete von ihm ein Achselzucken.

Gina begann zu schluchzen. Großartig.

»Hey, gute Frau! Haben wir eine Abmachung? Sag was, denn wir haben nicht mehr viel Zeit.«

»Ja.« Es war nicht mehr als ein Flüstern, das sie zwischen ihrem Geschluchze hervorstieß, aber es genügte.

»Gut.« Er wandte sich an Mel und zeigte ihr nochmals die Pistole. »Dieselbe Abmachung gilt für dich, mit dem Unterschied, dass es bei dir darum geht, dass wir dich am Ende freilassen. Verstanden?«

Sie nickte.

Etwas klopfte drei Mal gegen die Ladetür. Wallace war bereit.

»Lass uns schnell machen. Zuerst nehmen wir Mel und dann Dale und Gina.«

»Okay!«, antwortete Nelson.

Die Türe flog auf. Wallace grinste.

»Ihr Wagen steht bereit, Ladys und Gentlemen.«

»Hast du ihn kurzgeschlossen?«

Das Grinsen wurde breiter. »Im Handschuhfach war der Ersatzschlüssel.«

»Hervorragend.« Er fasste Mel am Ellbogen. »Auf geht's.«

Sie setzte sich nicht zur Wehr, als er ihr aus dem Lieferwagen half, sondern hielt einfach den Blick gesenkt, atmete gleichmäßig und ruhig. Sie zuckte auch nicht zusammen, als Wallace sie am anderen Arm nahm. *Braves Mädchen,* dachte Danny. *Könnte sogar noch heil davonkommen.*

Danny führte sie zum Rücksitz des Land Cruisers, hinter

den Beifahrersitz. Er öffnete die Tür und bückte sich. Ein schneller Blick nach unten ließ nur den Autoteppich erkennen. Auch die Rücksitze waren leer. Nichts, was sie sich schnappen konnte, um ihnen in den Rücken zu fallen. Perfekt.

Danny stieß sie durch die Tür. »In die Mitte. Du hast heute den miesesten Sitz.«

Mel nickte und kletterte hinein. Sie nahm den mittleren Sitz ein und saß ganz reglos da. Ihre Hände ruhten auf den Knien. Die Augen hatte sie starr nach vorne gerichtet.

Danny schubste Wallace an. »Lass nicht zu, dass sie sich rührt, okay? Wir sind in einer Minute hier draußen.«

»Null Problemo, Boss.«

»Dachte ich mir.«

Danny ging zur Ladetür zurück, aus der gerade Nelson kletterte, der vor Schmerzen an seinem Arm zusammenzuckte.

»Wird das wieder?«

»Solange ich keine Tollwut kriege …«

»Wir machen das jetzt so: Dale packen wir flach auf den Boden. Ich sitze vorn und Gina setzt sich hinter den Beifahrersitz. Die Säcke schmeißen wir in den Kofferraum und schließen dann den Lieferwagen ab. Du setzt dich hinter Wallace, sodass das Mädchen eingequetscht wird, und dann hauen wir ab.«

»Klingt gut.«

»Prima. Dann nichts wie los.«

3

Drei Stunden später fuhr der Land Cruiser durch die Wüste New Mexicos. Danny hatte sich als Chef der Bande entschlossen, entgegen ihrem ursprünglichen Plan nicht in ihr Versteck zu fahren und sich lieber möglichst weit von der Grenze zu entfernen. Unter normalen Umständen hätten sie sie vielleicht überqueren können, aber nicht mit einem Dale, der den Boden mit seinem Blut vollsaute. So war Danny nach reiflicher Überlegung auf New Mexico gekommen. Den Rest würde er sich überlegen, wenn sie eine gute Strecke von El Paso weg waren. Vielleicht hatte er sogar irgendwie die Möglichkeit, Ribisi rechtzeitig zu bezahlen.

Wallace war ziemlich schnell vom Highway heruntergefahren und preschte nun über eine zweispurige Straße, die den von der Sonne aufgeheizten Staub durchschnitt. Von der Hitze brüchig gewordener Asphalt erstreckte sich vor ihnen wie ein endloser Teppich. Die letzte Tankstelle lag schon eine Stunde zurück. Seither hatten sie rein gar nichts mehr gesehen, mit Ausnahme von einem Werbeplakat für General Jacobsons Tanke, Imbissbude und Kuriositäten, aber besagter Laden war noch nicht aufgetaucht.

Die Insassen des Fahrzeugs schwiegen. Selbst Dale hatte seine Augen geschlossen und war eingeschlafen. Er atmete langsam und überaus angestrengt, aber stetig. Immer wieder schniefte Gina vor sich hin. Sie bearbeitete Dales Zehen mit ihren Fingern wie einen Rosenkranz. Mel starrte schon seit sie El Paso verlassen hatten auf das Loch im Bauch des dicken Mannes.

Danny betrachtete den blauen Himmel am Horizont, den die brennende, hoch stehende Sonne in ein goldenes Licht tauchte. Vermutlich waren es noch etwa acht Stunden bis Sonnenuntergang und bis dahin wollte er längst einen Ort gefunden haben, an dem sie sich verstecken konnten.

Und er hatte Hunger. In ihrem vorbereiteten Versteck hätte es ordentlich zu essen gegeben, aber nicht im Land Cruiser.

Vor einer Stunde hatte er das Handschuhfach inspiziert, auf der Suche nach einem Schokoriegel, einer Tüte Rosinen, irgendwas. Keine Chance. Jetzt brüllte sein Magen ihn an, verlangte lautstark die Befriedigung seiner Bedürfnisse, wie ein Kredithai, der die Zinsen eintreibt. Ein kurzer Blick auf die anderen verriet ihm, dass auch sie nicht in bester Stimmung waren.

Er verpasste Wallace einen Schubs. »Wie viel Benzin bleibt uns noch?«

»Ein Viertel Tank.«

»Und wie weit kommen wir damit?«

»In diesem Monster? Vielleicht 150 Kilometer. Wir sollten also unbedingt bei nächster Gelegenheit volltanken.«

»Mach das. Mir gefällt der Gedanke nicht, hier draußen irgendwo liegen zu bleiben.«

»Kein Problem.«

Danny rieb sich den grummelnden Magen und hoffe, dass sie nicht mehr so lange warten mussten.

Nach 20 Minuten, die sich anfühlten wie Tage, schlug ihm Wallace auf den Arm. »Da haben wir doch was.«

Danny sah auf und entdeckte zwei massive, schwarze Gebäude, die über einen kurzen Durchgang miteinander verbunden waren. Eine einzelne Reihe Zapfsäulen stand auf der staubigen Betonplatte, die als Parkplatz diente. Es gab keinen Sonnenschutz und keine Kunden, die anstanden, um aufzutanken. Der Ort schien völlig verlassen. Ein einzelner Kombi, der vor der Tankstelle parkte, sah aus, als wäre er dort zurückgelassen worden. Eine große Werbetafel mit dem Bild einer Soldatenmütze aus den Zeiten des Bürgerkriegs verriet ihm, dass sie General Jacobsons Tanke, Imbissbude und Kuriositäten erreicht hatten.

»Fahr da rein.«

»Klar.«

»Ich brauch was zu essen!«, ließ sich Gina sofort vom Rücksitz aus vernehmen.

Er schüttelte den Kopf und versuchte, die aufkeimende Wut zu unterdrücken. »Außer mir geht niemand rein. Nur Wallace, wenn er das Benzin bezahlt. Ich besorge für uns alle etwas zu essen, okay?«

»Aber …«

»Okay?«

»Schweineschwarten!«, antwortete sie.

Danny verdrehte die Augen und sah an sich hinunter. Er trug immer noch die dunkle Jeans und das schwarze Oberhemd wie beim Bankraub. Er begann, es aufzuknöpfen, als Wallace langsam auf den Parkplatz fuhr. Das weiße T-Shirt, das Danny unter dem Hemd trug, war bis auf einen dunklen Schweißring um den Hals sauber. Er kämmte sich mit den Fingern durchs Haar und überprüfte sein Aussehen im Spiegel der Sonnenblende. Er sah normal und sauber aus, überhaupt nicht wie ein Killer.

»Fuck!«, sagte Wallace, während er gehetzt in die Seitenspiegel sah. »Auf welcher Seite ist der Tank?« Er beugte sich nach rechts und versuchte hinauszusehen. »Ah!« Er fuhr den Cruiser zur Zapfsäule, stellte den Motor ab und stieg aus.

Gina lehnte sich nach vorne. »Kannst du Dale zumindest ein paar Tabletten mitbringen?«

»Ich schau mal, was ich tun kann. Er braucht einen Arzt, keine Aspirin. Hey, Mel?«

Das Mädchen sah ihn vorsichtig an. Hinter den dunklen Locken waren ihre Augen kaum zu erkennen.

»Wirst du dich anständig verhalten?«

»Ja.«

»Gut. Willst du was Bestimmtes?«

»Orangensaft?«

»Ich nehm welchen mit.« Er sah Nelson mit hochgezogener Braue fragend an.

»Ich brauche nichts Besonderes. Sei einfach vorsichtig.«

»Geht klar.« Danny drückte die Tür auf und trat auf den staubigen Boden.

Er stöhnte, als die glühende Hitze ihn fast umhaute. Es war Ende September und der Sommer hatte immer noch nicht beschlossen, zusammenzupacken und sich zu verkriechen. Tja. Er wischte sich den Schweiß von der Stirn und beschloss, dass sein nächster Coup – wenn er noch lang genug lebte – in Alaska stattfinden würde.

Allem Anschein nach besaß General Jacobson wirklich ein Dreckloch als Laden. Es sah aus, als wären 50 Jahre schwarzer Farbe von Wind und Wetter abgetragen worden, um dann notdürftig wieder ausgebessert zu werden. Danny hätte nicht damit gerechnet, dass es von nur einer Farbe so viele verschiedene Schattierungen geben konnte. Er konnte nicht ausmachen, ob die Ladenfenster – die randvoll gestopft waren mit alten Limo-Dosen und Souvenirs wie ausgestopfte Klapperschlangen – mit Dreck überzogen waren oder tatsächlich schon immer so aussahen. Auf der Vorderseite des Ladens befand sich nur eine einzige Tür. Auf der Glasscheibe prangte das mit noch mehr schwarzer Farbe geschriebene Wort GEÖFFNET. Er fragte sich, was General Jacobson tat, wenn er den Laden abends dichtmachen wollte.

Ein Windstoß blies ihm Dreck ins Gesicht, als er sich auf den Weg zum Eingang machte. Er kniff die Augen zusammen, hustete protestierend und begann zu rennen. Erst als er die Tür aufgerissen und den Laden betreten hatte, wurde er wieder langsamer.

Es war klar, dass General Jacobsons Klimaanlage vor die

Hunde gegangen war, wenn er überhaupt je eine besessen hatte. Drinnen fühlte man sich wie in einer Sauna. Danny musste an einen Sommer während der High School denken, sein letztes Jahr, als er es einmal mit ehrlicher Arbeit in einer italienischen Kneipe im Ort versucht hatte. Nach täglich zehn Stunden, die er sich den Arsch am Ofen der beengten Küche abgearbeitet hatte, war es ihm nicht so heiß vorgekommen wie jetzt hier bei General Jacobson.

Zu seiner Rechten befanden sich vier Gänge voller Regale aus rostigem Metall, die mit Lebensmitteln und anderen Dingen vollgestopft waren, deren Alter nicht auszumachen war. Alles sah so aus, als wäre es mit einer dünnen Schicht Wüstensand überzogen und dennoch krampfte sich sein Magen bei dem Anblick voller Vorfreude zusammen. Es roch auch äußerst lecker – nach etwas Fettigem, Appetitlichem. Ein Blick nach links zeigte ihm einen Speisenwärmer. Darin befanden sich zwei Behälter voll mit Brathähnchen.

»Gott sei Dank!«, stöhnte er.

»Nee!«, ließ sich eine kratzige Stimme von irgendwo weiter hinten vernehmen. »Du musst schon mir für das Hähnchen danken, sonst niemandem.«

Danny drehte sich nach der Stimme um. Er sah einen dunklen Gang, neben dem auf einem Schild KURIOSITÄTENMUSEUM in schwarzen Großbuchstaben zu lesen war. Das Schild wies auf den Gang, der wiederum zu dem hinteren Gebäude führte, dem Museum. Während er darauf sah, stapfte eine mindestens 70-jährige Frau durch die Tür in den Laden hinein.

»Hallo!«, sagte sie mit einem Grinsen, das zeigte, dass sie sogar noch Zähne im Mund hatte. Ob es sich dabei um ihre eigenen oder ein Gebiss handelte, war nicht auszumachen. »Ich bin Gwynette.«

»Nicht General Jacobson?«

»Leider nein!«, antwortete sie kichernd. »Muss zugeben, dass der gute General just zu der Zeit gestorben ist, als ich ihn erfunden habe.«

Dieses Mal war es an ihm zu lachen. »Schön, Sie kennenzulernen, Gwynette. Ich bin Shawn.« Immerhin war kein Dale da, der den Anwesenden die wahren Namen zuschrie.

»Bist ein schnuckliger Kerl, Shawn.«

»Danke. Woher wussten Sie denn, dass ich das Hähnchen meinte?«

»Immer wenn hier jemand reinkommt und Geräusche von sich gibt, als hätte er den Herrgott persönlich getroffen oder den Orgasmus des Jahrhunderts gehabt, weiß ich, dass es um mein Hähnchen geht.«

Danny grinste über das ganze Gesicht. Die alte Schachtel wurde ihm immer sympathischer. »Sieht nicht so aus, als würden hier viele Kunden vorbeikommen. Warum braten Sie überhaupt Hähnchen? Ist doch ein Haufen Arbeit.«

Sie schlurfte über den Linoleumboden zu einem gut mit Bier gefüllten Getränkekühlschrank und griff nach einer Dose Lone Star. »Na ja, ein Behälter ist mein Mittagessen und einer mein Abendessen. Wenn jemand einen kauft, mache ich einen nach. Ist also überhaupt nicht viel Arbeit.«

»Und wann ist das zum letzten Mal passiert?«

Sie öffnete ihre Dose, nahm einen Schluck und stieß einen zufriedenen Seufzer aus. »Vor vielleicht zwei Wochen? Willst du ein Gekühltes?«

»Ich brauche wahrscheinlich eher einen ganzen Kasten voll. Hab ein paar Freunde dabei. Die schlafen im Auto.«

Sie marschierte hinter eine Theke, auf der eine Kasse sowie ein uralter Schwarz-Weiß-Fernseher zu sehen waren, und setzte sich auf einen knarzenden Hocker. »Ein ganzer Trupp Leute, hm? Was habt ihr vor?«

Er zwinkerte ihr zu. »Vegas, Baby!«

Sie lachte. »Dann hättet ihr die I-10 nehmen sollen.«

»Wenn ich Ihnen einen Behälter voll Hähnchen abnehme, wie lang brauchen Sie, um sich Ihr Abendessen zuzubereiten?«

»Nicht lange. Fünf Dollar.«

»Prima, ich schau mal, was wir noch brauchen.« Er drehte sich um und warf einen Blick auf den Rest des Ladens. Der Getränkekühler zog ihn magisch an, aber noch mehr interessierte ihn der Gang. Zwar hatte er eigentlich nicht die Zeit, doch er hatte noch nie eine dieser Attraktionen gesehen, die man üblicherweise auf Reisen an der Straße findet. Die Neugier nagte an ihm.

»Wie ist das Museum so?«

»Gelangweilt, weil keiner es besucht.« Sie grinste und zwinkerte ihm zu.

»Was kostet es?«

»Ach, gar nichts. Es ist bloß ein bisschen Zeugs, das ich im Laufe der Jahre angesammelt habe. Geh ruhig rein und schau's dir an.«

Die Ladentür klingelte, als Wallace eintrat. »Puh! Da draußen ist es so heiß wie ein Wichser auf einer Entbindungsstation!« Erst jetzt erblickte er Gwynette und vor Scham überzog eine leichte Röte sein Gesicht. »Ähem … Sorry, Madam.«

Sie winkte ab. »Ach bitte. Hier drin ist es auch wirklich so heiß wie eine durchgefickte Mutter.«

Dem Jungen fiel die Kinnlade herunter und Danny musste lachen.

»Ähm …«, stotterte Wallace.

»Jimmy, das ist Gwynette«, sagte Danny. »Kauf ihr einen Behälter Hähnchen ab, zusätzlich zum Benzin. Oh, und schnapp dir einen Kasten Bier, ein paar Schweineschwarten und alles andere, was gut aussieht. Ach ja, dann noch

Orangensaft und Ibuprofen. Ich werde mich mal kurz im Museum umsehen.«

Gwynette verzog das Gesicht. »Ibuprofen? Geht's dir nicht gut?«

»Bei meinem umwerfenden Aussehen? Ich bin so schön, dass es mir selbst schon fast weh tut, mich anzusehen.«

Die alte Frau brach wieder in schallendes Gelächter aus. »Sie sind ein ganz schöner Schweinehund, Mr. Shawn!«

»Hab ich schon öfter gehört!« Er winkte ihr zu und verabschiedete sich von der Theke. Danny hatte sich keine Gedanken gemacht, dass Wallace es vergeigte, indem er seinen wahren Namen benutzte, aber er war trotzdem froh, dass Gwynette seinen falschen erwähnt hatte. Da brauchte Wallace wenigstens nicht improvisieren.

Er unterdrückte ein Grinsen und marschierte in Richtung des Kuriositätenmuseums.

Mel saß zwischen zwei Bankräubern eingepfercht auf dem Rücksitz des Land Cruisers und versuchte, die Tränen zurückzuhalten. Ein dritter Verbrecher, der langsam verblutete, lag zu ihren Füßen. Sie wollte schreien. Ihr Magen drehte und verkrampfte sich, wie er es eigentlich schon seit dem Moment tat, als der Mann, der der Anführer zu sein schien, in der Bank seine Pistole zog. Oh, Gott, es fühlte sich an, als wäre es schon eine Ewigkeit her, seit ihre Welt so durcheinandergeraten war. Und doch war sie heute Morgen noch Melanie Sayers gewesen, eine College-Absolventin und Bankangestellte.

Nächsten Monat wären es zwei Jahre in der Bank. Nein, es wären zwei Jahre gewesen. So sehr sie auch glauben wollte, dass sie hier lebendig rauskam, dass der Mann, der so nett gewesen war, sich zu erkundigen, ob er ihr etwas aus dem Laden mitbringen sollte, sie gehen lassen würde – sie wusste es besser. Sie hatte ein gutes Gespür für Menschen und konnte gewisse Zeichen deuten. Das hier waren Kriminelle, ganz einfach, und sie würden sie nicht gehen lassen, nicht mit all dem, was sie über sie wusste. Sie würden sie töten. Wenn das Glück auf ihrer Seite war, ging das schnell und schmerzlos. Vielleicht würde sie im Dreck knien müssen, während sie ihr eine Pistole an den Kopf hielten. Würde sie ihren Lauf spüren? Oder würde sie nur in dem Sekundenbruchteil, bevor die Welt um sie herum dunkel wurde, den Schuss aus der Waffe hören?

Sie kniff die Augen zusammen und versuchte, ihre Tränen zurückzuhalten. Es gelang ihr nicht. Heiße Tränen rannen ihre Wangen hinunter und sie schniefte einmal, zweimal.

»Halt's Maul!«, sagte die Frau mit schriller, gereizter Stimme.

Mel merkte, dass die andere sich drohend aufbaute. »Sorry.«

»Ich hab gesagt, halt's Maul. Wenn du noch einmal die Klappe aufmachst, reiß ich dir die gottverdammte Kehle raus.«

Mel riss vor Schreck die Augen auf und sah zu Boden. Nein, auf den blutenden Mann auf dem Boden. Dieser Mann gehörte zu der Frau. Sie liebten sich. Und der Mann war ein Killer, der Erste, der angefangen hatte zu schießen. Er war wahnsinnig. Sie erinnerte sich gut an den irren Blick in seinen Augen und daran, dass es sie bei dem Anblick gefröstelt hatte.

Auch jetzt zitterte sie. Das Haar hing ihr lose ins Gesicht und kitzelte ihre Haut. Sie wollte es wegstreichen, aber aus Angst rührte sie sich nicht. Die Frau könnte sie töten, falls sie sich auch nur kratzte.

»Sei still, Gina!« Es war der Mann links von ihr, der mit der sanften Stimme. Er jagte ihr nicht so viel Angst ein wie die anderen. Er hatte die Frau in Schach gehalten, als sie in der Bank um sich schoss. Deshalb hatte sie ihn sogar verwundet. Mel sah in seine Richtung, auf seinen Arm. Der Verband, den er sich aus seinem Hemd gebastelt hatte, war nass und rot. Aus der Wunde sickerte immer noch Blut. Und auch der dicke Mann auf dem Boden blutete. Noch nie hatte sie so viele Verletzte gesehen. Sie ertappte sich bei dem Gedanken, dass es nur einer von ihnen wirklich verdient hatte. Sie wusste, dass es absurd war, aber das sagte ihr nun einmal ihr Gefühl.

»Was?«, fragte Gina. »Was hast du gerade zu mir gesagt?«

»Dass du ruhig sein sollst. Das Mädchen ist zu Tode verängstigt und du bist nicht gerade eine Hilfe in dieser Lage. Sei einfach eine Weile still. Ich will kein Gebrüll mehr hören.«

»Ich brülle, wann ich will! Dale stirbt und niemand tut einen Dreck dagegen! Was erwartest du denn von mir?«

»Ich erwarte, dass du ruhig bist, wenn schon nicht wegen der anderen, dann zumindest für Dale.«

»Aber Danny tut einen Scheiß, um ihm zu helfen!«

»Er muss auch nicht helfen.« Seine Stimme wurde hart, eiskalt. »Versuch dich daran zu erinnern, bevor wir euch beide irgendwo am Straßenrand loswerden, okay? Ich würde es als persönlichen Gefallen ansehen.«

Gina antwortete nicht. Mel wartete auf eine Reaktion der Frau, aber es kam keine. Gina beschäftigte sich wieder damit, Dales Füße zu kneten.

Mel war froh darum.

Sie sah, wie Dale seine Wurstfinger über seinem blutenden Bauch spreizte, alle paar Sekunden zusammenzuckte und seine Hände dann langsam zu Fäusten ballte, bevor er sich wieder entspannte. Wie viel Zeit blieb dem Mann noch? Sie hatte noch nie jemanden sterben sehen, zugesehen, wie der Atem langsamer wurde und plötzlich gänzlich aufhörte.

Auch jetzt wollte sie es nicht sehen, aber wenn es bedeutete, dass sie dafür immer noch am Leben blieb, dann würde sie bis zum Ende zusehen.

Sie hörte, wie zu ihrer Linken jemand lange und langsam ausatmete. Der Mann, der Gina zum Schweigen gebracht hatte, Nelson. Sie spürte, wie die Anspannung von ihm abließ, als er sich langsam wieder in den Sitz sinken ließ. Aus den Augenwinkeln konnte sie sehen, dass er seine Hände auf den Knien ruhen ließ, wie sie es auch tat. Es waren keine geschmeidigen Hände und sauber waren sie auch nicht, aber irgendwie hatten sie eine gewisse Anziehungskraft auf Mel. Sie gaben ihr ein Gefühl der Sicherheit.

Mel streckte ihre Hand aus und berührte mit den Fingern den Handrücken des Mannes. Einen Moment lang spürte sie, wie er sich anspannte, dann ließ er wieder locker. Sie legte ihre ganze Hand auf seine und drückte sie fast unmerklich. Der Mann versuchte nicht, seine Hand wegzuziehen.

Sie erschrak und zog ihre Hand hastig zurück, als sie leise etwas zuknallen hörte. Ein Blick in Richtung des Ladens zeigte ihr, dass der Fahrer auf sie zukam. Er war über und über mit Tüten beladen und trug zusätzlich noch einen Kasten Bier. Aus einer der Tüten ragte ein Behälter voll Hähnchen. Ihr Magen grummelte erwartungsvoll. Der andere Mann – der Anführer – war nicht bei ihm. Sie fragte sich weshalb.

Langsam sah sie wieder zu ihrer Linken, zu den Händen des Mannes, die auf seinen Knien lagen. Er ballte sie zu Fäusten und ließ dann wieder locker.

Sie wusste, dass es lächerlich war, aber irgendwie wollte sie die Hände wieder berühren.

Eine einzige schwarze Glühbirne erhellte die Tür. Ein alter, marineblauer Vorhang hing dahinter. Danny schob den

Vorhang beiseite und ging den Gang hinunter. Er war nicht lang, aber dort drinnen war es etwa zehn Grad heißer als im Laden. Er eilte hindurch und wischte sich mehr Schweiß von der Stirn. Als er sich mit der Hand durchs Haar fuhr, stellte er fest, dass er klitschnass verschwitzt war. Nach ein paar Schritten erreichte er einen weiteren Vorhang, den er dankbar beiseiteschob, um das etwas kühlere Kuriositätenmuseum zu betreten.

Die roten Lampen, die Gwynette angebracht hatte, um den Raum zu beleuchten, ließen ihn mehr wie ein Bordell als ein Museum aussehen. Vermutlich war das Licht notwendig, um zu vertuschen, wie billig und geschmacklos die Ausstellungsgegenstände waren.

Und »billig« und »geschmacklos« war definitiv die richtige Beschreibung für das Kuriositätenmuseum. Ein ausgestopfter Hase, dem man ein Geweih an den Kopf geklebt hatte – ein Wolpertinger – stand oben auf einer Glasvitrine links von der Tür. Danny trat näher an das Pseudo-Fabeltier heran und bemerkte amüsiert, dass Gwynette ihm sogar etwas Blut an die Lippen gemalt hatte. Ein Schild vor dem Wolpertinger warnte davor, dass das Tier ein Menschenfresser sei.

»Braves Mädchen!«, flüsterte er.

Im Schaukasten unter dem ausgestopften Hasen befand sich ein zertrümmerter Schädel, vermutlich von einem Hund. Laut Beschreibung hatte er allerdings einem Chupacabra gehört. Daneben stand ein Schrumpfkopf, direkt »aus dem Dschungel von Mexiko.«

Der Rest des Museums war mehr oder weniger Standard. Ein Beinknochen, der angeblich Billy the Kid gehört hatte, ruhte neben dem Fußabdruck eines »Stinktier-Affen«. Eine mumifizierte Katze saß neben einem gigantischen Kobrakopf, der ganz offensichtlich aus Gummi gefertigt war.

Danny umrundete den Raum schnell und warf einen kurzen Blick auf die meisten Ausstellungsgegenstände. Vor manchen blieb er gerade lange genug stehen, um sich darüber zu amüsieren. Manches war einfach zu *offensichtlich*. Nur jemand wie Gwynette konnte so etwas zusammenstellen – ein Späßchen, das ihr gelegentlich den einen oder anderen Dollar einbrachte.

Er hatte seinen Rundgang fast beendet, als er abrupt anhielt. Das letzte Ausstellungsstück schwebte in einem großen Glasgefäß, in einer milchig-gelblichen Flüssigkeit. Es hatte die Größe eines Kleinkindes von nicht mehr als zwei Jahren. Sein Körper sah menschlich aus. Seine Haut hatte in etwa die Farbe eines weißen Kindes, bis auf das Spinnennetz von Venen, die im Laufe der Jahre schwarz geworden waren. Es hatte sogar einen winzigen Penis, der zwischen den beiden speckigen Babybeinen hing.

Da endete dann allerdings die Ähnlichkeit mit einem Menschenkind. Denn der Kopf des Kleinkindes war ungewöhnlich. Er war gigantisch, etwa zweimal so groß wie der eines normalen Kindes. Durchsichtige Haut bedeckte den riesigen Schädel. Sie war so dünn, dass Danny sogar einen Riss im Knochen ausmachen konnte. Die Augen – eingesunkene, geschlossene Lider – waren nicht symmetrisch. Eins befand sich hoch auf der Stirn. Eine schreckliche Hasenscharte reichte beinahe bis zu dem einzigen Ohr, das deformiert war.

Und der Arm erst. Der linke Arm des Kindes sah normal aus, aber der rechte absolut nicht. Anstelle der Hand befand sich eine Klinge aus Fleisch und Knochen, die so lang war wie sein Unterarm. Es sah aus wie ein Körperglied, das man an einer Gottesanbeterin vermutet, aber nicht an einem Kleinkind. Danny trat näher, schaute genauer hin und fand fünf blasse, zierliche Fingernägel an den Enden der Klinge.

Es war eine Fälschung. Es musste eine sein. Nichts Derartiges konnte geboren worden sein und länger als einige kurze Augenblicke gelebt haben. Aber es sah so *echt* aus. Die Detailgenauigkeit war verblüffend. Er erwartete fast schon, dass sich die deformierten Augen öffneten und böse grüne Augäpfel ihn hasserfüllt und hungrig anstarren würden. Langsam entfernte er sich von dem Gefäß, aber er behielt das missgestaltete Ding so lange im Auge, bis er sich in sicherem Abstand glaubte.

Er schüttelte den Kopf. »Sei nicht albern, Danny.« Er musste wieder runterkommen. Es war Zeit, das Kuriositätenmuseum und Gwynette und damit General Jacobsons üblen Schuppen zu verlassen. Er hatte zu viel Zeit verschwendet. Sie mussten dringend weiterfahren und waren noch lange nicht in Sicherheit. Vor Einbruch der Nacht mussten sie ein Versteck finden und dann schauen, was sie mit Dale machten. Und vielleicht auch mit Gina.

Und er musste sich dringend überlegen, wie er noch rechtzeitig liefern konnte.

Er schob den Vorhang zur Seite und trottete zurück in den Laden. Er würde Wallace dazu bringen, die Klimaanlage auf vollen Touren laufen zu lassen, wenn sie wieder auf der Straße waren. Er hatte keine Lust mehr zu schwitzen.

»Und, wie fandest du es?«, erkundigte sich Gwynette, sobald er durch den zweiten Vorhang getreten war. Wallace war schon gegangen und lud vermutlich gerade alles in den Land Cruiser.

»Sie haben einige ganz schon abgedrehte Sachen da drin!«

»Gefällt dir der Wolpertinger?«

»Der ist klasse. Menschenfresser, hm?«

»Hab ihn von einem Kerl aus Tuscon. Das Vieh hat dem Typen fast den Kopf abgerissen.«

»Und das Ding in dem Gefäß? Das Baby. Ist das echt?«

Sie schüttelte den Kopf. Keine Spur von Heiterkeit mehr in ihrem Gesicht. Sie begann ihre Hände zu beschäftigen, indem sie einige Dinge auf der Theke zurechtrückte. »Nein. Nein, ist es nicht. Ein Freund von mir hat's vor ein paar Jahren zu Halloween gemacht.«

Er sah die alte Frau einen Moment lang an. Ihre Antwort kam zu nachdrücklich und sie sah fast schon erschreckt aus.

»Gwynette? Sind Sie okay?«

Sie winkte ab. »Alles gut. Du solltest dich besser wieder auf den Weg machen, oder, Shawn? Ihr habt noch ziemlich viel Wüste vor euch, bevor ihr nach Las Vegas kommt.«

»Stimmt.«

»Dir und deinen Freunden viel Spaß. Ich hab gehört, dass es dort eine Oben-ohne-Bar gibt, in der nur Amputierte angestellt sind. Wenn ihr sie findet, lass dich einfach mal wieder blicken. Ich würde gerne alles über so was wie das hören.«

»Das machen wir.« Er wurde das Gefühl nicht los, dass sie Angst hatte.

»Na dann. Lass dir das Hühnchen schmecken, Süßer. Und komm mal wieder vorbei.«

Er nickte und zwinkerte ihr zu. »Das werde ich machen, Gwynette, verlass dich drauf.«

Sie lächelte wenig überzeugend und er machte sich auf den Weg nach draußen.

Gwynette beobachte, wie der Mann, der sich Shawn nannte, auf den Beifahrersitz des Geländewagens kletterte. Sie wusste seinen wahren Namen nicht, aber Lügner erkannte sie schon von Weitem. Unzählige Jahre ihres harten Lebens hatten sie das gelehrt.

Das Fahrzeug wirbelte eine Staub- und Kieselschicht auf

ihre Zapfsäulen. Sie behielt es im Auge, als es schnell und zielsicher in Richtung Highway davonfuhr.

Gwynette schüttelte den Kopf. Er war doch so nett gewesen.

Sie zählte bis fünf, bevor sie das Telefon in die Hand nahm. Wählen musste sie nicht; es war noch nicht einmal ein Freizeichen zu hören. Stattdessen wartete sie, bis das Klackern im Hörer, das ihr ins Ohr stotterte, aufhörte, bevor sie sprach.

»Bestätige fünf Leute. Sie fahren in einem grünen Toyota nach Westen. Innerhalb von einer Stunde sollten sie die rote Zone erreichen.«

Sie legte den Hörer wieder auf die Gabel und seufzte tief. Wie lang war es her, dass sie zum letzten Mal das Telefon benutzt hatte? Irgendwie beschlich sie das Gefühl, dass sie langsam zu alt für diesen Unfug wurde.

Sie seufzte noch einmal und beschloss, dass es nichts weiter zu tun gab als eine neue Ladung Hühnchen in die Fritteuse zu geben.

4

Sie hatten Dale lange genug wach gehalten, um dem fülligen Mann etwas Wasser und zwei Ibuprofen einzuflößen. Gina hatte versucht, ihn mit ein paar Schweineschwarten zu füttern, aber sie war gescheitert. Sein Blut fing an, den Fußboden des Land Cruisers zu bedecken. Der Geruch kroch durch den Innenraum des Fahrzeugs wie eine Bedrohung.

Sie hatten schweigend und lustlos gegessen und es gab nichts, was sie irgendwie aufheitern konnte. Gerade mal vier Stunden von El Paso entfernt zu sein, hieß alles andere als Sicherheit und sie hatten immer noch kein Versteck gefunden, es sei denn, sie wollten sich in den Wüstenboden eingraben. Sie waren Meilen und Meilen gefahren und trotzdem gab es noch viele weitere Meilen, die vor ihnen lagen. Selbst Gwynettes Hähnchen – von dem Nelson behauptete, es sei das Beste, was er je gegessen hatte – hob ihre Stimmung nicht.

Danny schloss die Augen und rieb sich die Schläfen. Die ganze Situation bereitete ihm Kopfschmerzen. Er hatte sich auch ein paar Ibuprofen eingeworfen, aber gegen den Schmerz in seinem Schädel waren sie irgendwie wirkungslos. Er presste die Augen zusammen und der Druck wurde stärker. Er beugte sich vor und nahm sein Gesicht zwischen die Hände.

»Hey.« Wallaces Stimme, in der Aufregung mitschwang. »Hey, Boss. Guck mal!«

Danny spähte über das Armaturenbrett. Sie fuhren eine Steigung hinauf. Auf beiden Seiten befanden sich hohe Berge aus Erde und Sand. Die vor ihnen liegende Straße führte kerzengerade ins Nichts.

»Was denn?«

»Da, rechts. Schau doch!«

Danny kniff die Augen zusammen und dann sah er sie: eine schmale Schneise, gerade breit genug, dass ein Fahrzeug hindurchpasste. Irgendetwas versperrte die Durchfahrt: Zwischen zwei hölzernen Pfosten hing eine Kette, an der unten ein Metallschild baumelte.

Nelson beugte sich nach vorne und spähte zwischen den beiden Vordersitzen hindurch. »Was ist das denn?«

»Eine Straße?«, mutmaßte Wallace. »Vielleicht eine Einfahrt?«

»Mach mal langsam. Lasst uns mal schauen.«

Wallace fuhr den Geländewagen im Schneckentempo weiter und hielt dann an. Danny sah auf das Schild. Es war alt und verrostet und die Farbe war vom Sand abgetragen worden. Träge schaukelte es im Wüstenwind hin und her und er konnte die Worte PRIVATBESITZ und ZUTRITT VERBOTEN ausmachen. Die Kette schien kein Schloss zu haben, sondern nur mit einem Haken an jedem Ende befestigt zu sein.

»Was meinst du?«, fragte er Nelson.

»Vielleicht ein Haus. Könnte ein Indianerreservat sein.«

»Kein Reservat«, widersprach Wallace. »Da würde dann was anderes auf dem Schild stehen, denke ich.«

»Wie ›Zutritt verboten‹?«

»Nein. Etwas Altertümlicheres.«

»Ja, so was wie: ›Wir mussten nicht immer in diesem Drecksloch leben. Danke, weißer Mann.‹«

»Klappe zu!«, befahl Danny. Er sah zum Himmel. Die Sonne hatte den Zenit längst überschritten. Zwar blieb ihnen das Tageslicht noch eine Weile, aber das war seit zwei Stunden das erste Anzeichen für einen möglichen Unterschlupf. Wie hoch waren ihre Chancen, noch etwas anderes zu finden?

Er sah Nelson lange an. »Was meinst du?«

»Wir müssen bald anhalten. Schließlich sollten wir uns um Dale kümmern und hier geht das nicht.«

»In Ordnung.« Er atmete tief durch. »Lasst uns mal genauer schauen. Das kann ja nicht schaden.«

»Bist du sicher?«

»Nein, aber das war ich heute den ganzen Tag noch nicht.« Danny stieg aus dem Land Cruiser und näherte sich dem Schild. Eine dreckige Straße führte auf der anderen Seite der Kette weiter, schlängelte sich um die Hügel und dann ins Nirgendwo.

Ihm gefielen die Gedanken nicht, die sich in seinem Kopf breitmachten. Er hoffte, dass sie einen verlassenen Ort vorfänden, ein altes Bauernhaus oder einen Getreidespeicher. Aber was sollten sie machen, wenn am Ende der Straße ein Haus war, mit einer lebenden, atmenden Familie darin? Würden sie weiterziehen und sich einen anderen Ort suchen oder musste er noch mehr furchtbare Dinge tun, um am Leben zu bleiben?

»Gottverdammt.«

Danny nahm ein Ende der Kette in die Hand und löste sie vom Haken. Das Schild sackte zu Boden und er zog den ganzen Krempel hinüber zum anderen Pfosten. Er winkte Wallace hindurch und brachte Schild und Kette wieder an, bevor er in den Toyota zurücksprang.

»Auf ins Unbekannte!«, befahl er dem Fahrer.

Wallace nickte und trat aufs Gaspedal. Der Land Cruiser bewegte sich vorwärts und rollte mit Leichtigkeit über die verdreckte Straße. Der Junge fuhr langsam und bemühte sich, das Fahrzeug nicht durchzurütteln.

Von hinten sagte Gina: »Wir haben ein Versteck gefunden, Baby. Wir machen dich wieder ganz gesund.«

Ja, bestimmt, dachte Danny, verdrehte die Augen und griff nach seiner 9-Millimeter. Sie war geladen. Er lehnte sich vor und steckte die Pistole hinten in seinem Hosenbund. Er fragte sich, was er machen würde, wenn der Zeitpunkt gekommen war.

Die Straße ging weiter, auf beiden Seiten Erdhügel. Es ging ganz leicht abwärts, wodurch Danny das Gefühl bekam, die Kontrolle zu verlieren.

Komisch, schließlich hatten sie schon seit Stunden keine Kontrolle mehr.

Wallace grinste nervös. »Falls wir plötzlich in Reno herauskommen, ist mir das wirklich peinlich.«

»Ich glaube, das wäre nicht das Problem. Ich habe mehr Angst davor, dass wir auf 'ne Bürgerwehr stoßen oder vielleicht 'nen Drogenring, der die Gegend als Landebahn benutzt.«

»Sie würden uns helfen!«, sagte Gina.

»Das bezweifle ich. Wir würden nur Ärger machen und ich glaube nicht, dass wir die Art Problem sind, mit der sie sich rumschlagen wollen.«

Die Straße wand sich endlos durch die Hügel, dass es sich anfühlte wie eine Ewigkeit. Und immer ging es weiter abwärts. Danny begann trotz der Klimaanlage zu schwitzen. Die Straße ergab keinen Sinn, es sei denn, sie führte zu einem Privatbesitz. Was sonst konnte es hier noch geben?

Nach der nächsten Kurve hatten sie die Antwort. Die Hügel verschwanden, verdrängt durch eine breite, langgestreckte Fläche totes Land. Braunes Gestrüpp bedeckte den Boden in alle Richtungen, außer im vorderen Teil. Die ausgetrockneten Überreste eines Kieselwegs führten zu einem steinigen Parkplatz mit gebrochener Asphaltdecke. Bis auf ein paar Steppenläufer und einen einzigen Busch, der versuchte, sich zur Sonne auszurichten, war der Platz leer. Dahinter stand ein riesiges Betongebäude. Es war düster und farblos, eine tote Hülle. In den Wänden leere Fensterhöhlen, deren Glas schon lange nicht mehr existierte. Wahrscheinlich war es zerbrochen und durch Wind und Wetter im Innenbereich verstreut worden. Eine plötzliche Bö vertrieb die Steppenläufer und wirbelte Dreck gegen die Wände des verlassenen Gebäudes. Als der Wind nachließ, war wieder lediglich die verfallene Fassade zu sehen – reglos, leblos, verlassen in der Wüste. Eher eine Leiche als ein Gebäude.

»Jesus!«, flüsterte Danny.

»Was ist denn das?«, wollte Wallace wissen.

Nelson beugte sich wieder nach vorne. »Vielleicht eine Fabrik?«

Danny nickte, ohne sich die Mühe zu machen, seinen Freund direkt anzuschauen. »Das wird es sein. Ja, ich denke, das ist es mit Sicherheit.«

Wallace warf ihm einen Blick zu. »Sollen wir sie uns mal genauer ansehen?«

»Ja. Probleme mit Hausbesetzern werden wir wohl hier nicht kriegen.«

»Wenn man mal von uns selbst absieht!«, erwiderte Nelson.

»Klar. Tja, dann wollen wir mal hoffen, dass wir nicht mit uns selbst zusammenstoßen.«

Wallace beschleunigte und der Geländewagen rollte auf das Gebäude zu, während er eine große Staubwolke hinter sich aufwirbelte.

Danny beobachtete das verlassene Anwesen und suchte in den Fenstern nach Anzeichen von Bewegung, hielt Ausschau nach Lebenszeichen von Bewohnern. Er konnte nichts entdecken, aber dennoch spürte er, wie die Angst langsam seinen Rücken hinaufkroch. Er musste vorsichtig sein. Er dachte an Sampson, die Cops und die Zivilisten. Er wollte nicht für noch mehr Tote verantwortlich sein. Nicht heute.

5

In der Fabrik regte sich das Rudel. Sie hörten, wie die Fremden sich näherten. Sie fühlten sie – die kleinen, kaum wahrnehmbaren Erschütterungen, die durch den Boden und den Beton weitergetragen wurden, waren genug, um ihre Aufmerksamkeit zu erregen. Viele andere Kreaturen hätten es nicht einmal bemerkt, aber ihre Sinne waren scharf und präzise. Die Jahre, die sie schon in der Wüste lebten, dort nach Nahrung suchten und jagten, um ihre erbärmliche

Existenz zu sichern, hatten sie wachsam werden lassen und zu schonungslosen Raubtieren gemacht.

Die Kleineren wimmerten. Sie hatten im Gerippe des Kojoten geschlafen, den die Jäger in der Nacht zuvor erlegt hatten. Das Fleisch des Tieres war vollkommen verzehrt, aber das Rudel war noch immer hungrig. Sie waren so viele und der Kojote hatte nicht genug Nahrung für jeden von ihnen abgeworfen.

Einer der Jüngeren machte sich in Richtung des Ausgangs auf. Ein Erwachsener schlug nach ihm, mit einer Hand, die aussah wie eine knochige Klaue. Die Jüngeren hatten schon vieles gelernt, aber Geduld zählte nicht dazu. Aber auch das würden sie noch lernen. Es gab noch viel Wissen, das sie brauchten, um das Leben zu meistern. Diejenigen, die es nicht schafften, würden sterben und selbst zu Fleisch werden.

Die Jäger begannen zu knurren, einer nach dem anderen – schreckliche Laute aus tiefer Kehle. Die gnadenlose Sonne stand immer noch hoch am Himmel. Sie verbrannte ihre Augen, raubte ihnen die Sicht. Es gab aber noch Ecken, in denen es immer dunkel blieb. Dort konnten sie bleiben und die Ankömmlinge heimlich beobachten. In der Finsternis konnten sie abwarten – und dann jagen.

Bald würden sie töten und dann gäbe es Fleisch.

Das Rudel bereitete sich auf das Schlachten vor.

6

»Wir müssen ihn reinschaffen!«

»Nein.«

Danny schüttelte nachdrücklich den Kopf, um Gina klarzumachen, dass sein Entschluss feststand. Kaum hatten sie den Parkplatz vor dem Gebäude erreicht, war sie durchgedreht und hatte lauthals protestiert. Ihr Gekreische klang halb bettelnd und halb fordernd und es machte ihn wahnsinnig. Immerhin hatte sie nicht mehr versucht, ihn umzubringen, aber das machte sie nicht vertrauenswürdiger.

»Aber Dale blutet immer noch. Wir müssen ihn reinbringen und versorgen!«

Er schaute ihr tief in die Augen, um ihr klarzumachen, dass sie seine ungeteilte Aufmerksamkeit hatte. »Hör mir zu, Gina. Wir werden uns um Dale kümmern, aber erst wenn Nelson und ich das Gebäude unter die Lupe genommen haben, um sicherzustellen, dass die Luft rein ist.« Er warf seinem besten Freund einen fragenden Blick zu. Als Antwort kam ein Achselzucken. Nelson war damit beschäftigt, seine Handfeuerwaffe zu überprüfen. Er war bereit.

»Aber …«

»Muss ich dir erst wieder Handschellen anlegen? Ich werde es tun, Gina, das schwör ich dir.«

Sie funkelte ihn einen Moment lang böse an. Gleich würde sie wieder explodieren. Er fasste sich ans Kreuz und griff nach seiner Pistole. Dieses Mal würde er ihr nicht die Gelegenheit geben, ihn anzugreifen. Er wollte nicht wieder töten, aber für die Psychopathin auf dem Rücksitz machte er gern eine Ausnahme.

Schließlich schüttelte Gina den Kopf. »In Ordnung. Aber beeilt euch.« Sie hörte sich regelrecht verletzt an, wie ein Kind, das man ohne Essen zu Bett schickte. Danny seufzte. Sie war so verkorkst. Er fragte sich, wie sie zu dem geworden war, was sie war, was sie so völlig kaputt gemacht hatte. Aber letzten Endes war es ihm auch scheißegal.

Er gab Wallace einen Schubs. »Bring uns rein, aber lass den Motor an, okay? Wenn wir gerannt kommen, will ich, dass du durchstartest, als würde dein Arsch brennen.«

Der Fahrer nickte und lächelte schief. Er drehte den Land Cruiser um, sodass er mit der Vorderseite wieder dahin deutete, wo sie hergekommen waren. So brauchte er mit dem Auto nicht rückwärtszufahren, wenn eine Flucht notwendig wurde, sondern konnte einfach das Gaspedal durchtreten und Staub aufwirbeln.

»Fertig?«, erkundigte sich Nelson.

»Ja!«, antwortete Danny. »Schnell und gründlich, nicht?«

»Immer doch.«

Danny zog seine 9-Millimeter und stieß die Autotür auf. Er war in null Komma nichts draußen und schlug die Tür hinter sich zu. Sekunden später schloss sich auch Nelsons Tür. Er tauschte einen kurzen Blick mit seinem Partner, als sie auf das Gebäude zueilten, das er nun ununterbrochen im Auge behielt. Die ursprüngliche Doppeltür gab es nicht mehr. Der eine Türflügel war entfernt worden, während der andere nur noch an einem verbogenen Scharnier hing. Drinnen lag alles im Schatten. Danny bewegte sich schnell nach links, um nicht direkt vor der Türöffnung zu stehen. Aus dem Augenwinkel sah er Nelson nach rechts verschwinden.

Gleichzeitig erreichten sie die Betonwand, deren Oberfläche durch die Sonnenglut so heiß wie ein Backofen war. Er nickte Nelson zu. Zusammen pirschten sie zum Eingang. Danny hielt seine Waffe auf Armeslänge, sodass er sie jederzeit hochreißen und in Sekundenschnelle schießen konnte.

An der Tür hielten sie inne und horchten. Der Wüstenwind jaulte tief und traurig durch die zerschmetterten Fenster des Gebäudes, aber sonst war nichts zu hören.

Nelson zog fragend eine Augenbraue hoch. Danny antwortete mit einem weiteren Nicken.

Sie traten mit gezückten Waffen zu zweit durch die Tür, die Finger am Abzug.

Danny wollte irgendwie reagieren, pfeifen oder ordentlich

fluchen oder zumindest anhalten, um alles anzusehen, aber das konnte er nicht riskieren. Stattdessen trat er nach links, während Nelson nach rechts ging.

Es war tatsächlich eine Fabrik, alles klar. Die Maschinen standen noch, komplett aufgegeben, und rosteten vor sich hin. Etwa 50 Meter von der Tür entfernt befanden sich riesige Blöcke aus Stahl, die Danny nicht genauer ausmachen konnte. Dazwischen lagen Gänge voll mit Gestrüpp und uralten Papierfetzen. Beides raschelte in der leichten Brise. Danny sah genau hin, denn er fürchtete, dass sich darin Klapperschlangen versteckten, die vor der Hitze draußen geflohen waren.

Er hob den Blick und sah etwas, von dem er glaubte, dass es eine Presse sein konnte. Er erkannte Hydraulik, eine Schalttafel und einen einzelnen Hebel aus Stahl. Was war hier hergestellt worden? Und wann?

Drei Meter über dem Boden durchzog eine Reihe Arbeitsbühnen aus Metall den Raum. Eine Treppe konnte er nicht entdecken, aber er wusste, dass es irgendwo eine geben musste. Ein knisternder Steppenläufer rollte durch einen der Stege, fiel über den Rand und wehte zu Boden.

Unter dem Gerüst war ein Metallschild an der Wand befestigt. Die Farbe war über die Jahre verblichen, aber er konnte die rostfarbenen Buchstaben auf hellgrauem Hintergrund immer noch problemlos lesen.

RED SKY MANUFACTURING

Das sagte ihm gar nichts, was aber keine Überraschung war. Er hatte sich nie bemüht, in solchen Dingen auf dem Laufenden zu bleiben.

In einem Gang zwischen zwei Maschinen ging er in Deckung. Die Fabrikhalle war zwar kein Labyrinth, aber doch beinahe. Er hörte, wie Nelson auf der anderen Seite des Raums entlanglief. Seine Füße schlurften leise durch den Müll und das Gestrüpp. Er fragte sich, ob ihre Überprüfung irgendetwas brachte oder ob sie nutzlos war. Es gab genug Verstecke in der Fabrik, die voller Überraschungen sein konnten, aber sie mussten den Wagen schnell aus dem Blickfeld verschwinden lassen. Wenn jetzt ein Hubschrauber über sie hinwegflog, würden sie wie lahme Enten auf dem Präsentierteller hocken.

»Scheiß drauf!«, murmelte er.

Dann schrie Nelson und ein Schuss zerriss die Luft.

Danny erschrak, aber er schaffte es irgendwie, nicht ebenfalls laut aufzuschreien. Er rannte zurück zum Eingang und auf die andere Seite, auf der Suche nach seinem Partner. Der Knall hallte im Raum wider und brachte seinen Orientierungssinn durcheinander. Er hörte keine weiteren Schüsse und das beunruhigte ihn. Vielleicht hatte jemand auf der Lauer gelegen. Und Nelson hatte ihn entdeckt, kurz bevor er von ihm umgenietet worden war.

»Nelson?«

»Hier!«

Danny seufzte und ein Gefühl der Erleichterung strömte durch seinen Körper. Er bog um die Ecke und fand Nelson, der an einer Maschine lehnte. Seine Pistole zeigte immer noch auf den Boden. Sein Mund stand offen und er starrte mit schreckgeweiteten Augen auf irgendetwas zu seinen Füßen.

»Alles okay?«

Nelson nickte langsam. Seine Augen ließen ihr Ziel nicht los.

»Sicher? Du siehst aus, als hättest du gerade Bigfoot getroffen.«

Wie in Zeitlupe ließ Nelson seine Pistole sinken und

machte drei vorsichtige Schritte vorwärts. Er ging in die Hocke und griff zum Boden. Als er wieder aufstand, hielt er etwas in der ausgestreckten Hand, etwas Großes.

»Gütiger Gott!«, rief Danny.

Danny vermutete, dass es sich bei der Schlange um eine Diamantklapperschlange handelte, aber dafür war sie eigentlich zu groß. Er konnte das Reptil nicht einmal in voller Größe sehen, bis Nelson seine Arme hoch über den Kopf hob. Das Ding musste an die drei Meter lang sein. Er war kein Experte für solche Viecher, aber er wusste, dass es für eine Klapperschlange viel zu groß war.

»Verstehst du jetzt, warum ich geschossen habe?«

»Ja. Aber nicht, warum du nur einmal darauf geballert hast. Gottverdammt, das Ding ist ein Monster!«

»Werden die immer so groß?«

»Nein. Auf keinen Fall.«

Nelson sah die Schlange von Kopf bis Fuß genau an. Als er am Schwanz ankam, stieß er ein Keuchen aus. »Und das? Ist das normal?«

Danny trat näher, als Nelson die Schlange weiter unten festhielt. Er nahm den Schwanz, den ihm Nelson präsentierte, genauer in Augenschein. Die Schlange hatte zwei Klappern statt einer.

»Und?«

»Nein, das ist nicht normal, aber es kommt vor. Ich habe es einmal auf Animal Planet gesehen.«

Nelson lächelte. »Seit wann kannst du dir Kabelfernsehen leisten?«

»Konnte ich nie. Aber im Knast in Einheit A gab's das umsonst.«

»Aha.«

»Geht's dir gut? Riecht nicht so, als hättest du dir in die Hosen geschissen oder so.«

»Ha ha, Arschloch. Mir geht's gut, okay? Du hättest auch Schiss vor dem Ding gehabt.«

»Willst du mich verarschen? Es ist tot und ich hab immer noch Schiss.«

»Meinst du, es gibt noch mehr davon?«

Danny sah sich um und suchte mit den Augen den zugemüllten Boden ab. »Gott. Mehr als wahrscheinlich. Wir müssen einfach vorsichtig sein.«

»Na klasse.« Nelson sah sich ebenfalls um. »Hab ich dir schon mal erzählt, wie sehr ich Schlangen hasse?«

»Nee. Hunde, Katzen und Hamster, das schon. Aber nie Schlangen.«

»Na, dann hast du jetzt was gelernt. Ich hasse sie wie die Pest.« Er warf die tote Schlange auf den Boden.

»Na ja, das macht dich nur menschlich, oder?«

»Fuck, ich will nicht noch mehr davon begegnen.«

»Muss ich auch nicht unbedingt.«

Danny wollte Nelson gerade sagen, dass sie zurück zu den anderen gehen sollten, als ihm plötzlich speiübel wurde und sich ihm der Magen drehte. Er machte einen tiefen Atemzug und hoffte, dass es helfen würde. Im nächsten Moment war ihm klar, dass es nichts brachte. Er taumelte, drehte sich zur Seite und verteilte halb verdautes Brathähnchen über den Fabrikboden. Er schaffte es gerade noch, seine Hände auf den Knien abzustützen, bevor ein weiterer Schwall auf Papier und Beton landete.

Er kniff die Augen zusammen und zischte. Ihm war schwindlig. Seine Beine drohten unter ihm nachzugeben. Was zum Teufel? Es war ihm doch eben noch gut gegangen und jetzt hatte er Angst, den Mund zu öffnen, weil es dann sofort wieder losgehen konnte.

»Hey, Danny. Alles klar?« Nelsons Stimme klang so mitfühlend wie die eines Seelsorgers, der die Beichte abnimmt.

Danny atmete tief durch und nickte dann. »Fuck. Ich hab keine Ahnung, wo das jetzt herkam.«

»Bist du sicher?«

»Ja. Vielleicht ist es die Hitze oder so. Oder vielleicht auch diese gottverdammte Schlange.«

»Könnte auch das Hähnchen gewesen sein.«

»Vielleicht. Wenn es euch auch so erwischt, wissen wir Bescheid.«

»Bist du sicher, dass alles im grünen Bereich ist?«

Danny spuckte noch einmal aus und wischte sich den Mund mit dem Handrücken ab. »Ja.«

»Sollen wir noch den Rest hier unter die Lupe nehmen?«

»Nach der Schießerei und dem ganzen Gequatsche? Dem ganzen Bullshit? Vergiss es. Wenn sich jemand irgendwo vergraben hat, finden wir ihn nie. Lass uns einfach den Cruiser reinholen und schauen, was wir für Dale tun können.«

»Was das angeht …«

»Spar's dir. Ich hab noch keinen Plan.«

»Solltest dir aber bald einen überlegen. Gina hat sich an der Tanke ziemlich aufgeführt. Glaub, sie will auf das Mädchen losgehen.«

»Na prima. Wie schlägt sich denn die Kassiererin?«

»Ganz gut. Sie hat eine Scheißangst, wenn das mal reicht. Entweder hat sie sich selbst eingeredet, dass sie nicht lebendig aus der Sache rauskommt oder sie weigert sich einfach, darüber nachzudenken.«

Danny seufzte.

»Was hast du mit ihr vor?«, wollte Nelson wissen.

»Ich weiß es noch nicht. Aber ich bin ziemlich sicher, dass ich mein Soll an Morden für heute erreicht habe.«

»Es gibt ja noch morgen.«

»Fick dich, Nelson. Im Ernst.«

»Wenn ich könnte. Dann würde ich nicht mit Schwanzlutschern wie dir abhängen müssen.«

Danny musste fast lächeln. »Also, was denkst du, dass wir mit ihr machen sollen?«

»Keine Ahnung. Schadet uns ja nicht, sie erst mal bei uns zu behalten. Sie kann das machen, was wir ihr sagen und es ist gut, eine Rückversicherung zu haben, falls ...«

»Genau. Falls.« Er verstaute seine Pistole wieder im Hosenbund.

»Und was machen wir wegen …?«

»Ich weiß es nicht.«

»Ribisi wird es wissen.«

»Fuck ja, das wird er. Aber wir können nichts dagegen tun. Wir sollten jetzt mal zusehen, dass wir hier irgendwie rauskommen.«

Nelson hielt abwehrend die Hände hoch. »Selbstverständlich.«

»Bestens. Lass uns den Wagen reinbringen.«

Nelson ließ ihm den Vortritt. »Nach dir, Kumpel.«

7

Sie hörten alles. Die Worte und die ungeschickte Durchsuchungsaktion waren für sie ebenso laut wie der plötzliche Knall, der klang wie Donner. Sie kannten diese Dinge, genau wie sich einige an das heranrumpelnde Ding erinnerten, das Fahrzeug genannt wurde. Es bedeutete Menschen. Sie waren schon seit einiger Zeit keinen mehr begegnet, länger als die meisten alt waren, aber sie wussten genau, was Menschen mit sich brachten.

Schweiß, Angst, Fleisch.

Blut.

Ihre Sinne saugten gierig die Geräusche und Gerüche ein. Die Erregung stachelte sie an. Selbst die Erwachsenen merkten, dass ihre Nerven zum Zerreißen gespannt waren. Sie mussten gegen ihre primitivsten Instinkte ankämpfen, um Ruhe zu bewahren. Die Gerüche und der Lärm zogen sie an, ließen ihnen das Wasser auf den toten Zungen zusammenlaufen. Diejenigen, die noch Hände hatten, ballten sie zu Fäusten, bis ihnen die Knöchel wehtaten. Ihr Atem war ein Keuchen, stoßweise und verzweifelt. Schierer Hunger und Anspannung. Sie versuchten, sich still zu verhalten, doch es war ein aussichtsloser Kampf.

Fleisch. Fleisch, das so nah war.

Aber noch war es nicht Nacht. Das gnadenlose Feuer stand immer noch am Himmel und hielt sie davon ab, frische Luft einzusaugen. Sie konnten zwar etwas Licht ertragen, aber keinen riesigen Flammenball. Sein Feuer versengte ihre Augen, ihre Haut.

Aus den Geräuschen schlossen sie, dass zwei der Menschen das Obergeschoss betreten hatten. Vielleicht wagten sie sich in die Tunnel vor. Wenn sie dem Nest nah genug kamen und die böse Flamme im Himmel weit genug entfernt war, konnte das Rudel sein Fleisch haben. Aber nur wenn die Menschen das Feuer hinter sich ließen.

Eines der Männchen stieß ein wimmerndes Grollen aus. Der Hunger zerrte an ihm, verspottete ihn. Es wollte schreien, wollte fressen. Warum konnte die Sonne nicht weggehen und aufhören es zu verhöhnen?

Vor lauter Frustration und in seinem brennenden Bedürfnis, das Fleisch und das Blut zu vergessen, schnappte es sich eins der Weibchen und stieß es auf den mit Knochen übersäten Boden. Der Verzweifelte bestieg es von hinten und war dabei gröber als sonst, als er sich in sie drängte. Er stieß den Hunger und die Qualen in sie hinein und sie warf sich gegen ihn, um sich von ihren eigenen Bedürfnissen abzulenken. Die Kleineren versuchten, auf sie zu klettern, wurden aber mit Schlägen vertrieben. Eines der Jungen schrie vor Schmerz auf und ein anderer Erwachsener drückte ihm so lange die Kehle zu, bis es still war. Es hätte nicht viel gefehlt und er hätte es erwürgt.

Als das Männchen befriedigt war, legte es die Arme um das Weibchen und drückte es, rieb sich an ihm. Sie knurrten und stöhnten und schon bald war er wieder bereit. Sie stieß ihn hinunter, um ihn zu besteigen und erneut versuchten sie, gemeinsam ihren Hunger zu vergessen.

8

Der Toyota passte ohne Probleme durch den Eingang der Fabrik, nachdem Danny die noch vorhandene Tür aus ihrer einzigen Angel gerissen hatte. Er trat zur Seite und winkte. Er kam sich wie ein ziemliches Arschloch vor, aber diesen Gedanken verdrängte er schnell. Der Land Cruiser musste außer Sicht gebracht werden. Wallace lenkte das Teil schnell und mit Leichtigkeit hindurch. Und schon gab es keine Anzeichen mehr dafür, dass vor der Fabrik überhaupt jemand gewesen war.

Kaum war der Geländewagen etwa fünf Meter hinter dem Eingang zum Stehen gekommen, griff Danny nach hinten und machte Mel los. Sie stolperte mit verwirrtem, ängstlichem Blick über den mit Müll bedeckten Boden. Er konnte es ihr nicht verübeln. Sein kurzer Aufenthalt in der Red-Sky-Fabrik hatte schon gereicht, um ihm eine ordentliche Gänsehaut zu verpassen. Mit etwas Glück würde die Kassiererin nicht noch eine Schlange finden. Das Letzte, was er jetzt gebrauchen konnte, war noch jemand, der durchdreht.

Er sah sie nachdrücklich an. »Du bleibst in der Nähe, klar? Der Ort hier ist verlassen, mausetot. Wir sind hier am Arsch der Welt. Das heißt, dass niemand dir helfen wird, wenn du versuchst wegzurennen und dich zu verstecken. Es gibt nur uns und unsere Knarren. Verstanden?«

Sie nickte.

Gut. Er verstaute die 9-Millimeter wieder in seinem Hosenbund und nickte dem Mädchen zu. »Wie wär's, wenn du hier mal ein bisschen den Boden freiräumst, so vier, fünf Meter. Wir müssen den Fettsack ablegen und das möchte ich ungern in einem Gott weiß wie alten Haufen aus Dreck und Papier.«

»In Ordnung.« Sie bückte sich und schob zwei Handvoll zerknittertes Papier zusammen.

Danny wandte sich wieder dem Geländewagen zu. Wallace war ausgestiegen und lief davor herum. Er tätschelte die Motorhaube, als handle es sich bei dem Fahrzeug um ein preisgekröntes Rennpferd.

»Hey, Wallace.«

»Ja?«

»Behalt Mel im Auge, okay? Ich muss Nelson helfen, Dale aus dem Wagen zu tragen.«

»Geht klar.« Er ging auf die Kassiererin zu und Danny sah, wie er sie angrinste. »Brauchst du Hilfe?«, erkundigte er sich schüchtern.

Danny unterdrückte ein Kichern. Das fiel ihm nicht weiter schwer, als Ginas Stimme in seine Ohren drang.

»Helft ihm, verdammt noch mal! Er stirbt, wenn ihr ihn da nicht rausholt. Er könnte vor Hitze umkommen!«

»Das bezweifle ich.«

»*Tu* es einfach, verdammt! Sonst zerquetsch ich dir die Eier, verflucht noch mal!«

Er nahm sich reichlich Zeit, um zur offenen Tür des

Cruisers zu gehen. Scheiß auf Gina und ihr Befehlsgehabe. Er hoffte, dass Dale ordentliche Schmerzen hatte. Der Schwachkopf verdiente jedes gedärmzerreißende bisschen davon. Es würde den beiden recht geschehen, wenn er den fetten Proll aus dem Auto zerren und ihm durch einen Tritt in die Kehle den Rest geben würde.

»Wann können wir ihn zum Arzt bringen?«, wollte Gina wissen.

Danny schüttelte den Kopf und ging um Nelson herum, um Dales rechtes Bein zu packen. »Heute nicht mehr. Wir müssen sichergehen, dass etwas Gras über die Sache gewachsen ist, bevor wir so etwas Riskantes versuchen.«

»Nein! Wir müssen jetzt gehen!«

»Das können wir nicht, Gina. Hab ich dir doch schon gesagt. Wir bringen ihn heute Nacht durch und morgen machen wir uns wieder auf den Weg. Er hat noch alle Zeit der Welt.« Er nickte Nelson zu und sie zogen beide, sodass Dales Beine aus dem Cruiser rutschten. Danny fasste in den Wagen, um den Fettwanst am Arm zu nehmen. Zusammen hoben sie ihn aus dem Fahrzeug und legten ihn auf den Betonboden. Danny kniete sich über Dale und überprüfte seinen Puls. »Abgesehen davon wolltest du doch vor allem, dass er aus dem Land Cruiser rauskommt, oder nicht?«

»Du Wichser!«

Ein Schmerz überzog seine ganze Kopfhaut, als Gina sein Haar ergriff und daran riss. Sein Kopf ruckte nach hinten und er stieß einen gequälten Schrei aus, drehte seinen Arm auf den Rücken und griff nach der Pistole, aber er wusste schon, wie das enden würde. Er spürte, dass die Waffe nicht mehr gegen sein Kreuzbein drückte, bevor er die Chance hatte, sie selbst zu fassen zu bekommen.

Er schrie Nelson eine Warnung zu, als Gina genau in dem Moment von seinen Haaren abließ. Er bekam noch mit, dass sein Partner in Sekundenschnelle reagierte, aber kurz darauf hörte er das Ballern der 9-Millimeter direkt über seinem Kopf. Danny ging am Wagen in Deckung. Er hörte, wie Nelson aufschrie und sich wie ein Kreisel drehte, bevor er auf den Boden plumpste. Mel kreischte von weit weg und Danny war sich ziemlich sicher, dass auch Wallace kurz aufschrie.

Schnell wandte er sich wieder Gina zu – und starrte in den schwarzen, bedrohlich aussehenden Lauf seiner eigenen Pistole. Dahinter glühten Ginas Augen, in denen sich Tränen und Wut spiegelten.

»Du Hurensohn. Jetzt spielen wir nach meinen Regeln, verstanden? Jeder von euch oder ich knall euch alle ab.«

Dannys Gesicht verdüsterte sich und wirkte angespannt, als er langsam die Hände über den Kopf hob. Er warf einen Blick auf Nelson. Sein Partner wälzte sich auf dem dreckigen Boden und hielt sich mit der linken Hand die rechte Schulter. Blut sickerte durch seine Finger und tropfte auf den Betonboden. Sein Gesicht war schmerzverzerrt.

»Sieh mich an!«

Er wandte sich wieder Gina und der Pistole in ihren Händen zu.

Sie gestikulierte in Richtung Nelson. »Lass deine Knarre rüberwachsen.«

Nelson schüttelte den Kopf. »Es tut so verdammt weh, ich …«

Ehe er sich versah, hatte sie die Pistole auf ihn gerichtet. Die Waffe fuhr kurz nach oben und eine Kugel schlug heulend in den Betonboden ein – nur Zentimeter von Nelsons Ohr entfernt.

»Sofort!«

Er schrie auf, als er sich auf seine verwundete Schulter rollte und mit seinem unverletzten Arm seine Pistole hervorholte. Er keuchte, als er sich wieder auf den Rücken fallen ließ und Gina die Waffe über den staubigen Boden zuschob.

Sie machte sich nicht die Mühe, die Waffe aufzuheben, sondern brachte lediglich die Pistole in ihrer eigenen Hand wieder in Schussposition.

Danny lehnte sich ein klein wenig vorwärts. »Gina ...«

»Halts Maul! Wir bringen Dale in ein Krankenhaus, okay?«

»Na gut!« Er senkte die Stimme und sprach mit einem sanften, beruhigenden Tonfall. Er glaubte nicht, dass es half, aber er wollte es zumindest versuchen. »Wo ist denn das nächste, weißt du das? Ich weiß es jedenfalls nicht. Wenn wir versuchen, mit ihm weiterzufahren, auf der Suche nach einem Krankenhaus, wird er vermutlich sterben. Stunden auf dieser Straße sind vermutlich viel härter für ihn, als wenn wir einfach hierbleiben, verstehst du?«

Sie schüttelte den Kopf. Ihre Augen waren rot und glänzten. Die Lippen zogen sich über ihren Zähnen zurück – eine schmerzerfüllte Grimasse. »Was können wir denn dann für ihn tun?«

Danny seufzte und ließ die Arme sinken. Aus den Augenwinkeln sah er Wallace und Mel nebeneinanderstehen und schockiert das Geschehen beobachten. Sie waren zu weit weg, um Gina gefährlich werden zu können, aber gleichzeitig zu nah dran, sodass sie nicht wegrennen konnten, ohne eine Kugel in den Rücken zu riskieren. Er erwartete nicht, dass einer von beiden bald irgendwie aktiv wurde.

Danny musste sich etwas ausdenken, um zu entkommen. Er überlegte fieberhaft, aber konnte sich nicht konzentrieren. Irgendwie funktionierten die Synapsen in seinem Gehirn nicht mehr richtig. Seine Gedanken streikten und wollten sich nicht ordnen lassen, so wie er es gern gehabt hätte. Alles verschmolz ineinander, heillos verworren oder nutzlos.

Er sagte das Erste, was ihm in den Sinn kam. Es war eine idiotische Idee, aber er meinte es ernst.

»Wir müssen einen Arzt suchen und ihn hierherbringen, damit er sich um Dale kümmern kann. Es ist nicht perfekt, aber es ist die beste Lösung für ihn.«

»Nein.« Sie schüttelte wieder den Kopf und ihr Haar flog wild nach allen Seiten. Als sie wieder stillhielt, klebte es in ihrem Gesicht. »Niemand geht hier außer Sichtweite. Nicht eine Sekunde.«

»Du könntest doch …«

»*Niemand!* Niemand geht irgendwohin, kapiert?«

Er nickte. »In Ordnung.«

»Du wirst ihn operieren müssen.«

Die Welt stand still. Danny blinzelte. »Was?«

»Du hast mich schon verstanden. Du wirst ihn retten müssen.«

Dieses Mal schüttelte er den Kopf. »Das kann ich nicht.«

»Wirst du aber, Scheiße noch mal.«

»Gina, ich bin kein Chirurg. Was soll ich denn tun? Er hat eine verfluchte Kugel in den Eingeweiden! Wir haben einen Scheißdreck, was medizinische Instrumente angeht, und ich kann schließlich nicht mit meinen Fingern in ihm herumgraben. Das wird ihn umbringen. Verstehst du das? Wenn ich versuche, ihn zu operieren, wird er sterben!«

Sie legte ihre Finger fester um den Griff der 9-Millimeter. »Du wirst es tun oder ich bring dich um. Ich bring euch alle um und ich werde mir dabei Zeit lassen. Ich werde euch erst in den Bauch schießen und dann eure verfickten Kniescheiben zusammentreten. Ihr werdet schreien, bis ihr nicht mehr könnt. Glaubt nicht für eine Sekunde, dass ich es nicht tun werde. Ihr wisst, dass ich es mache.«

Daran zweifelte er nicht. Er hatte sie sowohl in der Bank als auch draußen erlebt, wie sie, ohne groß zu überlegen, den Abzug ihres Revolvers durchgezogen hatte. Sie lebte für die Gewalt, genauso wie sie für Dale lebte. Davon zehrte sie und er wusste, dass es ihr Freude bereiten würde, sie alle leiden zu sehen.

Ihm wurde klar, dass er jemanden anstarrte, der genauso erschreckend, so psychotisch und allmächtig war wie Anton Ribisi. Er wünschte, es gäbe eine Möglichkeit, sie auf den alten Sizilianer anzusetzen. Vielleicht würde das seine Probleme lösen. Doch für den Moment musste er sich geschlagen geben. Gina hatte ihn in der Hand, und wie. Er musste mitspielen, wenn er sich selbst und den Rest seiner Truppe heil aus der Sache herausbringen wollte.

»Na gut. Ich brauche ein paar Sachen: Verbandszeug, Desinfektionsspray, wahrscheinlich ein paar Spitzzangen und etwas, das ich als Skalpell benutzen kann. Wenn es das im Cruiser nicht gibt, dann vielleicht irgendwo in der Fabrik.«

Sie nickte. Ihre Augen waren immer noch verheult, aber hatten nicht mehr diesen Ausdruck von Raserei. Sie schaute gleichzeitig betroffen und niederträchtig drein, aber nicht mehr irre vor Wut.

»Das werden wir finden!«, sagte sie. »Schau zuerst im Auto nach.«

»Du musst dir aber sicher sein, Gina. Ich habe so etwas noch nie gemacht.«

Sie nickte wieder. »Ich weiß. Wenn Dale stirbt, stirbst auch du, wie klingt das?«

Danny schloss die Augen und atmete tief durch. »Ich hab's verstanden.«

»Gut.« Sie deutete mit dem Lauf der Pistole auf den Land Cruiser. »Fang an zu suchen. Wenn du nicht innerhalb von einer Minute wieder draußen bist, schieße ich Nelson in die Fresse.«

Danny machte sich nicht die Mühe, das zu kommentieren. Er drehte sich um und kletterte an Dale vorbei. Er schaute vom Rücksitz aus in den Kofferraum, auf der Suche nach einem Werkzeugkasten. Sein Blick fiel auf die Geldsäcke, die sie erbeutet hatten. Insgesamt fünf Stück, alle identisch, waren dort verstaut. In einem davon befand sich Ginas konfiszierter Revolver und Dales 45er. Wenn er eine der beiden Waffen in die Finger bekommen konnte, gelang es ihm vielleicht, die Karten in diesem Desaster neu zu mischen.

Nein. Dafür war keine Zeit. Vielleicht, wenn er beim ersten Mal das richtige Los zog, aber wenn nicht, würde es vermutlich Nelson das Leben kosten.

Wie viel Zeit blieb ihm noch? Vielleicht gelang es ihm ja doch. Ein Versuch konnte schließlich nicht schaden, solange er fertig war, bevor die Minute zu Ende ging.

Er griff nach dem ersten Sack und wollte den Reißverschluss öffnen.

»Was zur Hölle?«

Er erstarrte, als er Ginas Stimme hörte. Sie klang schockiert und mehr als nur ein bisschen verärgert. Er wartete nur darauf, gleich einen Schuss aus der 9-Millimeter zu hören, aber stattdessen sprach Gina weiter.

»Hört das denn sonst niemand, verdammt?«

Er kletterte aus dem Geländewagen, ohne sich weiter Gedanken um Ginas Revolver oder die halb automatische Waffe in ihrer Hand zu machen. Er sah ihr ins Gesicht, sah ihre zusammengekniffenen Augen und die Art, wie sie ein Ohr auf den Fabrikeingang richtete. Die anderen verhielten sich ähnlich. Wallace hielt seinen Bauch, als müsse er sich jeden Moment wieder von seinem Mittagessen trennen.

Danny dachte aber nicht weiter darüber nach, da er auch etwas hörte. Es war nicht genau über ihnen, aber es kam näher, und zwar schnell.

Er sah Nelson an, sah, wie sich in dessen Augen Erkenntnis mit Furcht mischte.

»Es ist ein Helikopter.«

Mel fühlte einen plötzlichen Energieschub, als sich der Hubschrauber ankündigte. Er verjagte die Furcht, die sie mit eisernen Klauen umklammert hatte. Eine Weile ging es ihr ganz okay, bis die Verrückte namens Gina die Pistole gepackt und die Kontrolle übernommen hatte. Da war ihre Angst so abrupt zurückgekehrt, dass ihr schlecht wurde. Selbst vorher in der Bank war sie sich nicht so sicher gewesen, dass sie getötet werden würde.

Aber nun kam Hilfe. Sie schöpfte Hoffnung, ein Gefühl, von dem sie geglaubt hatte, es niemals wieder spüren zu können. Wenn sie sich nur aus dem Staub machen konnte, nach draußen flüchten, sodass sie dem Hubschrauber Zeichen geben konnte.

Sie drehte sich zu ihren Kidnappern um. Danny sah angestrengt am Land Cruiser vorbei zur Tür hinaus. Nelson bemühte sich, wieder auf die Füße zu kommen. Er drückte seine Hand immer noch gegen seine verwundete Schulter. Er sah ziemlich übel aus. Wallace versuchte ihm zu helfen.

Gina schien die ganze Diskussion um Dales Operation vergessen zu haben. Sie hatte die Pistole in ihrem Hosenbund verstaut und krallte sich in die Jeans des verletzten Mannes. Ächzend versuchte sie denjenigen, den Mel für Ginas Mann oder Freund hielt, über den mit Papier übersäten Boden in Richtung der hinteren Wand der Fabrik zu ziehen.

Mel hielt den Atem an. Niemand beachtete sie. Sie hatten sie vergessen. Das war ihre Chance.

Die Angst drohte sie zu lähmen. Sie versuchte loszurennen, aber alles schien auf einmal in Zeitlupe vor sich zu gehen, sodass sie zuerst dachte, ihre Beine bewegten sich überhaupt nicht. Dann hatte die Realität sie wieder und sie rannte um ihr Leben.

»Hey!« Das war Wallace. Der Junge – *Er ist etwa so alt wie ich!,* dachte sie verrückterweise – wandte sich um, um sie zu packen und ihre Flucht zu verhindern. Sie holte mit etwas aus, das wohl ihre Faust war. Ihr Angriff schien Wirkung zu zeigen, denn der Fahrer hielt inne. Undeutlich nahm sie wahr, dass er nach hinten umfiel und auf dem Boden aufschlug, aber es war ihr egal. Sie konnte den Türdurchgang sehen. Das Sonnenlicht drang herein wie das Versprechen auf Freiheit. Staub wirbelte durch die Luft. Der Hubschrauber war ganz nah.

Sie preschte mit vollem Tempo durch die Tür. Staubige Luft drang ihr in Augen, Mund und Nase. Sie ignorierte es. Dort war der Helikopter, eine schwarze, glänzende Maschine, deren Seitentür weit offenstand. Während sie ihn beobachtete, wurde von oben ein schwarzes Seil heruntergelassen und entrollte sich bis hinunter zum Wüstenboden.

»Helfen Sie mir!« Sie streckte die Arme in die Luft und winkte, während sie auf und ab sprang. Das war die Rettung, das Ende ihres Albtraums. Hilfe war gekommen. Sie wusste nicht, ob es die Polizei war oder die Nationalgarde, aber es war ihr auch egal. Beide würden sie aus diesem schrecklichen Wahnsinn retten.

»Hey!«

Sie sah einen Mann an der Tür. Zumindest hielt sie die Gestalt für einen Mann. Ein Monster konnte es nicht sein, auch wenn es in dem sackartigen grauen Anzug und der Gasmaske mit Kapuze so aussah. Nein, es musste ein Mann sein, ein Soldat. Die Armee. Die Armee war hier, um sie zu retten. Sie war so erleichtert, dass sie sich über den Aufzug des Soldaten keine weiteren Gedanken machte.

»Bitte helfen Sie mir!« Sie rannte auf den Helikopter zu und sah, dass der Mann sich mit seinem schwarzen Gürtel im Seil einhängte. Er sah in ihre Richtung und hielt inne.

Sie blieb stehen und winkte erneut. Er hatte sie gesehen, dessen war sie sich sicher.

Es war vorbei. Sie war in Sicherheit.

Da hob der Soldat seine Waffe und zielte auf sie.

Danny sah zu Gina, die Dale in Richtung der Maschinen schleppte. Sollten sie doch irgendeine Ecke finden und da zusammen verrotten. Der Hubschrauber draußen war das wirkliche Problem und er musste herausfinden, wie zum Teufel er es lösen konnte. Die Hebel in seinem Kopf hatten wieder auf Überleben umgeschaltet. Ihm gefielen die Aussichten nicht, die sich durch die Ankunft des Helikopters auftaten.

»Nach hinten!«, schrie er. Nelson war fast wieder auf den Beinen. Da sah er, wie Mel lossprintete. Wallace versuchte, sie aufzuhalten und wurde bei seinem Versuch niedergeschlagen. Unter anderen Umständen hätte sich Danny darüber amüsiert.

»Fuck!«

»Ich versuch's ja!«, antwortete Nelson.

»Ich merk's!«

»Komm schon, verdammt noch mal, alleine ist es gerade etwas schwierig für mich.«

Danny ergriff Nelson am Hemd und zog ihn in den hinteren Teil der Fabrik. Gina und Dale waren schon außer Sichtweite.

»Sie ist abgehauen, Nelson. Wir müssen auch weg hier!«

»Sie könnte …«

»Sie kann meinetwegen nach Tahiti verschwinden! Wir müssen abhauen vor dem, der in diesem Helikopter ist, verflucht!«

Nelson nickte. Er sah nicht glücklich aus, aber Danny wusste, dass er sich ihm ohne Widerrede anschließen würde.

Wallace war wieder auf den Füßen und sah sich ängstlich in alle Richtungen um.

»Was zum Teufel? Die Staatspolizei?«

Danny hob Nelsons Waffe vom Boden auf. Es war ein Glücksfall, dass Gina in Panik geraten war und sie zurückgelassen hatte.

»Keine Ahnung. Los geht's.«

Danny führte den Rest seiner Truppe in den Irrgarten aus verlassenen Maschinen. Er bewegte sich schnell. Mit seinen Schuhen wirbelte er kleine Staubwolken auf. Ein kurzer Blick über seine Schulter zeigte ihm, dass Nelson und Wallace ihm folgten.

Er versuchte, sich einen besseren Überblick über die Fabrik zu verschaffen. Die verrosteten Ungetüme, die ihn umgaben, verrieten ihm nichts. Es gab keine Fließbänder oder Metallschienen. Entweder hatte man alles herausgerissen oder es war nie da gewesen. Was zum Kuckuck hatten sie hier hergestellt?

Das schneidende Geräusch der Rotoren wurde lauter, füllte die Fabrik aus. Es klang, als würde der Untergang bevorstehen. Danny spürte, wie sich sein Magen zusammenkrampfte. Wie zum Teufel konnte er seine Leute aus dem Schlamassel befreien? Sie konnten schlecht einfach hinausspazieren. Früher oder später mussten sie kämpfen, aber das würde er nicht wagen, bevor er wusste, was sie erwartete.

Das metallische *Klong* einer Kugel, die nur Zentimeter von ihm entfernt vom Stahl abprallte, riss ihn aus seinen Gedanken. Er suchte die Umgebung mit den Augen ab und bekam flüchtig Ginas wutverzerrtes Gesicht zu sehen – Sekunden, bevor sie erneut feuerte.

»Runter!« Er warf sich zu Boden und hörte, wie wieder ein Geschoss in das Metall der Maschinenteile hineinzischte. Nelson und Wallace gingen hinter ihm in Deckung. Nelson stieß einen Schmerzensschrei aus.

»Ihr Affenärsche!« Gina machte sehr deutlich, dass sie nicht bester Laune war. Eine weitere Kugel peitschte über Danny hinweg, mit der sie ihren Worten Nachdruck verlieh.

Danny rollte sich zur Seite und hob die Pistole, während er den Rücken gegen die kalten Maschinen drückte. Er schoss zweimal. Gina schrie, bevor sie aus seinem Blickfeld verschwand.

»Los geht's!« Er sprang in die Hocke, schnappte Nelson am Arm und riss ihn auf die Füße, was ihn erneut aufschreien ließ. Danny führte seinen Freund weiter den Gang hinunter, bevor er sich zwischen zwei verrosteten Riesen duckte. Ein schmaler Durchgang von etwa drei Metern führte sie zu einem weiteren Gang.

Wallace preschte als Letzter hinein. Sein Haar war schweißnass. »Und jetzt?«

Danny schüttelte den Kopf. Eine Psychopathin vor ihnen und Gott wusste, was ihnen von hinten blühte. Es gab keinen Ausweg, aber einfach stillzusitzen würde sie noch viel schneller das Leben kosten. Alles in allem hatte er schon bessere Tage erlebt.

»Zur Hölle damit. Dann lieber das kleinere Übel, da wissen wir wenigstens, was auf uns zukommt …«

Schnell, aber vorsichtig, bewegte er sich in gebückter Haltung weiter in Richtung der hinteren Wand der Fabrik.

Gina grollte vor sich hin, bis ihr Zorn explodierte, mit einem gellenden Schrei. Sie hätte ihn fast erwischt! Der verdammte

Schwanzlutscher hielt sich für ach so wichtig, für so viel besser als sie oder Dale. Er hätte Dale verbluten lassen. Davon war sie überzeugt. Vielleicht hätte er so getan, als würde er ihren Partner operieren, aber sie wusste, dass es nur eine Ausrede gewesen wäre, um Dale mit den eigenen Händen umzubringen. Vielleicht war es ihr vor ein paar Minuten noch nicht klar gewesen, aber jetzt wusste sie es.

Auf gar keinen Fall kam Danny Black aus der Sache lebendig heraus, dafür würde sie schon sorgen.

Dale stöhnte zu ihren Füßen. Sie ließ sich auf die Knie fallen und tätschelte seine Wangen. Sie waren heiß und glänzten vor Schweiß. Etwas gerötet waren sie auch, aber vielleicht bekam er einfach wieder ein bisschen mehr Farbe im Gesicht.

»Du bist ganz tapfer, Baby!«, flüsterte sie leise kichernd. Sie wusste nicht, weshalb sie den Drang hatte zu lachen, nur dass das Gefühl stark war und jeden Moment übermächtig werden konnte. »Du bist wirklich ganz tapfer.«

Er versuchte, etwas zu sagen, aber stattdessen hustete er nur. Blut spritzte von seinen Lippen und landete auf ihren Wangen.

»Mach dir keine Sorgen. Ich werde dich da rausholen, okay? Und wenn wir draußen sind – wenn Danny und die anderen Lackaffen nur noch ein lebloser Haufen sind –, machen wir uns per Anhalter auf nach Vegas. Klingt das gut?«

Sein schwaches Murmeln klang wie eine Liebeserklärung. Sie lächelte und presste ihre Lippen auf die seinen. Sie wurden nass, aber das war schon okay. Der Kuss war wichtiger als die Sauerei, die er verursachte.

Draußen unterbrach eine Reihe von abgehackten Explosionslauten das stetige Knattern der Helikopter-Rotoren. Ihr gefiel das Geräusch überhaupt nicht. Sie lachte nervös. Selbst wenn sie Danny nicht als Erstes erwischte – was doch sehr unwahrscheinlich war –, so hatte er doch alle Welt gegen sich.

»Lass uns gehen, Baby.« Sie packte Dales Hosenbeine und zog ihn weiter.

Mel stand da wie versteinert. Der Schrei blieb ihr im Hals stecken. Die Mündung des Maschinengewehrs sah aus wie ein hungriges Maul, das alles zu verschlingen drohte, was ihm zu nah kam. Sie war so schrecklich – so emotionslos und furchtbar –, dass Mel nicht einmal mehr auf die ausdruckslose Gasmaske schaute, die der Soldat trug.

Sie fühlte, dass ihre Beine nachgeben wollten. Sie schaffte es gerade noch, sich aufrecht zu halten und machte einen Schritt zurück.

Ihre Gedanken wirbelten wild hin und her und lösten sich einfach auf, bevor sie sie richtig greifen konnte. Was sollte sie bloß tun? Wegrennen?

Aber ich bin keine Kriminelle. Der Gedanke blitzte auf wie ein Leuchtfeuer. Er tröstete sie. Sie winkte wieder und reckte dann ihre Hände in den Himmel.

»Hilfe! Ich bin eine Geisel!«

Als Antwort kam das Knattern des Maschinengewehrs.

Einen Augenblick war sie gänzlich verwirrt, bevor Staubwolken und zerspringende Betonbrocken um sie herum vom Boden in die Luft gewirbelt wurden und Kugeln um ihre Füße sirrten. Ein Schrei brach aus ihrer Kehle hervor und plötzlich bewegten sich ihre Füße, trugen sie zurück zum Eingang der Fabrik.

Da drinnen ist die Verrückte!, dachte sie, aber eine weitere Reihe von Schüssen ließ sie alle Zweifel vergessen. Sie hörte mehrere Querschläger und dann streifte etwas ihre Wade und ließ einen Schmerz zurück, der sich anfühlte wie der Stich einer Qualle.

Sie fiel vornüber. Mit einer Hand griff sie nach ihrem verwundeten Bein. Mit der anderen versuchte sie sich zu halten, um nicht mit dem Gesicht zuerst auf dem Boden aufzuschlagen. Sie landete auf Händen und Knien. Der Beton schürfte ihre Haut auf und Tränen füllten ihre Augen. Die Hand an ihrem Knöchel fühlte sich nass an. Sie wusste, dass sie getroffen worden war.

Steh wieder auf!, schrie etwas in ihrem Gehirn. Sie wollte darauf hören, aber die Kraft schien aus ihren Gliedern gewichen zu sein. Die Doppeltür der Fabrik stand offen, weniger als zehn Meter von ihr entfernt. Den nächsten Kugelhagel konnte sie nutzen, um wegzurennen und sich in Sicherheit zu bringen, wenn ihre Arme und Beine nur mitmachen würden!

Wieder war das schreckliche Rattern des Maschinengewehrs zu hören. Neue Energie fuhr ihr in die Glieder. Sie kam auf die Füße, rannte los und schrie, als sie durch die Tür der Red Sky Manufacturing sprintete.

Sie warf sich gegen die Wand der Fabrik. Kugeln schlugen krachend auf der gegenüberliegenden Seite ein. Einige davon prallten vom Betonboden am Eingang ab und durchlöcherten die Seite des Land Cruisers. Mel starrte entsetzt auf die Einschusslöcher.

Es ist ihnen egal. Sie haben gesehen, dass ich mich ergebe, aber es ist ihnen egal. Sie werden jeden umbringen.

Sie warf einen Blick auf ihr Bein. Die Kugel hatte sie wirklich nur gestreift. Die Wunde war höchstens fünf Zentimeter lang, aber sie blutete ziemlich heftig und es brannte, als ob ihre Wade Feuer gefangen hätte.

Aber der Soldat war auf dem Weg und würde vermutlich noch Verstärkung mitbringen. Wenn sie überleben wollte, musste sie in die Gänge kommen, egal wie sehr ihr Bein brannte.

Sie ächzte vor Schmerzen, drückte sich von der Wand ab und wandte sich nach rechts. Ohne sich umzudrehen, rannte sie am Geländewagen vorbei, denn sie wollte keine Zeit verschwenden. Mel biss die Zähne zusammen und rannte noch schneller. Nach etwa 20 Schritten erreichte sie den Gang mit den verrosteten Maschinen. Es musste einen Ort geben, an dem sie sich verstecken konnte.

9

Sie warteten in der Dunkelheit und lauschten. Bei jedem Geräusch schlug ihr Herz schneller. Die schweren Schläge von weit weg, die sich wiederholten, waren ein Geräusch, das sie schon ewig nicht mehr gehört hatten. Es drang in ihre Brust wie in ihre Ohren, eine schwere, pochende Kraft, die ihre monströsen Herzen in Erschütterung versetzte. Verblasste Erinnerungen ließen sie zu den richtigen Schlüssen kommen. Sie hatten die Quelle des stotternden Geräuschs nie gesehen, aber sie wussten, dass es irgendein Verkehrsmittel war. Es würde mehr Menschen bringen. Sie ahnten, dass es später zurückkehren würde, um die Menschen wieder abzuholen.

Aber sie konnten die Menschen brauchen, mit ihrem Fleisch ihr Rudel sättigen. Aber was, wenn diese Neuankömmlinge die anderen mit sich nahmen? So viel Fleisch! Und früher oder später würde das stotternde Ding zurückkehren, um es ihnen aus ihren hungrigen Mäulern zu stehlen.

Das konnten sie nicht zulassen. Das Rudel war zu hungrig, hatte zu lange nichts mehr zu fressen bekommen.

Sie sahen den Größten an, das Monstrum, das die Jäger anführte, das das Rudel mithilfe seiner Klauen, Reißzähne,

Muskeln und Willenskraft unter Kontrolle hielt. Ohne sein Einverständnis konnten sie gar nichts tun, denn sich ihm zu widersetzen brachte nur Wutausbrüche und Tod. Die Jäger knurrten; die Schwächeren wimmerten. Der Anführer musste sehen, wie verzweifelt die Zeit sie hatte werden lassen. Wenn sie nichts taten, würde das Fleisch entkommen!

Der Anführer des Rudels bewegte sich sicher auf kräftigen Beinen vorwärts. Er knurrte. Es klang wie ein Erdbeben in seiner Brust. Er erwiderte die bettelnden Blicke der anderen nicht, ignorierte ihren bitteren Schmerz. Stattdessen ergriff er die stählerne Platte, die den Eingang zum Nest markierte, und drückte sie auf. Er ging durch die Öffnung, mit selbstsicheren, raubtierhaften Schritten. Die Jäger folgten ihm.

Bald würde das Rudel zu seinem Fleisch kommen.

10

Danny hörte das wütende Knattern von Schüssen durch das Geräusch der Rotoren hindurch. Sein Herz krampfte sich vor Angst zusammen. Wer auch immer da kam, er hatte auf Mel geschossen. Wenn das Mädchen nicht etwas unglaublich Blödes getan hatte, konnte das nur bedeuten, dass es sich bei den Ankömmlingen nicht um Polizisten handelte.

Er hielt inne und sah zu Nelson. Dann dröhnte eine zweite Gewehrsalve. Sein Partner warf einen Blick auf den Eingang der Fabrik. Danny schüttelte den Kopf. Sie konnten ihretwegen nicht zurück. Das hatte sie sich selbst eingebrockt, schließlich hatte sie keiner gezwungen, in ein Exekutionskommando hineinzurennen. Zurückzugehen würde nur ihren Tod bedeuten – und der war schon wahrscheinlich genug, da sich Gina irgendwo in ihrer Nähe aufhielt. Er sah den Ausdruck in Nelsons Gesicht, der verriet, dass er der ehemaligen Geisel nachgehen wollte, in dem idiotischen Versuch, sie zu retten.

Danny drückte die Schulter seines Freundes und schüttelte wieder den Kopf. Es war zu spät für solche blödsinnigen Heldentaten. Sie war weg.

Nelson nickte. In seinen Augen spiegelte sich Traurigkeit vermischt mit ohnmächtiger Wut.

In Dannys Kopf reihten sich Fragen aneinander wie die Kurzschlagzeilen einer Wochenschau. Antworten darauf hatte er nicht. Wie hatte man sie gefunden? Wer saß da im Helikopter? Hatte Ribisi einen Hubschrauber oder war es die Armee? Oder vielleicht jemand ganz anderes? Und wo waren sie hineingestolpert, dass es eine solche Reaktion nach sich zog? Gab es hier mehr als nur eine verlassene Fabrik? Was?

Er vertrieb die Gedanken in eine Ecke seines Hirns und machte dicht. Egal wie die Antworten lauteten, die Tatsache, dass die Neuankömmlinge schossen, bedeutete nur eins: Er musste seinen Leuten helfen zu verschwinden. Wenn sie Mel erwischt hatten, konnte man daran nichts ändern. Wenn sie Gina und ihren Romeo-Macker fanden und sie zur Strecke brachten, umso besser. Aber er musste Nelson und Wallace beschützen. Sie hatten ihre Arbeit erledigt und er war es ihnen schuldig. Mit etwas Glück kamen sie irgendwie da raus und fanden eine Möglichkeit, Ribisi sein Geld zu bringen.

Danny vergewisserte sich, dass Nelson und Wallace zu ihm herüberschauten und winkte dann in Richtung der hinteren Wand. Dann lief er so schnell er konnte, ohne groß Lärm zu machen, dorthin. Eine dritte Reihe von Schüssen übertönte ihre Schritte zwar etwas, aber er war trotzdem wachsam, denn er wollte nicht Gina in die Arme laufen. Vielleicht hatte sie ja ein übermenschliches Hörvermögen, das zu ihrem Temperament passte.

Die nächsten 30 Meter brachten ihm nur starke Muskelkrämpfe und einen punktgenauen Schmerz genau zwischen den Augen ein. Er versuchte, Geräusche vor und auch hinter sich auszumachen und wartete darauf, dass die nächsten Kugeln auf ihn zuflogen und ihn erledigten, noch bevor er den hinteren Teil der Fabrik erreichen konnte. Ein Adrenalinstoß, verstärkt durch seine Angst, trieb ihn voran, aber wie lange noch?

Mit dem Rücken drückte er sich gegen die letzte Maschine, hinter der sich eine freie Fläche von etwa zehn Metern auftat. Er konnte einen Teil der hinteren Fabrikmauer erkennen. 15 Meter zu seiner Rechten hing eine Doppeltür an rostigen Angeln. Wenn sie einen oder zwei weitere Gänge durchquerten, konnten sie die Freifläche hinter sich lassen und geradewegs die Tür passieren. Er beäugte die in der Nähe stehenden Maschinen und erkannte, dass es zu lange dauern würde. Sie mussten ein Stück zurück, um eine andere Stelle zu finden, an der sie die Freifläche überqueren konnten, aber es blieb ihnen einfach keine Zeit.

Er reckte den Hals, um mehr zu sehen. Ein zerrissenes, verblichenes Poster enthielt einige Sicherheitshinweise. Abgeblätterte Farbe zog sich die Wand hinunter bis zu einem verblassten Metallschild, das den Weg zum BELADEN und ENTLADEN anzeigte. Andere Ausgänge sah er nicht und er hatte auch beim besten Willen nicht vor, seinen Kopf auszustrecken, um danach zu suchen. Die Doppeltüren waren für sie der einzige realistische Weg aus der Fabrikhalle, daran gab es keinen Zweifel.

Danny warf einen Blick auf Nelson und Wallace und nickte in Richtung Tür. Er deutete mit dem Finger auf Nelson, dass dieser zuerst gehen sollte. Wallace sollte folgen. Danny wollte erst dann losgehen, wenn seine Leute die Lücke sicher überquert hatten.

Er hielt inne und horchte. Die Rotoren des Helikopters drehten sich schneller, hörten sich an, als wären sie jetzt weiter entfernt. Aber er bezweifelte, dass ihre unbekannten Gegner sich einfach verpissten.

Sie hatten ein paar Männer zurückgelassen. Und die würden bald kommen, aber bis dahin wollte er sich verkrochen haben.

Er drehte sich zu Nelson um. »Geh.«

Sein Freund nickte und taumelte von den Maschinen weg. Er machte zwei Schritte, bevor ein Schuss losging, der wie wütendes Bellen klang. Nelson duckte sich wieder in den Gang und schaffte es irgendwie, keinen Laut von sich zu geben.

»Gina?«, fragte Danny.

»Gina.«

Er hörte ihr irres Lachen, das von irgendwo zu seiner Linken kam. Ihr schallendes Gelächter erfüllte den Raum und die Wände gaben es als Echo zurück. Das Geräusch schaffte es, ihn gleichzeitig zu ärgern und ihm einen Schauer über den Rücken zu jagen. Die Frau war völlig übergeschnappt. Wenn sie zuvor nur gefährlich war, so mutierte sie jetzt zu einer Naturgewalt.

»Zur Hölle damit«, flüsterte er. »Rennt einfach wie der Teufel, ihr zwei. Ich werde die Schlampe in Schach halten.«

Wallace sah ihn an, als ob er den Verstand verloren hätte.

»Tut es einfach, okay? Ich bin direkt hinter euch.«

»Geht klar, Boss.« Der Junge klang, als würde er jeden Moment in Tränen ausbrechen. Danny konnte ihm das nicht verübeln. Er hatte schon härtere Jungs gesehen, die sich noch schlimmer anstellten.

Nelson klopfte Wallace auf den Rücken. »Sieh es als Abwechslung an.«

»Na gut.«

»Okay!«, sagte Danny. Er warf einen Blick auf seine Pistole. Er konnte nur hoffen, dass er mehr als eine Kugel übrig hatte. »Los!«

Nelson und Wallace rannten los und mit erhobener Pistole um sich schießend raste er hinter ihnen her.

Gina kicherte und fühlte sich gut. Sie konnte sich den Ausdruck auf Danny Blacks Gesicht vorstellen und das erfüllte sie mit so viel Freude, dass sie sich fast in die Hosen machte. Sie hatte ihn nicht getroffen, aber sie hatte ihm ordentlich Angst eingejagt. Er würde schon noch lernen, dass mit ihr und Dale nicht zu spaßen war. Auf die eine oder andere Art würde er es kapieren.

»Hast du das gesehen, Baby?«, flüsterte sie, als sie die Pistole wieder sinken ließ. »Hätt ihn fast erwischt, den Scheißkerl.« Dale antwortete nicht, aber das war schon okay. Sie wusste, dass er sie liebte.

Sie zog ihn zu einer Türöffnung. Dahinter erstreckte sich ein enger, dunkler Gang. Auf jeder Seite befanden sich einige Türen. Dort gab es genug Verstecke, aber zuerst musste sie noch Danny Black und seinen Arschgeigen einen Denkzettel verpassen.

Sie starrte auf die Ecke, aus der Nelson einige Augenblicke zuvor vorsichtig seinen Kopf gestreckt hatte. Sobald sich dort etwas bewegte, würde sie drauf losballern.

»Kommt doch, ihr blöden Wichser.«

Sie hörte Stimmen. Die bescheuerten Dreckskerle versuchten zu flüstern, aber sie stellten sich saudämlich an. Wahrscheinlich konnte sie ohne Probleme zu ihnen rüberhüpfen und sie der Reihe nach ausschalten, während sie noch eifrig ins Gespräch vertieft waren. Aber wo bliebe da der Spaß?

Sie grinste, als jemand mit sich fast überschlagender

Stimme brüllte: »Lauft!« Plötzlich rannten Nelson und Wallace los. Sie drückte einmal den Abzug, aber dann bog Danny um die Ecke und schoss zurück. Sie hörte, wie eine Kugel einige Meter links von ihr in die Wand einschlug. Sie schoss noch einmal, bevor sie sich wieder in der Türöffnung duckte.

Ein weiterer Schuss krachte durch die Luft. Die Kugel prallte nur Zentimeter neben ihrer Schläfe gegen den Rahmen der Stahltür. Sie erschrak, dann begann sie wieder zu lachen.

»Gut gemacht, du Arsch! Vielleicht bist du ja nicht ganz so ungeschickt, wie ich dachte!« Schlagartig wurde sie wieder ernst und wartete auf eine Reaktion. Welche Karte würde Black jetzt aus dem Ärmel ziehen? Was würde der große Held erwidern, wenn er erkannte, dass er einen Scheißdreck getroffen hatte?

Er antwortete nicht. Stattdessen hörte sie Schritte, die sich schnell über den mit Papier übersäten Boden bewegten. Der Scheißkerl haute ab. Sie brüllte vor Wut, schwang sich aus der Türöffnung und begann zu schießen. Nach zwei Schüssen merkte sie, dass Danny schon hinter der anderen Türöffnung in Deckung gegangen war. Sie durchlöcherte nur die Luft.

»Fuck!« Gina kniete sich neben Dale. »Ich werde ihn erwischen, Baby. Ich bin gleich zurück und dann kümmere ich mich um dich.«

Sie rannte über die freie Fläche. Nach gerade mal drei Metern hörte sie das Rattern eines Maschinengewehrs. Dieses Mal war es lauter, es klang wie eine Serie von Chinaböllern in einem Blecheimer. Das Echo, das durch die Fabrik hallte, verriet ihr alles, was sie wissen musste. Wer auch immer das Gewehr hielt, befand sich im Gebäude.

Sie musste Dale in Sicherheit bringen. Zwar hätte sie Danny Black liebend gern einen Denkzettel verpasst, aber es blieb einfach keine Zeit. Die Neuankömmlinge würden Black schon finden und ihm die Hölle heiß machen. Sie musste sich um ihren Schatz kümmern.

»Komm, Baby«, flüsterte sie, während sie Dale packte und ihn in die Dunkelheit zerrte.

Mel kauerte in einem Gang zwischen der am weitesten entfernten Maschinenreihe und der rechten Wand der Fabrik. Durch die Fensterfront, die sich auf einer Seite befand, fiel das Sonnenlicht auf sie. Staubpartikel bewegten sich auf Luftströmen, die sie weder fühlen noch sehen konnte.

Sie war hin- und hergerissen zwischen dem Wunsch wegzurennen und der Neugier zu sehen, vor wem sie eigentlich wegrannte. Der Schmerz in ihrem Unterschenkel beeinträchtigte ihre Konzentration. Es fiel ihr zunehmend schwerer, Entscheidungen zu treffen. Etwas in ihr verlangte, sich einfach hinzulegen und zu hoffen, dass von irgendwoher Hilfe kam. Schmerzen waren einfach zu blöd.

Sie untersuchte ihre Wunde. Ihr Bein bestand aus einer glitschigen Masse von Blut und Schweiß, dort wo die Kugel ihr den Streifschuss verpasst hatte. Ein Blick reichte schon, um die Schmerzen auflodern zu lassen. Aber sie konnte noch laufen. Das hatte sie gerade bewiesen und es beruhigte sie ein wenig.

Ihr Gehirn identifizierte das Blut als Problem. Etwas davon war auf den Boden getropft. Was, wenn es eine Spur hinterlassen hatte? Half der Papiermüll auf dem Boden, es zu verstecken oder machte er die Fährte nur noch deutlicher? Die Frage ließ ihr Herz schneller schlagen.

Sie musste es wissen. Sie kroch zum Ende des Gangs. Das Geräusch der Helikopter-Rotoren verriet ihr, dass die Maschine beschleunigte und wegflog. Die Soldaten würden jeden Moment hereinkommen und sie musste schauen, ob sie ihnen Spuren hinterlassen hatte.

Eng an die Maschinen gepresst, untersuchte sie den Boden in ihrer Umgebung. Sie sah ein paar Tropfen Blut. Nicht viel, kaum wahrnehmbar. Aber wenn sie sie sehen konnte, dann konnten das die Soldaten sicher auch. Am besten sie entfernte sich so weit von den Soldaten, wie sie konnte, suchte sich ein Versteck und hoffte das Beste.

Sie wollte sich gerade wegbewegen, aber als sie leise Schritte hörte, hielt sie abrupt inne. Sie kamen aus dem Eingangsbereich und sie musste nicht erst schauen, um zu wissen, wer da kam. Ihr Atem ging stoßweise und keuchend vor Angst. Ob sie wohl laut war und die Soldaten sie durch ihre Gasmasken hören konnten?

Mel sah zum Eingang und entdeckte eine Lücke zwischen zwei Teilen einer Maschine, einen engen Spalt. Sie hatte keine Ahnung, um was es sich bei der gigantischen Leiche aus Metall handelte, aber über die Lücke freute sie sich, denn als sie hindurchsah, erhaschte sie einen Blick auf den Land Cruiser und die Eingangstür, ohne dass man sie entdecken konnte. Ein Schlüsselloch hätte keine besseren Dienste leisten können.

Ihr stockte der Atem, als drei Soldaten ins Blickfeld traten. Alle drei trugen graue Gummianzüge und Gasmasken und hielten ein Maschinengewehr in der Hand. Sie bewegten sich vorsichtig, umrundeten den Toyota mit einsatzbereiten Waffen. Einer von ihnen sah in das Auto hinein, um sicherzugehen, dass es wirklich leer war. Er gab den anderen beiden ein Handzeichen. Sie antworteten auf die gleiche Weise, bevor sie ihre Waffen auf eine Reihe lebloser Maschinen richteten. Der Erste zielte mit der Waffe auf den Land Cruiser und feuerte. Die Reifen auf der Beifahrerseite zerbarsten mit einem gewaltigen Knall. Ein weiterer Schuss traf den Kühlergrill. Öl und andere Flüssigkeiten liefen über den Boden wie Blut aus einer aufgeschlitzten Kehle.

Nur reine Willenskraft hielt Mel davon ab, einen Laut von sich zu geben. Das Geräusch des Maschinengewehrs war in der Fabrik noch sehr viel lauter, eine Kakofonie, deren Echo durch das metallene Labyrinth der verlassenen Industriehalle schallte. Sie wollte schreien, aber sie fürchtete, dass schon das leiseste Geräusch die Soldaten auf sie aufmerksam machte. Sie hatten schließlich schon einmal auf sie geschossen, auch wenn sie da mit nur einem Kratzer davongekommen war. Aus nächster Nähe würden sie unmöglich danebenschießen.

Während sie noch immer verängstigt den Atem anhielt, schlich sie sich von dem gigantischen Metallteil weg. Ihre Füße brachten das alte Papier zum Knistern und mit jedem Schritt hoffte sie, dass das Flüstern des Papiers nicht zu einem Crescendo wurde. Jedes Mal, wenn sie mit dem verletzten Bein auftrat, schossen Schmerzen ihren Schenkel hinauf. Sie unterdrückte jedes Stöhnen oder Keuchen und bewegte sich so schnell sie konnte. Jede Bewegung – ein Wimpernschlag. Schritt für Schritt, vom Licht ins Dunkel und wieder ins Licht. Es fühlte sich zu langsam an. Ihr Gehirn versuchte, die Kontrolle zu behalten, ihre Beine davon abzuhalten, einen Sprint einzulegen.

Sie musste Nelson finden. Er war verletzt, aber er war ein netter Kerl. Er würde ihr helfen. Vielleicht konnten sie gemeinsam einen Weg aus dieser Hölle finden.

II

Eine erneute Gewehrsalve ließ Danny zusammenzucken. Er hatte gewartet, die Pistole auf die Tür gerichtet, um zu sehen, ob Gina sie verfolgte. Stattdessen war es ein Maschinengewehr, dessen Tak-Tak-Tak die Luft durchschnitt. Sie waren im Gebäude. Vielleicht erledigten sie Mel oder vielleicht zielten sie auch auf den Land Cruiser. Egal. Es war nur ein weiteres Indiz, das ihm deutlich machte, dass er dringend in die Gänge kommen musste.

Die Doppeltüren hatten sie in einen breiten Gang geführt. Dort lagen nicht mehr so viel Müll und Gestrüpp auf dem Boden. Die von Staub bedeckten Bodenplatten waren deutlich zu erkennen, die Ränder zersplittert und durchgebogen nach Jahren der Vernachlässigung. An jeder Seite des Gangs befanden sich fünf Türen. Durch einige auf der rechten Seite drang Sonnenlicht in den Gang, das die Schatten vertrieb. Der Korridor endete T-förmig und die beiden Abzweigungen führten in die Dunkelheit.

Danny drückte sich gegen die Wand. Nelson und Wallace befanden sich ihm gegenüber. Nelson hielt sich mit einer Hand die Schulter. Die Blutung hatte etwas nachgelassen, aber dort, wo er die Wand berührte, blieben verschmierte purpurrote Spuren zurück. Danny musste ihn bald wieder zusammenflicken. Sie konnten seine Wunden nicht weiter vernachlässigen, denn der Blutvorrat in seinem Körper war schließlich nicht endlos.

Aber erst mussten sie ein Versteck finden. Alles andere konnte warten, bis sie in Verteidigungsstellung gegangen waren. Danny machte den anderen ein Zeichen, ihm zu folgen, und ging den Korridor hinunter. Er ermahnte seine Leute mit einem Finger auf den Lippen, sich still zu verhalten, obwohl man ihnen das nicht extra hätte sagen müssen. Das Rattern der Maschinengewehre war eine mehr als deutliche Warnung gewesen.

Danny erreichte die erste offene Tür auf der linken Seite und sah in den kleinen Raum dahinter, hauptsächlich aus

Neugier. Er war voll mit zerbrochenen Stühlen und Regalen, die im Dunkeln lagen. Einige der Angestellten mussten an ihrem letzten Tag ein ordentliches Chaos angerichtet haben. Er lief weiter.

Ein kurzer Blick zeigte ihm, dass Nelson ohne zu zögern an der ersten Tür vorbeigegangen war. Das machte Sinn. Wer auch immer nach ihnen suchte, würde sicher zuerst die Räume nahe der Haupthalle überprüfen. Am besten also schnell weiter. Vielleicht konnten sie dann später sogar hören, wie ihre Verfolger die anderen Räume durchsuchten. Das konnte zwischen Leben und Tod entscheiden oder sie konnten zumindest einen ordentlichen Kampf abliefern, wenn sie schon sterben mussten.

Danny nahm weitere acht Stufen. Dann überkam ihn eine Welle der Übelkeit. Das Gefühl war noch stärker als in dem Moment, als Nelson die Schlange gefunden hatte. Dieses Mal drohten ihm die Knie nachzugeben und er lief Gefahr, der Länge nach hinzuschlagen. Er suchte Halt an der Wand und ließ seine Pistole sinken. Mit fest geschlossenen Augen und aufeinandergepressten Zähnen holte er tief Luft. Er konnte sich jetzt nicht übergeben. Das Letzte, was sie jetzt brauchten, war, eine Spur zu hinterlassen, der die Maschinengewehr-Typen folgen konnten.

Die Übelkeit wütete so lange in ihm, dass es sich anfühlte wie eine Stunde, aber es konnten unmöglich mehr als ein paar Sekunden vergangen sein. Als er die Augen wieder öffnete, merkte er, dass Nelson ihn an der Schulter berührte.

»Alles okay bei dir?«

»Fuck. Wenn ich herausfinde, was Gwynette in das Hühnchen reingemacht hat, trete ich ihr so fest in den Arsch, dass sie bis nach El Paso zurückfliegt.«

Wallace erschien an seiner Seite. »Liegt es wirklich am Hühnchen? Mir ist auch total schlecht.«

»Muss es gewesen sein!«, antwortete Nelson. »Mir geht's genauso.«

Danny winkte ab. Es ging ihm besser. Ihm war zwar immer noch übel, aber er konnte immerhin wieder laufen. »Wir gehen weiter. Um unsere Mägen können wir uns später noch kümmern.«

»Hilfe!«

Die Stimme erschreckte ihn so, dass er beinahe geschrien hätte. Er schaffte es, sich zu beherrschen und wirbelte in Richtung der Doppeltür. Blitzschnell brachte er die Pistole wieder in Position. Beinahe hätte er abgedrückt.

Mel stolperte von der Haupthalle der Fabrik in den Gang. Danny konnte kaum glauben, dass sie noch am Leben war. Er musste es sich einbilden. Es war sicher eine Halluzination, die durch seine Übelkeit und Angst hervorgerufen wurde. Doch einige weitere humpelnde Schritte in seine Richtung überzeugten ihn vom Gegenteil. Mel hatte es irgendwie geschafft, dem Kugelhagel zu entkommen und sich auf die Suche nach ihnen zu machen.

Sie hinkte weiter. Danny konnte erst nicht ausmachen, was das Problem war, bis sie in ein helles Eck trat und er das Blut an ihrem Bein sah. Sie war angeschossen worden. Entweder das oder sie hatte sich das Bein an einer der Maschinen aufgerissen, als sie vor den Schützen flüchtete. Vielleicht war das wahrscheinlicher. Er hatte die Gewehre schließlich gehört. Wenn Mel eine Kugel abbekommen hätte, wäre ihr Bein vermutlich nicht viel mehr als ein blutiger Stumpf.

»Soldaten!«, flüsterte sie. »Sie sind zu dritt. Sie haben versucht, mich umzubringen.«

Er ließ die Pistole sinken, als Nelson an ihre Seite trat und sie stützte. Danny konnte sich ein Grinsen nicht verkneifen. Vermutlich nahe am Verbluten und dennoch hatte der Kerl noch Zeit, den Kavalier zu spielen. Der Kerl musste echt verschossen in die Frau sein.

»Haben sie dich getroffen?«, erkundigte sich Nelson.

»Nein, nur gestreift. Das ist nicht gut, oder? Gar nichts ist gut.«

Danny schüttelte den Kopf. »Wir sollten uns verschanzen. Ich geb nicht ohne Kampf auf.« Er drehte sich um und lief mit schnellen Schritten weiter den Gang hinunter. Die Pistole hielt er wieder hoch und stets einsatzbereit. Nach zwei weiteren Türen auf jeder Seite ging er an der vierten Tür rechts in Deckung. Ein paar Sonnenstrahlen fielen auf den staubigen Boden. Danny nahm es als gutes Zeichen, signalisierte den anderen, dass sie warten sollten, und betrat den Raum.

Es war mal ein Lagerraum gewesen. Eine Reihe Metallschränke verdeckte die Wände, außer einer Lücke von etwa anderthalb Metern mit unverputztem Betonstein nahe der Tür. Dort hing ein uraltes, noch eingerahmtes Poster, auf dem stand: DIE EIGENEN RECHTE ALS ARBEITNEHMER KENNEN. Einige Klappstühle aus Metall lagen auf dem Boden verteilt. Eine einzelne, winzige Glasscheibe diente als Fenster, weit oben an der am weitesten entfernten Wand, ungefähr 2,5 Meter in der Höhe.

Er winkte die anderen herein und schloss die Tür. Sie war aus massivem Stahl. Ein Bolzen lugte aus dem Loch, wo einmal der Türknauf gewesen sein musste. Doch er funktionierte noch. Danny drehte ihn und schloss ab.

»Nur flüstern!«, befahl er. Die anderen nickten.

Danny lehnte sich gegen den Wandschrank und seufzte. Zumindest wusste er jetzt, wie es um sie stand. Das war wesentlich mehr als noch einige Stunden zuvor. Es fühlte sich fast schon gut an. Er schloss die Augen und gab sich weitere fünf Sekunden seinen Illusionen hin, bevor er wieder in die Realität zurückfand.

Die engen Korridore hinten in der Fabrik waren heiß wie ein Brennofen und Gina hasste sie so sehr, dass sie sich wünschte, sie hätten ein Herz, auf das sie schießen könnte. Aber es gab nur Beton und abgeblätterte Farbe und drauf loszuballern würde ihr nicht helfen, sich besser zu fühlen.

Schweiß löste sich unter ihrem Haar und tropfte auf ihre Nasenspitze und auf Dales Schuhe. Er machte ihre Arme und Handflächen glitschig und Dale zu ziehen wurde dadurch auch nicht einfacher. Herrgott, er war so schwer! Ihr war es gelungen, ihn um eine Ecke in einen neuen Gang zu zerren, der etwa zehn Meter vom ersten Gang entfernt lag, aber nun war der Großteil ihres Adrenalins aufgebraucht. Sie wurde langsamer und ihre Kräfte ließen allmählich nach. Ihre Muskeln taten weh und ihre Haut brannte. Sie war so wütend, so verzweifelt, dass sie am liebsten gekotzt hätte. Das hatte sie auch schon getan, irgendwo auf dem Boden. Sie hasste es, wenn ihr schlecht wurde, genau wie sie die Hitze und Danny Black hasste.

Sie ließ Dales Beine auf die Bodenplatten sinken, lehnte sich an die Wand und wischte sich mit dem Handrücken über das Gesicht. Vielleicht konnte sie den Affenarsch finden. Er war hier hinten irgendwo, er und die zwei Schwanzlutscher, die ihm immer hinterherdackelten. Wenn es ihr gelang, den richtigen Gang zu finden, konnte sie sie vielleicht überraschen und einfach abknallen. Sie würde sich erst Nelson und Wallace vornehmen, damit sie sichergehen konnte, dass Danny sie kommen sah. Oh ja, er sollte wissen, wer ihm den Arsch zunäht. Und sie würde ihm einen Kuss zuhauchen, bevor sie abdrückte.

Und dann war da noch das Arschloch mit dem Maschinengewehr. Vielleicht sogar mehr als das eine. Sie dachte eine Sekunde darüber nach und stellte fest, dass es ihr scheißegal war. Solange sie Danny umlegen konnte, sollten sie ruhig versuchen, sie zu verhaften. Aber Dale sollten sie besser nicht anrühren. Sie konnten nur noch zu Gott beten, wenn sie ihren Schatz auch nur schief anschauten.

»Wie geht's, Baby? Noch alles okay?«

Er röchelte und blinzelte kurz, bevor ihm seine Augen langsam wieder zufielen.

Sie sah zum Ende des Gangs. Es war noch etwa 15 Meter entfernt und durch eine Tür verschlossen. Auf der rechten Seite baumelte eine weitere Tür nur noch an einem einzigen Scharnier.

»Schon gut!«, sagte sie. »Niemand kann dir was tun, Baby. Ich werd dich in ein Zimmer bringen und dich gut versorgen, bevor ich losgehe und Danny umlege. Wenn ich zurückkomme, lutsch ich dir den Schwanz und flick dich wieder zusammen. Wie gefällt dir das?«

Er hustete und stöhnte.

»Los geht's, Baby.« Während ihr eine weitere Hitzewelle zu schaffen machte, nahm sie die Beine ihres Geliebten wieder hoch und machte sich auf den Weg den Gang hinunter.

»Ihr beiden«, sagte Danny zu Nelson und Mel. »Setzt euch auf einen Stuhl.« Wieder stieg eine Welle der Übelkeit in ihm auf, aber er verdrängte das Gefühl. Erst musste er sich um die Verletzten kümmern. Danach konnte er vielleicht ein paar Minuten damit verbringen, sich vornüberzubeugen und seinen Mageninhalt loszuwerden.

Er stieß Wallace an. »Bleib an der Tür. Wenn du etwas hörst, sag mir Bescheid. Egal was, Wallace.«

»Geht klar!«, antwortete der Junge. »Egal was.«

»Gut.« Er ging auf Nelson zu.

»Kümmer dich erst um sie!«, erwiderte der.

»Scheiße, Mann! Sie kann immerhin laufen.«

»Mach's einfach.«

»Du bist schlimmer dran als sie.«

Nelsons Augen verengten sich. »Bitte, Danny.«

Danny zuckte die Achseln. Wie auch immer. Er kniete sich vor die Kassiererin. »Fühlst dich jetzt bestimmt ziemlich beschissen.«

»Ich habe Angst.«

»Na dann, willkommen im Club. Das Händeschütteln machen wir später.« Sanft, aber bestimmt hob er ihr Bein an. Er war kein Arzt, aber er machte es ganz gut. Die Wunde war leicht zu finden – ein Loch, das etwa einen halben Zentimeter tief und fünf Zentimeter lang war. Es blutete gar nicht mehr so stark, sondern leckte nur noch ein wenig.

»Ja, ist 'n Streifschuss. Wir sollten die Wunde auswaschen und einen Verband drum machen. Vielleicht gibt es irgendwas in einem der Schränke. Willst du mal nachschauen?«

Sie nickte.

»Gut. Aber sei leise. Und versuch nicht, mit einem Hammer oder irgendeinem Scheiß auf uns loszugehen, okay? Du steckst genauso mit drin wie wir.«

Mel nickte und er glaubte ihr. Sie stand auf und näherte sich dem ersten Schrank, zog die Tür auf. Vorsichtig und gründlich wühlte sie sich durch den Inhalt. Sie gab dabei fast kein Geräusch von sich. Braves Mädchen.

Danny wandte sich Nelson zu. Zusammengesackt saß er in einem Klappstuhl und sah unglaublich müde aus. Sein linker Arm hing schlaff an seinem Körper herab, während seine rechte Hand die Wunde eher abdeckte als dass er sie auf sie presste. Sein Gesicht war gezeichnet von Schmerz und Erschöpfung, die Augen zu Schlitzen zusammengezogen, die Zähne gefletscht. Im Laufe der Jahre hatte er Nelson in fast jeder Situation gesehen, aber diese war neu und sie gefiel ihm gar nicht.

»Mann, siehst du vielleicht scheiße aus.«

»Fick dich.« Nelson grinste fast.

»Heute bist du um 20 Jahre gealtert.«

»So fühle ich mich auch.«

Danny deutete auf Nelsons verletzten Arm. »Kannst du ihn überhaupt bewegen?«

»Wenn ich höllische Schmerzen haben will, schon. Ich spüre jeden einzelnen Knochen im Körper ...«

»Aber er ist nicht ausgerenkt?«

»Nein, wieso?«

»Da hätte ich etwas dagegen tun können.« Danny fuhr sich mit den Fingern durchs Haar und starrte auf die Wunde. Sie blutete immer noch, und zwar um einiges mehr als Mels Kratzer. »Okay. Halt deinen Arm fest und lehn dich in meine Richtung. Versuch, keinen Mucks von dir zu geben.«

»Na da wünsch ich mir selbst viel Glück!«, sagte Nelson, als er unter seinen linken Trizeps fasste und den Arm näher zu sich heranzog. Er lehnte sich nach vorne, sodass sein Rücken zugänglich war, und zischte leise. Seine Augen hielt er zusammengekniffen und Danny sah, dass sich Tränen darin gesammelt hatten.

Er untersuchte die Austrittswunde. Sie war nicht viel größer als die Eintrittswunde – und das war gut. Er hatte schon Kugeln gesehen, die beim Austritt faustgroße Löcher hinterließen. Wäre die 9-Millimeter eine 45er gewesen, dann würde es sicherlich auch so aussehen. Dann hätte Nelson keine Chance gehabt. Aber die Wunde war trotzdem ein Problem. Sie konnte sich viel zu leicht entzünden. Wenn Mel bei ihrer Suche nicht fündig wurde, hatte er nichts, um sie zu sterilisieren.

»Du fühlst da nur den Knochen?«, erkundigte sich Danny.

Nelson setzte sich auf und unterdrückte dabei ein lautes Stöhnen. »Was?«

»Bist du dir sicher, dass es nur der Knochen ist?«

»Ich habe nicht das Gefühl, dass etwas gebrochen ist, aber was weiß ich schon darüber?«

»Willst du, dass ich darin rumpule?«

»Fuck, nein.«

»Dann sagen wir, dass es einfach nur der Knochen ist und hoffen das Beste.«

»Na gut.«

Danny stand auf. Mel hatte sich zu ihm umgedreht und sah ihn an.

»Was gefunden?«

Sie schüttelte den Kopf. »Nur Werkzeugkisten.«

»Mit welchem Inhalt?«

»Werkzeuge. Hämmer und Schraubendreher.«

»Na klasse.« Er sah zu Wallace.

»Ich höre absolut gar nichts.«

Wie weit waren die Soldaten noch weg? Ließen sie sich Zeit oder waren sie in einem anderen Teil der Fabrik, kümmerten sich vielleicht um Gina und Dale? Oder kannten sie etwa auch schon das Versteck, das er ausgesucht hatte? Vielleicht warteten sie einfach, spielten Katz und Maus mit ihnen.

Er rieb sich die Schläfen. Kopfschmerzen kämpften mit seiner Übelkeit um die Wette. Er fühlte sich gefangen, machtlos. Man hatte ihn in die Ecke getrieben und jetzt wartete er nur darauf, dass jemand kam und ihn von seinem Elend erlöste.

Aber er konnte zurückschlagen. Dale. Gina. Die Soldaten. Sie hatten ihn an einen Punkt gebracht, wo es für ihn nichts mehr zu verlieren gab. Er konnte nichts für Nelson oder Mel tun und sich auch nicht für immer verstecken, nicht vor den Soldaten und noch nicht einmal vor Gina. Er konnte Ribisi nicht sein Geld liefern und von der Fabrik wegfahren war ebenfalls ausgeschlossen. Wenn man das alles in einen Topf schmiss und zum Kochen brachte, bekam man eine ordentliche Portion Du-bist-richtig-gearscht-Suppe. Warum nicht einfach ein paar Löffel an die Leute abgeben, die ihm das eingebrockt hatten?

»Was denkst du?«, wollte Nelson wissen.

Er öffnete die Augen. »Ich denke darüber nach, etwas Dummes zu tun.«

12

Gina fand auf der anderen Seite der Tür, die das Ende des Gangs markierte, eine Umkleidekabine. Die Tür rechts hatte nur in ein kleines Zimmer geführt, in dem sich ein Schreibtisch, ein zerbrochener Fernseher und ein erstaunlich großer Haufen Tierknochen als Dekoration befunden hatten. Sie hatte sich entschlossen weiterzugehen. War auch besser so. Sie konnte Dale hier verstecken und sich auf die Suche nach Danny machen, um ihm ein paar Kugeln in seine verdammte Rübe zu schießen. Das wäre ein Spaß!

Sie schleifte ihren Partner über den Boden bis zu einer krummen Holzbank. Dann schaute sie sich den Raum genauer an. Eine Reihe kleiner Fenster unterhalb der hohen Decke ließen ein klein wenig Licht durch die dreckigen Scheiben dringen. Wenn die Lichter im Gang funktioniert hätten, hätte sie in dem trüben Licht gar nichts mehr erkennen können. Aber zum Glück hatten sich ihre Augen an die fast gänzliche Dunkelheit gewöhnt. Jetzt sah sie alles in verschiedenen Abstufungen dunkler Schatten. Das war besser als nichts.

Sie kniete sich neben ihren Schatz und die Finger ihrer linken Hand spielten mit seinem blutverschmierten Brusthaar.

»Herrgott, Dale. Selbst so siehst du noch gut aus.« Sie wollte ihn aufmuntern, aber sie sprach die Wahrheit. Sie brauchte ihn, wie sie ihn jede Minute jedes gottverdammten Tages brauchte. Ein Leben ohne ihn konnte sie sich nicht vorstellen.

Sie nahm seine Hand in ihre rechte und drückte die Handfläche gegen ihre Brust, bewegte sie vor und zurück, sodass er sie massierte. Sie stöhnte, als ihre Nippel steif wurden. Selbst die kleinste Berührung von ihm zeigte immer Wirkung. Wieder wurde ihr heiß, diesmal zwischen den Beinen.

»Ich will dich so sehr, Baby!«, flüsterte sie ihm ins Ohr.

Er antwortete nicht, sondern atmete nur angestrengt. Dieses schwache, stockende Geräusch erfüllte den Raum wie das lauteste Flüstern der Welt.

Vielleicht war es nur zum Besten. Sie musste sich zuerst um Danny kümmern. Alles andere konnte auf später verschoben werden.

Sie rieb Dales Bein. »Ich bin gleich zurück, Baby.« Kurz flammte Sorge in ihr auf, aber das Gefühl hielt nicht lange an. Tief in ihrem Herzen wusste sie, dass Dale nicht sterben würde ohne sie an seiner Seite. Sie hatte alle Zeit der Welt, um Danny Black büßen zu lassen. Dale würde das verstehen und auf sie warten. Sie beugte sich vor und küsste ihn auf die Stirn. Zärtlich drückte sie seine Eier, bevor sie aufstand und sich den Staub von den Knien wischte.

Sie lief an einer Wand entlang und zählte vier, fünf, sechs Reihen von Schließfächern aus Stahl. Fast alle davon standen offen. Zerfetzte Hemden und Uniformen hingen darin wild durcheinander oder lagen zusammengeknautscht auf dem Boden. Eigentlich musste es hier nach Moder und Verwesung stinken, dachte sie, aber es war zu heiß und trocken. An die Hitze zu denken, machte sie wieder wütend. Die andere Art Hitze von einigen Minuten zuvor war verschwunden. Jetzt war ihr einfach nur tierisch heiß, auf eine unangenehme Art.

Sie ging wieder zurück und lief den zweiten Gang ab. Da kam ihr der Gedanke, dass sie vielleicht etwas Brauchbares in den Schließfächern finden konnte, vielleicht sogar etwas Wertvolles. Ach was, selbst wenn sie auch nur einen abgebrochenen Besenstiel fand, den sie benutzen konnte, um ihn Danny Black in seine dämliche Fresse zu schlagen, wäre das schon was.

Nachdem sie zehn Schritte gelaufen war, stellte sie fest, dass sie sich nicht besonders gut fühlte. Es war nicht das flaue Gefühl in ihrem Magen, denn dafür war ihr Hass verantwortlich, und an das Gefühl hatte sie sich schon lange gewöhnt. Nein, das war etwas anderes, etwas Übles. Auf jeder Seite erstreckten sich die Schließfächer, engten sie ein. Sie erinnerten sie an die Mädchen-Umkleidekabine von damals in ihrem ersten Jahr an der Oakmont High und an die Art, wie Mr. Rhodes, der Sportlehrer, sie an den Haaren riss und sie auf die Knie zwang. Sie erinnerte sich daran, wie die Schließfächer sich hoch über ihr auftürmten und wie Mr. Rhodes lächelte, als er seinen Schwanz herauszog und sie zwang, ihren Mund zu öffnen, damit er ihr nicht die Zähne ausschlug. Denn wenn es ihr so gut gefiel, während des Unterrichts mit einer Kippe zwischen den Lippen herumzulungern, dann sollte sie schließlich daran gewöhnt sein, etwas im Mund zu haben. Auf diese Weise belächelte er sie ständig, bis zu dem Tag, an dem sie seinen Schwanz abgebissen und ihn auf seine weißen Sportschuhe gespuckt hatte.

Sie schlang die Arme um ihren Unterleib und fiel auf die Knie. Die Schließfächer schienen näher zu kommen und drohten sie zu ersticken. Fast kam es ihr so vor, als würden sie auf sie deuten und lachen. *Schaut euch Gina Macomb mit Mr. Rhodes' Schwanz im Mund an! Du solltest es ihm besser schnell besorgen oder er schlägt dir wieder ins Gesicht, nachdem er darauf abgespritzt hat!*

Tief in ihr fing es an zu brodeln. Das Schreien begann in ihren Zehenspitzen und wurde auf seinem Weg durch ihren Körper immer schneller und gewaltiger, bis es aus ihrer Kehle hervorbrach. Sie warf ihren Kopf zurück und brüllte ihre ganze Wut und Scham gegen die Decke. Dann lehnte sie sich nach vorn und stützte sich mit den Händen ab, als ihr Magen die Führung übernahm und den Großteil ihres Mittagessens auf den dreckigen Boden schleuderte.

Tränen standen ihr in den Augen, als ein zweiter Krampf ihren Körper schüttelte und der Rest ihres Magens sich entleerte. Vielleicht war es doch nicht ihre Wut gewesen, die ihr so zu schaffen machte. Vielleicht hatte sie sich einen Virus eingefangen. Perfekt. Noch etwas, worum sie sich kümmern musste, wenn sie mit Danny abgerechnet und Dale versorgt hatte.

Sie wischte sich die Tränen ab und versuchte, den schlechten Geschmack in ihrem Mund durch Spucken loszuwerden. Sie wischte sich den Schleim vom Mund, schüttelte den Kopf und wartete eine Sekunde. Ihr Magen fühlte sich in Ordnung an, sie war startklar. Gina kam auf die Füße und ging ein paar Schritte, bereit, sowohl den Gang als auch die schlechten Erinnerungen hinter sich zu lassen, aber da sah sie etwas und erstarrte.

Jemand hatte etwas in die Türen der Schließfächer eingeritzt. Eigentlich keine große Sache. Gina selbst hatte das gelegentlich auch getan und wahlweise LECK MICH oder IHR KÖNNT MICH ALLE wo immer sie konnte hingeschrieben. Aber diese gekritzelten Worte sahen so wütend aus, so verzweifelt. Sie konnte fast die zitternde Hand vor sich sehen, die sie geschrieben hatte, und das wahninnige

Kreischen ihres Eigentümers hören. Die Nachricht selbst ergab nicht besonders viel Sinn.

WARUM HABEN SIE ES UNS NICHT GESAGT?

»Was nicht gesagt?« Sie trat einen Schritt näher und versuchte das Rätsel zu lüften. Dass man die Fabrik schließen würde? War es die Armee oder wer war für die Stilllegung verantwortlich? Wer weiß. Ihr Onkel hatte vor langer Zeit eine Farm wegen dieser Landenteignungs-Scheiße verloren.

Nach zwei Schritten fand sie noch eine in die Rückseite eines Schließfachs eingeritzte Botschaft.

WARUM W0HL?

Es musste etwas mit der Armee zu tun haben. Alles andere ergab keinen Sinn. *Ach, scheiß drauf, Kumpel,* dachte sie. *Bist nicht der Erste, den die Regierung verarscht hat.*

Sie entfernte sich von dem Schließfach und zog ihre 9-Millimeter aus dem Hosenbund. Sie musste noch ein Arschloch umlegen und dafür hatte sie nicht den ganzen Tag Zeit. Sie hielt kurz inne, um Dale einen Kuss zuzuhauchen. Dann verließ sie die Umkleide dort, wo sie eingetreten war.

Wäre sie eine Sekunde länger geblieben, hätte sie wohl die ersten Schritte der Klauenfüße gehört, die von der gegenüberliegenden Seite aus in den Raum kamen, und das tiefe, hungrige Knurren, das sie begleitete.

»Du bist *verrückt,* Mann.«

Nelson flüsterte, aber Wut und Ungläubigkeit waren dennoch deutlich hörbar. Seine Augen, in denen statt Schmerz nur noch Frustration zu erkennen war, blickten zu Danny hoch.

Danny ließ den Kopf hängen, während er sich bemühte, die richtigen Worte zu finden. Er wusste, dass sie irgendwo in seinem Gehirn herumschwirrten, aber sie versteckten sich tief in den Hirnwindungen und wollten sich nicht hervorlocken lassen. »Ich weiß, dass es geistesgestört klingt …«

»Es klingt nicht nur so, Danny. Es *ist* geistesgestört. Und zwar eine neue, fein parfümierte Art von geistesgestört.«

»Haben wir ’ne Wahl?«

»Sehe ich so aus, als ob ich das wüsste?«

Nelson saß immer noch im Klappstuhl. Er wirkte nicht mehr so müde, aber jetzt, da er kein Hemd mehr trug – die Ärmel waren für eine improvisierte Bandage und der Rest für eine Schlinge benutzt worden – sah er eher niedergeschlagen als voller Tatendrang aus. Eine klebrige Mischung aus getrocknetem und frischem Blut bedeckte die eine Körperhälfte. Dennoch war er ziemlich angepisst und das war verständlich bei solch dämlichen Plänen.

»Ich will nicht auf sie warten, Nelson.«

»Also willst du das Abkratzen schnell hinter dich bringen?«

»Nein. Ich will sie ausschalten.« Es reichte schon, dass er es aussprach, um zu erkennen, wie lächerlich es klang. Aber Danny hatte einfach keine andere Idee. Es war diese oder keine. »Willst du einfach hier warten, bis sie uns finden?«

»Sie haben Maschinengewehre«, meldete sich Mel zu Wort. Sie hatte einen Ärmel ihrer Bluse abgerissen, um ihr Bein zu verbinden. Sie sah etwas lächerlich aus, aber nicht schlimmer als die meisten anderen in den 1980ern.

»Und was haben wir?«, warf Nelson ein. »Meine verdammte SIG! Das ist wie ein Furz gegen drei Soldaten und das weißt du auch.«

»Nein, nicht, wenn ich leise genug bin.«

»Was? Willst du ihnen jetzt Kugeln entgegenwerfen?«

»Ach, fick dich. Wenn Wallace sie ablenkt, kann ich mich hinter sie schleichen. Du weißt, dass ich gut schieße.«

»Aber sie müssen nicht einmal zielen.«

»Wartet mal eine Sekunde.« Wallaces Stimme, die sich beinahe überschlug. »Ich soll da rausgehen und sie ablenken? Trotz der Maschinengewehre? Nein, danke, Boss. Im Ernst. Also, sorry, aber auf gar keinen Fall.«

Danny legte eine Hand auf die Schulter des Fahrers. Er wollte, dass es beruhigend wirkte, aber Wallace wich sofort zurück.

»Wallace, ich weiß nicht, ob ich das alleine hinkriege, okay? Vielleicht habe ich Glück und schaffe es, aber ich weiß es einfach nicht. Wenn mir jemand hilft, sind die Chancen viel besser. Nelson und Mel sind verletzt, sie würden mehr schaden als nutzen. Dir fehlt nichts. Verstehst du?«

Der Junge dachte darüber nach. Seine Augen bewegten sich hin und her, als ob er das Problem auf einer Buchseite nachlas. Im Raum wurde es still. Danny fühlte, wie sich sein Magen wieder meldete. Er atmete tief durch und schluckte.

Wallace sah ihm in die Augen. »Okay. Ich versuche, den Lockvogel zu spielen, aber sobald jemand anfängt zu schießen, verschwinde ich ganz tief hinten in der Fabrik und du musst mich schon suchen, wenn du mich wiedersehen willst. Sorry, Boss, aber mehr kann ich nicht machen. Von mir aus kannst du mir was vom Anteil wegnehmen, aber trotzdem kann ich nicht mehr tun. In Ordnung?«

Danny nickte. »In Ordnung.«

Nelson schüttelte den Kopf. Danny konnte fast schon riechen, wie angewidert er von der Idee war. »Zumindest sind sie schneller als Ribisi.«

Wallaces Augen weiteten sich. »Wer ist Ribisi?«

»Ist egal!«, antwortete Danny. »Das ändert nichts an unserer Lage.«

»Natürlich nicht!«, bestätigte Nelson. »Ich nehme an, du willst meine Knarre?«

»Ist das okay für dich?«

»Ohne wirst du großartige Chancen haben.«

»Vermutlich. Wie viel ist im Ladestreifen?«

»An die zehn. Sieh zu, dass sie sich bezahlt machen.«

»Mach ich.«

»Im Ernst. Lass uns beide nicht hier drin verrotten.«

»Ich nehm die Angelegenheit nur selbst in die Hand.«

»Hurra.«

Danny versetzte seinem Freund einen angedeuteten Kinnhaken und wartete dann auf Wallace, dem er ein Zeichen machte, ihm zu folgen. Er führte den Jungen zum nächsten Schrank.

»Okay, ich will, dass du Folgendes tust.«

Gina schlich sich wieder in den Gang, die Waffe gezückt. Wo mochte sich Danny verstecken? Die Frage rotierte in ihrem Schädel, während sie langsam den Gang entlanglief. Am Ende angelangt, würde sie sich entscheiden müssen, ob sie nach links oder rechts abbiegen sollte. Links ging es in die Dunkelheit und einen Gang, der sie vielleicht zu Danny und seiner Horde Affenärsche führte, vielleicht aber auch nicht.

Rechts ging es innerhalb von nur wenigen Schritten zur Haupthalle der Fabrik. Da draußen waren Leute mit Waffen, oder zumindest waren sie dort gewesen. Vielleicht waren sie wieder gegangen oder sie streiften schon durch die Fabrikhalle. Sie wusste nicht, wer sie waren, und sie war mehr als neugierig auf die Antwort, aber vermutlich war es ziemlich egal. Sie hatte einen Job zu erledigen – Danny Black umlegen – und nichts auf der Welt konnte sie davon abhalten.

Sie bog nach rechts ab.

Während sie den Korridor entlanglief, stellte sie sich alle möglichen grausamen Dinge vor, die sie Danny antun konnte. Bei der Vorstellung musste sie breit grinsen und fast hätte sie wieder laut losgelacht. Sie konnte es nicht erwarten, seinen Blick zu sehen, wenn sie mit ihrem Rachefeldzug begann. Es war sicherlich schöner als Weihnachten!

In der Fabrikhalle regte sich nichts, es war absolut still. Das gefiel ihr nicht, aber sie ließ sich davon auch nicht sonderlich beeindrucken. Es war wie in einem der alten Westernfilme, die Dale so gerne sah. Sie war auf dem Weg zu einem Showdown um zwölf Uhr mittags, aber das Ende des Films war keineswegs offen für Interpretationen. Danny Black würde durchlöchert zu Boden sinken, Ende der Geschichte und Abspann!

Der Film fand sein abruptes Ende, als sie den grauen Mann erblickte.

Sie sah ihn aus dem Augenwinkel, als sie an der zweiten Reihe Maschinen vorbeilief, um durch die Tür zu gehen, durch die Danny mit seinem kleinen Schwuchtel-Club verschwunden war. Nur flüchtig nahm sie die Bewegung wahr, aber sie riss sofort ihren Kopf herum, in der Annahme, es sei Danny und dass es Zeit war, die Show beginnen zu lassen. Stattdessen sah sie einen Mann, der wie ein Monster aussah.

Er trug ein Gewehr über der Schulter und hatte schwarze Armeestiefel an. Ein schwarzer Gürtel war ihm eng um die Hüfte geschnallt, aber alles andere war grau, von Kopf bis Fuß. Die Kleidung sah irgendwie gummiartig aus, wie etwas, das kein normaler Mensch jemals tragen würde. Sie erstarrte, als sie ihn sah und nur ein ganz leiser Laut der Überraschung drang ihr aus der Kehle.

Der graue Mann wirbelte zu ihr herum und ihr Instinkt

übernahm die Führung. Sie machte eine Kehrtwendung in die Richtung, aus der sie gekommen war, und rannte. Sie unterdrückte den Schrei, den sie loslassen wollte, und atmete nicht einmal, bis sie wieder in dem Gang und um die Ecke gebogen war.

Sie musste einen anderen Weg nehmen. Aber das konnte sie erst, wenn sie den grauen Mann abgehängt hatte.

Und eine neue Erkenntnis traf sie wie der Blitz: Sie musste Dale woanders hinbringen.

Das erforderte Zeit, Zeit, die sie eigentlich dafür verwenden wollte, Danny fertigzumachen, aber sie konnte es nicht riskieren, dass der graue Mann – er musste ein Soldat sein – ihren Liebling fand. Er würde auch mit Dale nicht nett umgehen, sondern ihn vermutlich einfach umlegen und weiter nach ihr suchen.

Sie lief so schnell und leise sie konnte weiter den Gang hinunter. Dabei trat sie mit den Fußballen zuerst auf, um ihre Schritte zu dämpfen. Alle paar Meter sah sie über die Schulter. Jedes Mal erwartete sie, dass der graue Mann hinter ihr war und mit dem Maschinengewehr auf sie zielte, aber jedes Mal sah sie nichts als einen leeren Gang. Als sie den Umkleideraum erreichte, hatte sie das Gefühl, dass ihr vor Angst jeden Moment die Haut von den Knochen abfallen würde.

»Dale, Baby, wir müssen los …«

Der Rest des Satzes blieb ihr wie ein Klumpen heißer Teer im Hals stecken. Sie starrte und schaffte es, zu atmen, aber kein weiterer Laut kam ihr über die Lippen.

Dale war verschwunden. Eine dünne verschmierte Blutspur zeigte, dass er dort gewesen war, aber sonst war da nichts mehr.

Gina rieb sich die Arme, denn dort breitete sich eine Gänsehaut aus wie die Ringe im Wasser. Wohin war er verschwunden? Wie lange war es her, dass sie den Raum verlassen hatte? Drei Minuten? Vier? Jemand musste ihn mitgenommen haben. Er war zu schwach, um sich selbst zu bewegen.

Oder hatte er sie etwa die ganze Zeit verarscht und sich halb tot gestellt? Ärger stieg in ihr auf. Wenn er mit ihr gespielt hatte, musste sie später wohl mal ein Hühnchen mit ihm rupfen. Man verarschte niemanden derartig. Es war mies!

Ihr Gehirn lief heiß, viele eilige Überlegungen schnellten hin und her, als würden sie von Sprungfedern abprallen. Was, wenn es da draußen mehr als einen grauen Mann gab? Was, wenn einer von ihnen hier gewesen war und Dale weggeschleift hatte? Wenn das stimmte, umzingelten sie sie vielleicht gerade von beiden Seiten. In dem Fall hatte sie keine Chance. Sie konnte Dale nie wieder küssen, nie Danny Blacks Gesichtsausdruck sehen, kurz bevor sie abdrücken würde. Es war einfach nicht fair!

Mit den Handballen presste sie ihre Schläfen. Ihr Kopf wollte zerspringen. Sie spürte, wie wieder ein Schrei in ihr aufstieg, der ganz tief in ihr entstand und immer stärker wurde. Er machte sich auf den Weg zu ihrem Mund, wie eine Silvesterrakete, doch dann erstickte sie ihn irgendwo in ihrer Brust.

Sie hatte etwas gehört.

Zuerst erkannte sie das Geräusch nicht. Es war leise und schmatzend, doch gleichzeitig stetig und kraftvoll. Es kam aus der entgegengesetzten Seite der Umkleidekabine und zog durch die stählernen Gänge wie ein plumper Vogel, der sich durch ein Unwetter kämpft.

Es gefiel ihr nicht. Noch bevor sie ein vage Idee hatte, um was es sich bei dem Geräusch handeln konnte, gefiel es ihr nicht. Sie hasste es. Es nagte an ihrem Trommelfell und an ihrem Hirn. Sie musste es finden und dafür sorgen, dass es aufhörte.

Der graue Mann verschwand aus ihren Gedanken, als sie weiterging. Er war ihr nicht gefolgt; ein Teil von ihr wusste das. Wenn er ihr gefolgt wäre, hätte er sie bereits erschossen. Er war durch das Geräusch, das kontinuierliche, fast hungrige Geräusch ersetzt worden.

Sie erreichte das Ende des Gangs. Sie merkte gar nicht, dass sie Dales dünner Blutspur folgte. Ihr Gehirn registrierte es noch nicht einmal, als sie um die Ecke bog und das Geräusch ein klein wenig lauter wurde.

Am anderen Ende des Umkleideraums sah sie etwas im Schatten. Die Dunkelheit war zu undurchdringlich, als dass sie viel mehr als eine kleine Bewegung hätte ausmachen können, aber sie wusste, dass da etwas war. Da musste das Geräusch herkommen.

Sie hob die Pistole. Ihre Finger wollten den Abzug drücken, aber etwas in ihrem überhitzten Hirn hielt sie davon ab. Etwas in ihr wollte mehr sehen, wollte herausfinden, was sich im Schatten verbarg und dabei diesen Lärm machte.

Sie lief langsam, aber sicher auf die Ecke zu. Ihr Herz schlug schneller und Schweiß gesellte sich zu ihrer Gänsehaut auf den Armen. Sie hielt ihre Pistole immer noch hoch. Auf keinen Fall würde sie sie sinken lassen.

Ihr Fuß rutschte auf etwas Nassem weg und sie schaffte es gerade so, nicht auf den Arsch zu fallen. Sie fand das Gleichgewicht wieder und lief weiter. Das Blut rauschte in ihren Ohren. Es wurde schließlich so laut, dass es das Geräusch übertönte, das sich für sie irgendwie anhörte wie schmatzende Lippen.

Gina machte einen letzten Schritt und erstarrte. Die Pistole begann in ihrer Hand zu zittern, aber sie merkte es nicht. Weitere Geräusche hätten in ihr Ohr dringen können

– aufgeregtes Atmen, Klauen auf Stahl – aber sie registrierte es nicht, da die Szene vor ihr keinen Sinn ergab.

Das konnte nicht Dale sein. Wie konnte er es in die Ecke geschafft haben? Und warum sah er sie mit weit aufgerissenen Augen an? Und woher kam das ganze Blut? Nein, es konnte nicht wahr sein. Und das blasse, nackte Ding, das da über ihm hing, sein Gesicht in Dales Bauch vergraben, konnte auch nicht real sein.

Ein entsetztes Keuchen drang aus ihrer Kehle und das Ding, das über Dale gebeugt war, setzte sich aufrecht. Langsam drehte es sich um. Schlaffe Haut umspannte seinen dünnen Körper. Gina sah einen kahlen Kopf, an dem die Ohren fehlten. Als es sich zu ihr drehte, sah sie einen vernarbten Gewebehaufen, wo ein Auge hätte sein sollen und ein abartig geformtes Maul, das vor Blut triefte. Es war keine Nase da. Das andere Auge war weiß und verbrannte sie fast mit seinem Hass. Das Ding entblößte Zähne wie gezackte Steinmesser. Ein Schrei, der einem defekten Feueralarm ähnelte, erfüllte den Raum.

Sie wollte schießen, sie wollte es wirklich. Ihre Finger – die vorher so eifrig feuern wollten – weigerten sich, abzudrücken. Sie sagte ihnen immer wieder, was sie tun sollten, aber sie wollten einfach nicht gehorchen. Heiße Tränen quollen aus ihren Augen, während ganz tief in ihr ein weiterer Schrei aufkeimte.

Das Ding widmete ihr nun seine ganze Aufmerksamkeit. Sie konnte kräftige Muskelstränge unter der Haut erkennen. Sein Hals bewegte sich auf seiner Schulter, aber mit dem einen weißen Auge fixierte es sie. Sie trat einen Schritt zurück, als es wieder kreischte. Sie glaubte in der Dunkelheit Dales Blut vom Maul des Wesens wegspritzen zu sehen, aber sie konnte sich nicht sicher sein. Die Tränen verschleierten ihren Blick zu sehr.

Sie trat einen Schritt zurück und erwischte wieder den nassen Fleck auf dem Boden. Ihre Beine verloren den Halt und plötzlich starrte sie an die Decke, in der Sekunde, in der sie auf die Fliesen krachte. Die Welt stürzte über ihr zusammen und schien sich dann wieder auszudehnen. Sie wollte nichts als schlafen.

Gina sah auf, als aus dem Kreischen ein Brüllen wurde. Das Monster schwang sich durch die Luft und streckte die geöffneten Klauen nach ihr aus. Sie schrie und im selben Moment übernahmen ihre Killerinstinkte die Kontrolle. Die Pistole in ihrer Hand klickte und ein rotes Mal zeigte sich mitten auf der Brust des Monsters. Es überschlug sich rückwärts, fiel auf den Boden und blieb als regloser Haufen liegen.

Das Dröhnen des Schusses echote lange zwischen Stahl und Beton, dann wurde es wieder still in der Umkleidekabine. Gina hielt den Atem an. Ihre Kiefer klapperten aufeinander, als sie die Kreatur beobachtete, die 9-Millimeter immer noch darauf gerichtet. Wenn sich das Ding noch einmal regte, würde sie den Rest des Magazins in seinen Balg feuern.

Ein langer, schmerzhaft stiller Moment verstrich. Das Wesen auf dem Boden blieb tot. Ginas Kopf schwankte hin und her, Wut und Trauer wuchsen an, vermischten sich.

»Du hast Dale umgebracht, du verfluchtes Monster!« Das Schluchzen, das folgte, schüttelte ihren ganzen Körper. Die Pistole fiel ihr aus der Hand und klackerte auf den Boden. »Fahr zur Hölle!«

Ein Zischen antwortete ihr.

In Sekundenbruchteilen hörte sie auf zu weinen. Sie hielt den Atem an und sah langsam nach oben, um die Quelle des wütenden Geräuschs auszumachen.

Noch ein Monster. Nicht nur eins, sondern mehrere. Sie

kauerten oben auf den Schließfächern und sahen zu ihr herunter wie fahle, muskulöse Wasserspeier. Mit ihren trüben Augen sahen sie sie an, verbrannten sie fast mit ihrem Blick. Sie sahen alle anders aus. Manche hatten beide Augen, manche nur eins. Eins von ihnen hatte überhaupt keine Augen und doch schien es genau zu wissen, wo sie lag.

Wimmernd bewegte sie sich auf Arsch und Ellbogen rückwärts und hielt erst an, als sie gegen die Wand prallte und nicht mehr weiterkonnte. Die Monster sahen sie gierig an. Sie begann wieder zu weinen, als noch mehr durch den Gang kamen. Auch von denen sah jedes anders aus. Sie rochen nach Schweiß und Dreck und geronnenem Blut und jedes von ihnen sah aus wie zum Töten geschaffen.

Sie wollte ihre Pistole heben, als ihr einfiel, dass sie sie fallen gelassen hatte. Jetzt lag die Waffe außerhalb ihrer Reichweite und viel zu nah an der näher kommenden Walze schrecklich bleicher Killer.

»Bitte.« Es war das Einzige, was sie sagen konnte, und es klang völlig fremdartig durch ihre Tränen und ihre Angst. Sie wollte die Augen schließen, aber sie konnte es nicht.

Ein Grollen erfüllte den Raum. Es klang tief und schrecklich, wie ein riesiger Truck im Leerlauf auf einem versengten, brüchigen Stück Highway. Gina sah, dass sich in dem Gang direkt vor ihr etwas bewegte. Als Ausdruck schwachen Protests schüttelte sie den Kopf, als die Kreatur, die die restlichen wie Zwerge erschienen ließ, auf ihren Knöcheln und kräftigen Beinen auf sie zukam und sich dabei wie der König des Dschungels bewegte. Die Haut des Wesens spannte sich über Muskeln, die sie kaum für möglich hielt, und der Blick in seinen Augen versprach einen schmerzhaften Tod.

»Nein.« Sie wollte mehr sagen, aber es kamen nur noch Schluchzer, die ihr die Kehle zuschnürten.

Das Monster sah auf sie herab. Die anderen kamen ebenfalls näher, bereit zum Töten.

Es ist nicht fair!, dachte sie. Und dann: *Ich liebe dich, Dale.*

Als die Monster über sie herfielen, erinnerte sie sich wieder daran, wie man schreit.

13

»Hast du das gehört, Boss?«

Danny drückte ein Ohr gegen die Tür. »Nein, nichts. Was war denn?«

Wallace zuckte die Achseln. »Dachte, jemand schrie.«

»Hab ich nicht gehört. War es laut?«

»Kaum zu hören.«

»Dann war es nicht direkt vor der Tür. Der Plan ändert sich also nicht.«

Wallace nickte und schien mehr als ein wenig enttäuscht. Danny klopfte ihm auf die Schulter und nickte dann Nelson zu.

»Wir sind in null Komma nichts zurück.«

»Ich halte mal lieber nicht den Atem an solange!«, antwortete Nelson kopfschüttelnd. Mel neben ihm sah resigniert aus.

Danny verdrehte die Augen. »Optimist.« Er deutete in Richtung Tür. »Los geht's, Wallace.«

Wallace steckte einen zitternden Finger durch das Loch, an dem eigentlich ein Türknauf sein sollte, und entriegelte das Schloss mit der anderen Hand. Er atmete tief durch – schloss kurz die Augen – und stieß dann mit einer einzigen hektischen Bewegung die Tür auf.

Danny hatte die SIG griffbereit. Er schwenkte sie durch

die Tür und richtete sie auf das andere Ende des Gangs. Nichts. Ein schneller Blick nach hinten reichte, um sich zu vergewissern, dass der restliche Gang ebenfalls leer war, was ihn nicht überraschte. Zehn Minuten Lauschen an der Tür hatten ihm das bereits verraten. Er hatte die ganze Zeit überhaupt keine Schritte gehört und bezweifelte, dass ein Haufen Soldaten in Außerirdischen-Outfit so leise sein konnte.

Danny betrat den Korridor mit gezückter Waffe. Wallace folgte ihm. Zusammen gingen sie in Richtung der Fabrikhalle. Ihre Schritte waren so lautlos wie die Ewigkeit.

Danny suchte die Bereiche der Fabrik ab, die er sehen konnte, sowohl mit den Augen als auch mit der Pistole. In dünnem Rinnsal lief Schweiß seine Schläfe, sein Ohr und den Hals hinunter. Sein Magen rebellierte immer noch und er hatte heftige Kopfschmerzen. Es fühlte sich an, als hätte er Fieber. Er vertrieb den Gedanken und konzentrierte sich aufs Hören und Sehen. Er machte sich nicht die Mühe zu überprüfen, ob Wallace noch hinter ihm war. Er konnte den Jungen fühlen und war sich nun sicher, dass Wallace sich nicht aus dem Staub machen würde.

Um das Ende des Korridors zu erreichen, brauchten sie einige Minuten. An jeder Tür hielten sie inne, waren bereit, in Deckung zu gehen, sobald sie den ersten Soldaten sahen. Aber da war niemand und irgendwann befanden sie sich am Eingang zur Fabrikhalle.

Danny hielt den Atem an und schob vorsichtig den Kopf durch die Türöffnung. Ein kurzer Blick in alle Richtungen sagte ihm, dass die Luft rein war. Vielleicht bedeutete es, dass die Soldaten bereits weiter hinten waren, aber vielleicht auch, dass sie dabei waren, sie zu umzingeln. Es gab nur einen Weg, das herauszufinden.

Er ging hinter der Tür, die links in den Angeln hing, in

Deckung und drehte sich dann um, um Wallace zuzunicken.

Der Junge hatte einen Schraubendreher eingesteckt, den er jetzt zwischen den Fingern hielt und ihn in flachem Bogen wegschleuderte. Dann hastete er wieder den Gang zurück und in eines der Zimmer hinein. Danny sah durch den Türspalt, wie das Werkzeug etwa 15 Meter weiter auf der anderen Seite des Korridors landete. Es klackerte gegen den Beton und prallte davon ab. Dann hörte man es wieder rollen, bevor es in altem Papier verschwand.

Danny fing an zu zählen und kam bis drei, bevor ein Soldat den Gang betrat und dabei eine Maschinenpistole schwang. Danny erkannte die Umrisse einer M16. Er musste schnell sein, um ihrem zornigen Feuer zu entkommen.

Er trat zurück, schaute aber weiter durch den Spalt an der Tür. Er atmete tief durch und hoffte, dass sich der Soldat herumdrehte und in die andere Richtung schaute. Manche würden es unsportlich oder feige nennen, einen Mann hinterrücks zu erschießen. Danny konnte diese Meinung durchaus nachvollziehen, aber in dem Moment war es ihm völlig egal. Die Soldaten hatten Maschinengewehre. Ihr Problem, wenn sie mit offenen Augen schliefen.

Niemand sonst war aufgetaucht. Das musste bedeuten, dass die Soldaten sich verteilt hatten und in verschiedenen Sektoren, oder wie auch immer sie es nannten, patrouillierten. Es juckte ihn nicht. Schließlich machte es das Ganze ein bisschen einfacher.

Der Soldat ließ den Kopf sinken, starrte auf den Boden. Danny atmete tief ein und hielt dann den Atem an. Der Moment war gekommen. Der Soldat kniete sich nieder und hob den Schraubendreher auf. Er stand mit dem Rücken zur Türöffnung.

Danny ging um die Tür herum und machte sechs schnelle

Schritte vorwärts. Die SIG hielt er mit beiden Händen vor sich. Beim letzten Schritt drückte er ab. Die Waffe bellte in seinen Händen und der Hinterkopf des Soldaten explodierte.

Danny lächelte nicht und klopfte sich auch nicht selbst auf die Schulter. Er musste weiter. Er schaute hoch und sah einen weiteren Soldaten, der auf dem eisernen Laufgang stand. Er schwenkte die M16 im Bogen hin und her und teilte Metall aus. Danny konnte die Querschläger hören, aber er befand sich bereits in einem der Gänge in der Halle. Gebückt lief er weiter. Wenn ihn nicht eine der abprallenden Kugeln erwischte, musste er sich keine Sorgen machen.

Die Maschinenpistole schwieg und Danny ging zwischen zwei Maschinen in Deckung. Irgendwie musste er an einen der riesigen verrückten Apparate aus einer alten Folge der Sesamstraße denken, aber er hatte keine Zeit anzuhalten und herumzurätseln. Stattdessen betrat er den nächsten Gang, der mehr Abstand zwischen ihn und den Schützen auf dem Gerüst brachte. Er lief weiter. Neben seinem eigenen Atem hörte er Schritte auf dem Eisengitter, doch sonst war alles völlig still.

So weit, so gut. Vielleicht konnte er dieses Spielchen ja doch noch überleben.

Er bewegte sich unauffällig bis zur nächsten freien Stelle zwischen den verrosteten Überbleibseln und schob sich vorsichtig in die Lücke. Der Soldat hielt immer noch Ausschau. Dabei streckte er den Kopf nach vorn, als ob das irgendetwas half. Seine Schusswaffe zeigte zu Boden. Danny musste fast schon lachen. Es war so einfach. Er hob die SIG zwischen den beiden Maschinen nach oben. Er hatte alle Zeit der Welt und die nahm er sich, als er seine Schusslinie genau ausrichtete. Meine Güte, wenn das so weiterging, musste Wallace nicht mal einen weiteren Schraubendreher werfen, geschweige denn wegrennen.

Zwei erledigt, dachte Danny. Er hielt den Atem an und wollte gerade abdrücken.

Da hörte er einen Schrei und die Welt lief Amok.

14

Die Jäger konnten sich nicht zurückhalten, ehe sie nicht ihre Beute komplett verschlungen hatten. Nur ein paar gewaltige Schläge vom Anführer des Rudels – ordentliche Hiebe, die sie taumeln und in Sicherheit flüchten ließen – hinderten die vielen Zähne und Klauen daran, die zwei Menschen in eine feuchte Masse aus Knorpel und Erinnerungsstücken zu verwandeln. Sie mussten den Rest des Rudels versorgen. Hunger würde ihre Art sonst bald dezimieren, wenn es kein Futter mehr gab. Davon wäre der Älteste nicht begeistert.

Die Jäger sammelten die Überreste der beiden Menschen und ihres niedergestreckten Gefährten zusammen. Ihre Art neigte nicht zu sentimentalen Gefühlen. Wenn jemand aus irgendwelchen Gründen starb, konnte man sein Fleisch verwenden. Das hatten sie im Laufe der Jahre auch mit anderen Mitgliedern des Rudels so gemacht. Tod wurde zu Fleisch und Fleisch wurde zu Leben. Viel mehr verstanden sie nicht.

Sie trugen das Fleisch in ihren Armen und auf ihren Schultern. Warmes Blut tropfte auf den Zementboden. Sie schwiegen, als sie in die unteren Ebenen der Fabrik vordrangen. Kein Grollen oder Brüllen, auch kein Schnüffeln an dem saftigen Fleisch. Sie mussten es abliefern, mehr nicht.

Als der Anführer des Rudels die Stahlplatte zurückgezogen und die Jäger ins Nest geführt hatte, schmissen sie Fleisch und Knochen auf einen Haufen. Die Weibchen stürzten sich sofort darauf, ohne den Verlust eines der ihren zu betrauern. Sic arbeiteten sich durch das Fleisch, kratzten Muskeln und Fett mit primitiven Werkzeugen und noch primitiveren Gliedmaßen von den Knochen. Ein dürres Weibchen mit einer Hand, die zu einem knochigen Haken mutiert war, riss große Fleischstreifen ab und warf sie in eine Ecke. Ein anderes sortierte sie.

Einige der Kinder unter dem Brustkorb des Kojoten wimmerten vor sich hin. Eines der Weibchen hatte Mitleid und warf ihnen einen einzelnen Streifen zu. Die Kinder stürzten sich auf den Happen und rangen darum und ihre winzigen Körper verknäulten sich verzweifelt ineinander.

Der Anführer holte mit seinem kräftigen Arm gegen sie aus und sie stoben auseinander wie Zweige in einem tosenden Sturm. Er knurrte die Kleinen warnend an, die sich in eine abgelegene Ecke verkrochen und sich vor Scham und Angst eng aneinanderschmiegten.

Der Anführer zeigte den Kleinen noch einmal die Zähne und grub seine kräftige Faust in den Fleischhaufen. Er zog ein zartes Stück Fleisch heraus, das von der Frau stammen konnte, und stolzierte durch das Nest in die dunkelste Ecke. Dort lag der Älteste auf einem Baumwollfetzen. Er sah müde und zerbrechlich aus.

Der Anführer hielt dem Ältesten das Fleisch an die Lippen. Langsam öffnete der Alte das Maul und nahm das Fleisch auf. Seine Fressversuche waren schwach und langsam – seine zahnlosen Kiefer mühten sich mit der Nahrung ab –, aber er war der Älteste und musste respektiert werden. So war es immer schon gewesen. Der Anführer konnte sich nicht erinnern weshalb, aber es fühlte sich irgendwie richtig an.

15

Danny sprang eine Sekunde, bevor ein Kugelhagel in den verrosteten Stahlkoloss einschlug, über die Lücke hinweg. Mit Brustkorb und Rücken schrammte er an den scharfen Kanten entlang und stieß einen Schmerzenslaut aus, als er auf dem Beton landete. Von oben prasselte immer mehr Maschinengewehrfeuer, zerhackte Steine und Stahl. Er sprang auf die Füße und rannte los, während er seinen Kopf mit beiden Armen schützte. Er verfluchte sich selbst, denn er wusste, dass sie ihn eingekeilt hatten. Um ihnen zu entwischen, musste er schnell sein.

Er hechtete zum Ende des Gangs und duckte sich dort hinter die Presse. Das Dröhnen des Gewehrfeuers stoppte und er lauschte. Zu seiner Rechten hörte er Schritte, aber oberhalb zu seiner Linken das unverkennbare Geräusch eines Magazins, das ausgeworfen wurde. Wundervoll.

Er schüttelte den Kopf, um wieder klar zu werden, ignorierte seine schmerzenden Wunden, schwang sich um die Presse herum und hob seine Pistole auf. Der Soldat auf dem Gerüst lud gerade nach, als er den Abzug durchzog. Der Schuss traf den Mann in die Seite. Der Soldat machte einen taumelnden Schritt rückwärts, fing sich aber und fand wieder festen Halt.

Als Danny sein Ziel fixierte, wurde ihm klar, dass der Soldat eine Panzerweste trug. Wieder drückte er ab. Die Gasmaske des Soldaten explodierte. Der Mann ließ noch nicht einmal seine Waffe fallen, bevor er als lebloser Haufen in sich zusammensackte.

Danny rannte weiter und wirbelte Staub und altes Papier auf. Er hörte die Schritte hinter ihm verstummen. Links von sich entdeckte er eine Lücke zwischen den Maschinen. Als er hineinhechtete, hörte er das Bellen einer M16. Ein heißer, bedrohlicher Windstoß peitschte an ihm vorbei und er hörte die Kugeln im Metall und Beton einschlagen.

Der Fluchtweg war blockiert, denn die Maschinen waren durch ein Gewirr aus verrotteten Kabeln und rostigen Querträgern miteinander verbunden. Er sah sich das Durcheinander eine Sekunde an, auf der Suche nach einem Ausweg, aber die näherkommenden Schritte brachten ihn zu einer schnellen Entscheidung. Er musste sich einen anderen Weg suchen.

Danny klammerte sich an den stählernen Koloss und begann, nach oben zu klettern. Er bewegte sich schnell und hoffte inständig, dass Wallace bald wieder losrennen würde. Er stieß sich mit beiden Beinen ab und erreichte das obere Ende der Maschine. Die Schritte waren nun sehr nah. Er kletterte wie verrückt und zog seine Füße gerade in dem Moment nach oben, als die schnellen Schritte plötzlich aussetzten. Er atmete erleichtert auf, fühlte sich für einen Moment lang sicher.

Ein Schrei wie von einem Wahnsinnigen lenkte ihn ab. Wallace hatte den Gang verlassen. Der Junge sprintete in die Halle und schrie dabei aus voller Kehle. Panischer Schrecken wie eingeätzt in seinem Gesicht. Danny hörte die Schritte einer weiteren Person, die sich von ihm entfernten, und wusste, dass der Soldat vorhatte, Wallace den Weg zum Land Cruiser abzuschneiden.

Ächzend sprang er auf die Füße und begann nach dem Soldaten Ausschau zu halten. Der grau gekleidete Mann war den Gang bereits 20 Meter hinuntergelaufen. Er bewegte sich so schnell wie ein olympischer Kurzstreckenläufer. Danny nahm die SIG in beide Hände und zielte. Er drückte den Abzug und sah, wie die Kugel neben dem Fuß des Soldaten im Beton einschlug. Er korrigierte sein Ziel und feuerte zwei weitere Schüsse ab. Der erste ging daneben, aber der zweite traf den Soldaten hinten am Oberschenkel. Er schrie und schlug vornüber auf dem Boden auf.

Danny wusste, was als Nächstes geschehen würde. Er sprang von der Maschine hinunter und rannte los, sobald seine Füße den Boden berührten. Der Soldat wand sich auf dem Boden und versuchte die M16 in Position zu bringen, um zu feuern. Danny rannte noch schneller. Als sich der Soldat umdrehte, ließ Danny seinen Schuh auf das Kinn des Mannes krachen. Der Soldat sackte zusammen.

Danny nahm ihm die Waffe weg und richtete sie auf ihn. Er wartete, atmete schwer und hörte dann Wallace rufen.

»Danny?«

»Ja!«

»Sind wir in Sicherheit?«

»Ja!«

Er sah auf den Soldaten hinunter – eine außerirdische Erscheinung im grauen Gummianzug. Die Augen hinter den Sichtscheiben aus Plastik waren geschlossen und sahen fast schon friedlich aus. Das gefiel Danny nicht. Mit welchem Recht erlaubte es sich dieses Arschloch, so verdammt gelassen auszusehen?

Danny hob einen Fuß und trat dem Soldaten gegen das Brustbein. Er fühlte die Wucht des Tritts auf der harten Panzerung, aber der Soldat sah immer noch okay aus.

»Danny?« Wallace klang etwas besorgt. Seine Stimme war leise und schüchtern.

Er ignorierte den Jungen und starrte stattdessen den bewusstlosen Soldaten weiter an. Diese Schweine, kamen hier rein und begannen wild um sich zu schießen, ohne eine einzige Frage zu stellen, ohne ihnen die Chance zu geben, sich zu ergeben. Sie waren einfach hereingeplatzt und hatten das Feuer eröffnet.

Erneut hob er das Bein und rammte es in den Bauch des Mannes. Der Körper des Soldaten knickte ein und fiel wieder zurück auf den Betonboden. Danny trat noch einmal. Er hatte das Gefühl, dass der Brustpanzer ein wenig nachgab.

»Danny, los, komm.«

Er fühlte Wallaces Hand auf seiner Schulter und stieß den Jungen vehement von sich. Undeutlich nahm er wahr, dass Wallace rückwärts stolperte und zu Boden fiel, aber es war ihm egal. Was zählte, war dieser Schweinehund auf dem Boden vor ihm.

Er trat wieder zu. Dieses Mal holte er richtig aus und wandte so viel Kraft auf wie er konnte. Der Körper des Soldaten wurde durch die Wucht des Angriffs durchgeschüttelt. Danny versetze ihm noch einen Tritt, ehe der Körper wieder zur Ruhe kam. Ihm war, als hörte er den Mann stöhnen und plötzlich setzte alles in ihm aus. Er trat immer weiter, erst mit dem einen Fuß, dann mit dem anderen. Er drosch wie von Sinnen auf das im Gleichschritt marschierende Arschloch ein, das versucht hatte, ihn umzubringen.

Von irgendwo weit weg hörte er den Jungen betteln, aufzuhören, hörte ihn sagen, es sei genug, aber das Einzige, was zählte, war, dass er dem Soldaten eine Lehre erteilte. Sein Gehirn drehte völlig durch und jetzt war nichts wichtiger, als dem anderen Schmerzen zuzufügen.

Irgendwann verschwamm alles. Gina und Dale, Anton Ribisi. Nelson und Mel mit ihren Verletzungen. Selbst Wallaces Stimme und das Unwohlsein in seinem Magen verschwanden. Die Welt um ihn herum brannte und er brannte ebenso. Er trat weiter, mit aller Kraft, die in ihm war.

16

Mel lehnte sich in ihrem Stuhl zurück und atmete tief durch. In der Streifwunde an ihrer Wade hatte sich ein dumpfer Schmerz breitgemacht. Das war nicht viel besser als das stechende Brennen, das sie am Anfang gespürt hatte. Zumindest hatte sich ihr Magen etwas beruhigt. Darüber war sie schon glücklich. Sie hatte es satt, sich die ganze Zeit übergeben zu müssen.

Sie war gerannt, außer Atem und hatte sich durchgeschlagen durch den Kugelhagel, der sich angefühlt hatte, als dauerte er eine Stunde, aber es konnten nicht mehr als eine oder zwei Minuten gewesen sein. Jetzt war es wieder still in der Fabrik. Sie konnte nur hoffen, dass das ein gutes Zeichen war.

»Was glaubst du, wie es gelaufen ist?«, flüsterte sie. Sie sah Nelson den Kopf schütteln.

»Keine Ahnung. Die letzten paar Schüsse klangen wie aus der SIG, aber ich weiß nicht, was das bedeutet. Wir werden es noch früh genug erfahren, wenn jemand zurück zu uns kommt.«

»Na toll.« Mel verbarg ihr Gesicht in den Händen, die nach Dreck und Schweiß rochen. Sie versuchte sich zu erinnern, wann sie sie zuletzt gewaschen hatte, aber der Versuch scheiterte. Zu viele schlimme Erinnerungen gingen ihr durch den Kopf. Sie stöhnte und sah hinauf zu der vergammelten Deckenverkleidung, die den Eindruck machte, als könne sie jeden Moment auf sie hinunterkrachen. »Für eine Kippe würde ich jetzt über Leichen gehen.«

Nelson an ihrer Seite kicherte. »Ernsthaft?«

»Ja. Was denn? Weil ich einen langweiligen, geregelten Job mache? Glaubst du, dass brave Mädchen nicht rauchen?«

»Nein, ich glaube, dass es nur die Besten tun.«

Sie lächelte. Wie oft hatte sie lächeln können, seit ihre Welt sich in die Hölle auf Erden verwandelt hatte? War es das erste Mal?

»Warum bist du so nett zu mir?«

Er sah verwirrt aus, als ob es sich um eine blöde Frage handelte. »Warum denn nicht?«

»Na, das sollte ja wohl ziemlich klar sein.«

»Ach ja, die Geiselgeschichte. Das hat Danny nur gemacht, weil wir an einer Front Polizisten vorbeikommen mussten, ohne Schießerei. Das war wirklich nichts Persönliches.«

»Na wie schön, dass das mit den Schüssen so gut geklappt hat.«

Er schaute verlegen. »Das war zumindest der Plan.«

»Aha.«

»Sei mal kurz leise, okay?«

Sie nickte und Nelson stöhnte, als er sich aus seinem Stuhl erhob. Er hatte offensichtlich immer noch starke Schmerzen, aber konnte sich einigermaßen bewegen. Zumindest wurde er nicht schwächer. Sie sah auf seinen entblößten Rücken, als er zur Tür lief und sein Ohr an die Tür presste. Irgendwie fand sie ihn ungemein attraktiv. Er hatte etwas Wildes, Anziehendes an sich und aufgeweckte, freundliche Augen. Unter anderen Umständen hätte sie ihn vielleicht um ein Date gebeten.

Er drehte sich um und sie verdrängte den Gedanken. Es gab eine Million wichtigere Dinge als ihre Libido. Sie war schließlich kein dummes kleines Schulmädchen, das Spaß haben wollte oder darauf hoffte, von einem gut aussehenden Fremden umgarnt zu werden. Dieser Mann hatte ihren Arbeitgeber überfallen und sie als Geisel genommen.

»Ich kann nichts hören!«, flüsterte er und setzte sich wieder. Er zuckte zusammen vor Schmerzen, die in seiner

Schulter nagten. »Vielleicht werden Danny oder Wallace bald zu uns zurückkommen. Wenn nicht, haben wir ein Problem.«

»Na, das haben wir ja auch so schon.«

Er nickte bedächtig. »Ja, das stimmt wohl.«

Sie wollte etwas sagen, etwas Schlaues, das ihre eigene Furcht besiegen und die Spannung auflösen konnte, die ihr seit Stunden zu schaffen machte. Aber ihr fiel einfach nichts ein.

Nelson drehte sich so plötzlich zu ihr um, dass sie vor Schreck beinahe aufgeschrien hätte. Sie fuhr in ihrem Stuhl zusammen und sah sofort das Bedauern in seinen Augen.

»Tut mir leid.«

»Du hast mich nur erschreckt, das ist alles.«

»Ich weiß. Sorry.«

Sie nahm es achselzuckend hin. Er redete einfach weiter.

»Hör mal, es tut mir alles schrecklich leid. Ganz ehrlich. Danny und ich haben solche Dinger schon eine lange Zeit gedreht und darin sind wir richtig gut. Die ganze Sauerei vorhin ist nur deshalb passiert, weil wir zur Sicherheit diese beiden Bauerntrampel engagieren mussten. Wir dachten, sie sind okay, aber das waren sie nicht. Sie haben alles vergeigt und das tut mir leid.«

Sie zwinkerte. »Sorry, aber mir ist es wirklich egal, wie gut du deine Jobs erledigst.«

»Ich will damit nur sagen, dass der Plan war, da reinzugehen und gleich wieder raus. So ist es all die anderen Male gelaufen – und es gab schon viele andere Male. Wir haben noch nie eine Geisel genommen und wir mussten uns noch nie einen Kopf wegen der Bullen machen wie heute. Alles ist aus dem Ruder gelaufen und wir haben uns in eine Scheißlage gebracht. Mann, keiner von uns hat vor heute überhaupt je einen Schuss abgeben müssen.

Und jetzt fragst du dich, warum ich so nett zu dir bin. Einfach deshalb, weil du nicht hier sein solltest. Wir haben dich mit reingezogen, weil zwei Leute, die eigentlich nicht bei dem Job hätten dabei sein sollen, alles verkackt haben und wir deswegen abhauen mussten. Wir brauchten eine Rückversicherung und du warst eben da. Tut mir leid, aber das ist die Wahrheit. Du wolltest sie hören, also … so ist es eben. Wenn es dir irgendwas hilft: Ich werde dafür sorgen, dass du freigelassen wirst, falls wir hier rauskommen. Nicht, dass unser Leben noch groß etwas bedeutet.«

Mel wollte sich von ihm abwenden, wütend auf ihn sein, aber sie konnte es nicht. Sie war müde, fühlte sich wie erschlagen und wollte nur noch, dass es endlich vorbei war.

»Danke!«, sagte sie.

»Schon okay.«

Sie sah ihm in die Augen. Wieder spürte sie seine Anziehungskraft. Sie wusste, sie würde sich auf ihn einlassen und es war offensichtlich, dass es ihm genauso ging. Sie beugten sich einander zu. Obwohl es total verrückt und falsch war, wollte sie es. In diesem Moment war der Drang, Nelson zu küssen, größer, als am Leben zu bleiben.

Ihre Lippen trafen sich – weiche Haut auf weicher Haut – und sie stöhnte leise. Sie fühlte seine rauen Bartstoppeln auf ihren Lippen und ihrem Kinn. Das Gefühl erregte sie. Sie atmete tief ein und spürte, wie ihr Körper heiß wurde. Der Schrecken des heutigen Tages trat in den Hintergrund und verschwand schließlich ganz.

Sie öffnete ihre Lippen und fuhr mit der Hand über seine glatte Kopfhaut. Er schlang seinen unverletzten Arm um ihre Schulter. Es gefiel ihr. Es fühlte sich stark und richtig an. Sie fühlte sich sicher.

Etwas pochte gegen die Tür und sie schrie vor Schreck auf. Das Geräusch dröhnte durch den Raum und sie wusste einfach, dass es die Soldaten waren. Sie hatten sie gefunden, sie beide gefunden, und jetzt würden sie die Tür einschlagen und mit erhobenen Waffen hereinmarschieren.

»Ich bin's, Wallace! Lasst mich rein!«

Nelson drückte sie einen Moment an sich. Sie ließ es zu. Ihre Nerven drohten mit ihr durchzugehen. Sie atmete vorsichtig ein und fühlte, wie die Angst langsam nachließ. Es war Wallace, der Fahrer. Irgendwie hatten sie die Soldaten fertiggemacht.

Nelson drückte seine Stirn gegen ihre. »Alles okay?«, erkundigte er sich.

»Ja.« Sie lachte fast. Es konnte nicht mal ansatzweise alles okay sein, aber irgendwie war sie plötzlich überzeugt davon, dass alles gut werden würde.

»Bist du sicher?«

»Ja.« Sie lächelte scheu und er lächelte zurück. Er gab ihr einen flüchtigen Kuss und erhob sich dann aus seinem Stuhl.

Mel fuhr sich mit der Hand durch die Haare. Sie war aufgewühlt und musste sich wieder unter Kontrolle bekommen. Sie wollte nicht, dass es der Fahrer oder Danny mitbekamen. Es war zwar albern, aber das war ihr egal. Das Geheimnis gehörte ihr, nicht denen.

Nelson entriegelte die Tür und stieß sie auf. Er hielt sich am Türrahmen fest und sah Wallace an.

»Alles gut soweit?«

Wallace nickte. Trotzdem zeigte sich Sorge auf seinem Gesicht.

»Was ist los?«, wollte Mel wissen.

»Danny hat einen von ihnen lebend erwischt!«, antwortete er.

Danny hörte, dass Wallace Nelson und Mel zu ihm brachte, aber er drehte sich nicht zu ihnen um. Er wollte seine Augen nicht von dem gefesselten Mann abwenden. Die ganze Zeit, als Wallace das Fahrzeug nach Gummiseilen durchsucht hatte und sie dann benutzte, um die Hand- und Fußgelenke des Mannes so eng zu fesseln, dass Handschellen keine größere Wirkung getan hätten, hatte Danny den Mann nicht aus den Augen gelassen. Als simple Tatsache blieb, dass er keinen Zweifel an der Fähigkeit des Soldaten hatte, sich zu befreien. Er konnte sich denken, dass der Mann ziemlich gut ausgebildet worden war.

Am Lauf der M16 entlang blickte er auf das Gesicht des Soldaten. Strohblondes Haar mit Militärschnitt über kantigen Zügen, tief liegende Augen, in denen sich nur Kälte zeigte, jetzt, da sie offen waren. Seine Wangen waren übersät mit blauen Flecken. Sie anzuschauen weckte in Danny Erinnerungen, die ihm nicht besonders gefielen.

Der Mann hatte kein einziges Wort gesprochen, seit er das Bewusstsein wiedererlangt hatte. Seine dünnen Lippen blieben zusammengekniffen, als Danny ihm die Gasmaske vom Gesicht riss und auch als Wallace ihn fesselte und ihm Gürtel und Munitionsbeutel abnahm. Er zeigte nicht einmal, dass ihn seine Schusswunde schmerzte – kein Zischen, keine zusammengebissenen Zähne. Das alles bestärkte Dannys in seiner Annahme bezüglich der Ausbildung des Mannes und machte ihm deutlich, dass ihr Überleben ein wahrer Glücksfall gewesen war.

»Ach du Scheiße!«, sagte Nelson. »Die sind ja wirklich gut gerüstet. Können wir sicher sein, dass er der Letzte ist?«

»Ja!«, antwortete Danny, immer noch mit Blick auf den Soldaten. »Die anderen beiden sind tot.«

»Hab sie gesehen. Bin froh, dass du es geschafft hast.«

»Ich auch.«

Nelson stellte sich neben ihn und nickte in Richtung des

Gefangenen. Herrje! Geiseln und Gefangene. Das war wirklich ein Tag der Premieren.

»Was hat er gesagt?«

Danny schüttelte den Kopf.

»Was hast du ihn denn gefragt?«

»Nicht viel. Wir waren damit beschäftigt, ihn zu fesseln.«

»Er blutet!«, bemerkte Mel. Sie klang besorgt, aber nicht übermäßig.

»Das kommt vor, wenn jemand angeschossen wird.«

»Du hast auf ihn geschossen?«

»Ja, aber er hat zuerst geschossen. Da fand ich es nur fair.«

Sie zuckte die Achseln und wandte sich ab. Er sah aus den Augenwinkeln, dass sie die Augen schloss und eine Hand auf ihren Bauch presste. Er wusste, wie sie sich fühlte. Allmählich glaubte er allerdings, dass es doch nicht an Gwynettes Hühnchen lag. Der graue Anzug des Soldaten hatte ihn auf die Idee gebracht. Hier war noch etwas im Gange. Und er wollte wissen, was das war.

Nelson deutete auf das Gesicht des Mannes und die blauen Flecken.

»Was ist ’n da passiert?«

»Ich hatte einen Ausraster.«

»Einen Ausraster?«

»Sag mir, wie man es sonst nennen könnte und ich werde es tun. Der Typ hat versucht, mich umzubringen.«

»Verständlich, würde ich sagen. Und was machen wir jetzt?«

Danny dachte lange darüber nach. Jemand hatte Soldaten geschickt, nicht um Gefangene zu nehmen, sondern um zu töten. Das ging sogar weiter, als Anton Ribisi, der alte Sack von einem Gangster, gehen würde. Er schüttelte den Kopf. Das war die Krönung des ohnehin schlimmsten Tags seines

Lebens, denn er war in etwas wirklich Großes hineingeraten. Jetzt musste er wissen, wie groß es war. Vielleicht wurde dann klarer, ob sie es schaffen konnten, da lebendig rauszukommen.

»Und?«, fragte Nelson.

»Wallace.«

»Ja, Boss?« Der Junge sah krank und blass aus. Sein T-Shirt war am Ausschnitt verschwitzt. Sein Gesichtsausdruck zeigte ganz deutlich, dass es etwas zu viel für ihn war und dass er umkippen würde, wenn er noch viel mehr miterleben musste.

»Bring mir eine Werkzeugkiste von da hinten. Ich habe ein paar Fragen.«

Mel säuberte sich ein Fleckchen auf dem Boden und setzte sich. Sie hielt ihre Knie mit den Armen umschlungen und sah zu. Sie wollte es nicht und bezweifelte, dass sie bis zum Schluss zusehen würde, aber noch konnte sie einfach nicht wegschauen.

Nelson hatte seinen intakten Arm benutzt, um die Beine des Soldaten in eine gerade Position zu bringen. Der Mann in Grau lag jetzt auf dem Rücken und starrte angestrengt an die Decke. Selbst ohne seine Gasmaske sah er noch furchteinflößend aus und das, obwohl sein Gesicht von blauen Flecken übersät war. Es waren seine Augen. Die Ruhe, die in ihnen brannte, als ob das hier etwas ganz Alltägliches sei, erweckte in ihr den Drang zu schreien.

Wallace trug mit beiden Händen eine Werkzeugkiste, deren Gewicht ihm offensichtlich zu schaffen machte. Es war ein grüner Metallbehälter, auf dem seitlich in schwarzen Buchstaben die Worte EIGENTUM DES MILITÄRS DER VEREINIGTEN STAATEN geschrieben standen. Herrgott, wie hatte ihr das durch die Lappen gehen können? Sie fühlte sich so dumm, weil es ihr nicht früher aufgefallen war. Aber warum hatte das Militär eine Fabrik gebaut und warum bewachte es sie immer noch?

Sie hatte den Eindruck, dass Danny genau das Gleiche interessierte.

Seine Stimmung war schon wieder umgeschlagen. Sie hatte das jetzt schon einige Male miterlebt. Es ging von still über tobend bis hin zu der absolut reservierten Haltung, die er jetzt an den Tag legte. Er bewegte sich ruhig, besonnen. Der Ausdruck in seinen Augen ähnelte fast dem des Soldaten. Sie glaubte Nelson, dass er und Danny gut in ihrem Job waren. Danny schien ein Talent zu haben, seine Laune immer der aktuell zu bewältigenden Aufgabe anzupassen.

Er schlug seine Ärmel bis zu den Ellbogen hoch und streckte seinen Hals vor und zurück. Sie hörte, wie seine Wirbelsäule knackte. Er seufzte, während er sich neben den Soldaten kniete.

»Hi!«, sagte er. »Mein Name ist Danny. Vielleicht hast du das schon mitbekommen; bin mir nicht sicher. Ich vermute mal, es spielt keine Rolle, ob du meinen Namen kennst oder nicht. Du sitzt eh ziemlich in der Scheiße, oder?

Wie heißt du, Soldat?«

Der Mann rührte sich nicht und gab keine Antwort. Er sah Danny noch nicht einmal an. Mit seinen ausdruckslosen Augen fixierte er weiterhin die Decke.

Danny schüttelte den Kopf. »Hör mal, ich versteh dich ja. Ich würde auch nicht mit mir reden wollen. Es ist nur so, dass du vielleicht ein paar Antworten hast, die ich brauche. Ich kann natürlich auch den ganzen Scheiß durchziehen, den wir beide erwarten, oder du kannst einfach mit mir reden. Ich persönlich würde die zweite Möglichkeit vorziehen, denn das wäre wesentlich einfacher für uns beide. Was sagst du dazu?«

Keine Reaktion. Mel fragte sich, wie der Soldat einen solchen Gesprächspartner komplett ignorieren konnte. Es schien fast, als befände er sich in einer Art Trance. Der Tag wäre für sie wesentlich einfacher gewesen, wenn sie das Talent auch besessen hätte.

»Na komm schon!«, sagte Danny. »Was hast du davon, wenn du mich weiter anschweigst? Leider ist es nicht so, dass ich oder meine Leute hier einfach rausspazieren können. Ihr habt unser Fahrzeug lahmgelegt; wir sitzen hier fest. Kann ein bisschen Information wirklich schaden? Ganz ehrlich?«

Nichts. Der Soldat war wie Beton.

Danny schüttelte den Kopf. Der Ausdruck in seinen Augen gefiel Mel gar nicht. Sie erkannte Traurigkeit und Resignation. Noch bevor er sich zu voller Größe aufrichtete, war ihr klar, dass er dies nicht wirklich tun wollte.

Er ging zum Werkzeugkasten, beugte sich darüber und wühlte sich mit einer Hand durch seinen Inhalt. Er zog einen Hammer hervor und drehte ihn einmal kurz in seiner Hand.

Dann kniete er sich wieder neben den Soldaten. Er wedelte mit dem Hammer vor dessen Gesicht herum, um sich zu vergewissern, dass der Gefangene ihn bemerkte.

»Wo überall seid ihr gepanzert?«, erkundigte sich Danny. Er klopfte mit dem Hammer gegen die Brust des Soldaten. Mel hörte ein hartes, metallisches Geräusch. Sie hörte es noch einmal, als Danny auf den Bauch des Soldaten klopfte. Das tat er einige Male, nie mit viel Schwung, sondern fast spielerisch. Sein Ausdruck blieb aber ernst. Das war kein Spiel.

Er klopfte dem Soldaten an die Hüfte. Es war kein Geräusch zu hören.

»Ah, da haben wir ja einen wunden Punkt.« Er holte mit dem Hammer aus. »Also, sag mir deinen Namen.«

Der Soldat schwieg immer noch, doch Mel sah, dass sich die Muskeln über den Kieferknochen anspannten. Eine Sekunde später krachte der Hammer in seine Hüfte und er schrie. Es war ein kurzer, hoher Schrei. Dann riss er sich zusammen und zischte stattdessen durch die Zähne.

»Name!«, befahl Danny, anstatt weiterhin zu fragen. Seine Stimme klang beinahe seelenlos und das flaue Gefühl in Mels Magen kehrte zurück.

»Fick dich!«, antwortete der Soldat.

»Jetzt kommen wir der Sache schon näher. Der Kiefer hat sich bewegt. Jetzt musst du nur noch ein paar dringende Fragen beantworten. Wie heißt du?«

»›Fick dich!‹, hab ich gesagt.«

»Nicht die Antwort, die ich haben wollte.« Danny schwang den Hammer erneut. Dieses Mal konnte Mel ein vernehmliches Knacken hören, als der Soldat wieder aufschrie. Er versuchte den Schrei wieder zu ersticken, aber es gelang ihm nicht. Seine qualvolle Stimme hallte in der ganzen Fabrik wider.

»Name.«

»Sergeant First Class Roy Taylor.« Er sprach mit erstaunlich klarer Stimme, dafür dass er unglaubliche Schmerzen haben musste.

Danny lächelte und tätschelte die Brust des Mannes, Taylors Brust. »Gut. War doch jetzt gar nicht so schlimm, oder?«

Mel schloss die Augen.

17

Er ließ das Rudel nicht zu viel fressen. In der Regel verließ er sich mehr auf seinen Instinkt als auf seinen Verstand, um zu überleben, aber in diesem Fall wusste er, dass sie das Fleisch der Getöteten aufbewahren mussten. In letzter Zeit hatte es nur wenig Jagdbeute gegeben. Einen Mond zuvor waren sie gezwungen gewesen, eines der älteren Männchen zu töten, das zu krumm und bucklig war, um noch zu jagen. Sie hatten versucht, sein Fleisch aufzubewahren, aber es war Tage, bevor die Jäger Nachschub liefern konnten, schon verschlungen worden.

Jetzt winselte das Rudel um ihn herum. Er hörte die Laute des Hungers und versuchte, sie mit einem Grollen zum Schweigen zu bringen. Einige hörten zu und verstummten, aber bei vielen der Kinder funktionierte es nicht. Er konnte sie nicht dafür tadeln. Er erinnerte sich vage an seine eigene Kindheit, wie damals sein Magen nach Fressen gegiert hatte und er nicht verstehen konnte, warum er trotzdem oft nichts bekam. Erst später, als er stärker geworden war, fühlte er sich in der Lage, seinen Hunger unter Kontrolle zu halten und ihn mit Willenskraft zu unterdrücken. Das würden die Kinder auch noch lernen, wenn sie darauf hoffen konnten, heranzuwachsen.

Er stand an der Stahlplatte und lauschte. Von oben waren Stimmen zu hören. Manchmal nur ein Flüstern und manchmal lautere Gespräche. Davor hatte er ein wütendes Geräusch gehört, von dem er wusste, dass es sich um die Waffen der Menschen handelte. Das Geräusch hatte aufgehört, aber die Stimmen waren noch immer da. Manchmal waren es Schmerzensschreie.

Er konnte Blut und Rauch riechen. Vielleicht waren einige von ihnen getötet worden oder lagen im Sterben. Das konnte die Sache vereinfachen oder verschlimmern. Das würde er erst wissen, wenn er die Menschen angriff.

Er fragte sich, wie viele Menschen wohl noch da oben waren. Die Jäger hatten nur zwei gefunden, aber er hatte mindestens doppelt so viele Stimmen gehört. Wenn sie dort noch blieben, nachdem das gnadenlose Feuer vom Himmel verschwunden war, würde es genug Fleisch geben, um das Rudel eine lange Zeit durchzufüttern.

Er knurrte erneut, aber so leise, dass nur er es hörte. Er bemühte sich, geduldig zu sein. Es fiel ihm schwerer als früher. Das böse Feuer würde sich bald verzogen haben und dann konnte er einen neuen Beutezug anführen – einen, bei dem er in Blut baden würde.

18

Danny legte den Hammer neben den Werkzeugkasten. Sergeant Roy Taylor lag drei Meter weiter, ächzte und zischte. Das musste er dem Mann zugestehen: Er konnte ganz schöne Schmerzen aushalten. Danny konnte kaum glauben, dass er zweimal auf ihn einhämmern musste. Sicher war er kein Experte im Foltern, aber er vermutete doch sehr stark, dass ein Schlag in seine eigenen Rippen genügt hätte, um ihn in Sekundenschnelle zum Reden zu bringen.

Nachdem Taylor seinen Namen und seinen Rang genannt hatte, hatte er wieder dicht gemacht und gab keinen Laut mehr von sich. Danny sah sich die übrigen Werkzeuge an und überlegte sich, was er als Nächstes tun konnte. Ihm kam der verrückte Gedanke, dass er keinen Schritt auslassen wollte, als ob er eine Ahnung hatte, welche Schritte es überhaupt gab. Wie folterte man normalerweise einen Gefangenen?

Während er darüber nachdachte, fuhr er sich mit der Zunge über die Zähne – und schmeckte Blut. Wie war das passiert? Er dachte angestrengt nach. Vielleicht während der Schießerei? Hatte Gina ihn etwa erwischt? Er glaubte es nicht. Er fuhr sich mit dem Finger über das Zahnfleisch. Er war voller Blut.

Sein Magen verkrampfte sich – nicht nur, weil ihm übel war. Blankes Entsetzen überkam ihn. Er erinnerte sich an Filme, die er in den 80er-Jahren gesehen hatte, Filme über einen fiktiven Dritten Weltkrieg und die daraus resultierende Atomkatastrophe. Die Szenen gingen ihm durch den Kopf, als hätte jemand dort eine Leinwand aufgehängt.

Er drehte sich zu den anderen um. »Mein Zahnfleisch blutet.«

Er sah, wie einer nach dem anderen bei sich selbst nachprüfte. Mel bedeckte ihr Gesicht mit den Händen, aber er erkannte den Schrecken der Erkenntnis in ihren Augen. Derselbe Ausdruck erschien auf Wallaces Gesicht und dann sagte er: »Oh, fuck.« Er wiederholte es immer wieder, wie eine hängen gebliebene Schallplatte. »Oh, fuck. Oh, fuck. Oh, fuck!«

Nur Nelson reagierte anders. In kurzer Folge überprüfte er sein eigenes Zahnfleisch – drückte seine Zunge gegen seine Oberlippe – schloss dann seufzend die Augen, ließ die Schultern hängen und versuchte sich dann wieder aufzurichten.

Danny trat neben Taylor und stupste die graue Uniform mit den Zehenspitzen an. »Das ist ein Strahlenschutzanzug, nicht wahr, Taylor?«

Der Sergeant wandte den Kopf ab und weigerte sich, ihm in die Augen zu sehen.

»Oder?«

»Danny, richtig? Fick dich ins Knie, Danny.«

Danny bewahrte die Fassung, lächelte sogar ein wenig. Der Typ war angepisst, stellte sich stur. Kein Problem. Wenn Taylor unbedingt auf knallhart machen wollte, dann konnte er ihm sicherlich entgegenkommen. Wenn er es so recht bedachte, hatte er nichts mehr dagegen, ein paar Schritte auszulassen.

Er blieb ruhig, als er zum Werkzeugkasten zurückkehrte, wählte sich einen Flachschraubendreher aus und hob die SIG auf. Seine Hände zitterten, aber das überraschte ihn nicht sonderlich. Er hatte andere Dinge im Kopf und war sich ziemlich sicher, dass diese Dinge so ziemlich jeden ein bisschen aus der Fassung bringen würden.

Danny machte sich nicht die Mühe, die Frage an Taylor noch einmal zu wiederholen. Er setzte einfach die Mündung der SIG auf dessen Kniescheibe und drückte ab. Wallace zuckte bei dem Geräusch zusammen. Mel schrie, aber sie kam nicht ansatzweise an die Lautstärke heran, die Taylor produzierte.

Der Rücken des Soldaten krümmte sich zu einem Bogen und jeder Muskel versteifte sich. Die Sehnen an seinem Hals traten hervor und er schrie so lange, bis er nicht mehr konnte, weil er Luft holen musste. Dann schrie er erneut.

»Was ist dieser Ort hier?«, fragte Danny. Taylor schrie, anstatt zu antworten, woraufhin Danny sein Knie auf den Schenkel drückte und so das Bein des Soldaten auf dem Boden fixierte. Er schob die Pistole von sich und hielt stattdessen den Schraubendreher über die Wunde, aus der heißes Blut sprudelte. »Was ist das hier, Roy? Ein Testgelände? Stellen sie hier Waffen her?«

»Ich weiß es nicht.« Taylor presste die Worte zwischen zwei Schreien hervor. Sein Gesicht war rot angelaufen.

Danny jagte den Schraubendreher in die Wunde. Taylor kreischte, als Danny das Werkzeug im Kreis drehte und in zerschmetterte Knochen und zerfetzte Knorpel hineinbohrte.

»Ich hab die Schnauze voll, Roy! Ich hab keine Lust mehr, mich von dir verarschen zu lassen! Was zum Teufel *machen* sie hier!«

»Ich weiß es nicht, verdammt!«

Er zog den Schraubendreher heraus und stach ihn dann erneut in die Wunde. Das Werkzeug schrammte über die zerschmetterte Kniescheibe und blieb dann in der Sehne hängen.

»Fuck!« Taylors Körper bog sich wieder nach oben und fiel dann in sich zusammen. Sein Gesicht wurde aschfahl. Er drehte sich zur Seite und kotzte über den Boden.

»Sind das die Schmerzen, Roy? Oder ist dir auch schlecht? Geht schnell, nicht? Bei mir hat es nur ein paar Minuten gedauert, bis ich's gefühlt habe. Hier drin muss es ziemlich verstrahlt sein.«

Taylor hustete. Er nahm einen tiefen, stockenden Atemzug und sagte dann: »Das weiß keiner. Verflucht! Es gibt Gerüchte darüber, aber niemand weiß etwas! Sie verraten uns einen Scheiß! Wir führen nur Befehle aus.«

Danny bohrte den Flachschraubendreher wieder ins Knie seines Opfers und entriss Taylors Kehle dadurch mehr Schreie. »Lüg mich nicht an!«

»Ich lüge nicht! Ich schwöre bei Gott: Ich lüge nicht!«

»Ich. Glaube. Dir. Nicht.« Er unterstrich jedes Wort, indem er den Schraubendreher wieder und wieder in die Wunde rammte »Ich hab einen Scheißtag hinter mir und ich will den Bullshit nicht mehr hören.«

»Es ist kein Bullshit!«

»Danny!« mischte sich Nelson ein. Er sprach leise und klang müde, aber dennoch eindringlich. »Er hat verdammt noch mal genug.«

»Nein!«, widersprach Danny. »Erst wenn ich sicher bin.« Er hasste sich selbst, als er das sagte. Er wollte aufhören. Er hasste die Schreie, hasste den gequälten Blick in Roy Taylors Gesicht. Aber am meisten hasste er es, dass er nichts wusste, und er hasste Taylor dafür, dass er nicht die

Antworten geben konnte, die er wollte. Und er glaubte dem Mann wirklich, dass er nichts wusste.

Er sah, wie sich Wallace bewegte und davonhastete, aber es war ihm egal. Wenn der Junge sich übergeben musste, dann sollte er das tun. Wallace hatte nur fahren wollen und nicht diese üble Scheiße mit ansehen. Gott, wie er sich wünschte, es dem Jungen gleichzutun.

Mein Gott, Danny, dachte er bei sich. *Was ist nur aus dir geworden?*

Er hörte, wie sich durch das umherliegende Papier Schritte näherten. Dann bretterten Schüsse ganz nah an seinem Kopf vorbei. Er ging in Deckung. Es dröhnte in seinen Ohren und er lag zusammengekauert auf dem Boden, bis sein Gehör wieder einigermaßen funktionierte.

Als er nach oben blickte, fiel ihm als Erstes das Loch in Sergeant First Class Roy Taylors Stirn auf, dann sah er den glasigen Blick der toten Augen. Da war kein Schmerz mehr. Er sah, dass der blutige Griff des Schraubendrehers immer noch aus Taylors Knie ragte. Die Blutlache dort breitete sich auf dem Betonboden aus und vermischte sich mit der Kotze des Mannes.

Dann sah er Wallace, der mit aufgerissenen, feuchten Augen dastand und die SIG umklammert hielt. Der Junge starrte Taylor an. Nelson stand in der Nähe und machte sich darauf gefasst, ihn zu packen, falls es nötig werden sollte. Ein Stück weiter entfernt war Mel aufgestanden. Sie sah so aus, als wäre sie noch unentschlossen, ob sie wegrennen oder Wallace umarmen sollte.

»Wallace?«, sagte Danny. Er stützte sich auf die Knie und kam dann langsam auf die Füße.

»Er schrie so viel!«, rechtfertigte sich Wallace. »Ich habe noch nie jemanden so viel schreien gehört.«

»Es ist okay. Ehrlich. Du kannst einfach die Knarre

hinlegen und wir vergessen das Ganze. Es ist in Ordnung.«

»Von wegen, Boss.« Wallace regte sich nicht, wandte den Blick nicht ab. »Weißt du, was wir heute getan haben? Wir haben drei Soldaten umgebracht. Einen davon haben wir gefoltert. Ich bin noch nicht einmal wirklich dahinter gestiegen, warum wir plötzlich Geiseln nehmen und dann foltern wir Soldaten?«

Danny machte einen Schritt auf den Jungen zu und streckte ihm die Hand entgegen. Ihm war klar, dass Wallace furchtbar erschreckt und dünnhäutig war. Das Letzte, was er wollte, war ihn dazu zu bringen, völlig auszurasten.

»Das habe alles ich getan, Wallace, nicht du.«

»Das spielt keine Rolle – und du kannst mich nicht vom Gegenteil überzeugen.« Eine Träne kullerte die Wange des Fahrers hinunter. Er sah so sehr wie ein kleiner Junge aus, dass Danny am liebsten geheult hätte.

»Vielleicht hast du recht, Wallace. Tut mir leid. Die Dinge sind völlig durcheinandergeraten, aber niemand außer mir trägt die Schuld daran. Im Ernst. Ich bin für all das hier verantwortlich. Für alles.«

Wallace schüttelte den Kopf – eine ganz kleine, kaum merkliche Bewegung. »Ich bin raus. Tut mir leid, Boss, aber das bin ich wirklich. Sobald ich kann, werde ich verschwinden.«

»Wallace …«

»Du kannst meine Meinung nicht ändern. Bitte versuch's erst gar nicht. Ich erwarte auch keinen Anteil mehr. Lass mich einfach gehen. Ich werde hier rausmarschieren und so weit laufen, wie ich kann. Vielleicht nimmt mich jemand in die nächste Stadt mit. Vielleicht auch nicht. Jedenfalls steige ich aus. Ganz ehrlich, ich bin fertig damit.«

Danny nickte. Er wollte nicht mit dem Jungen streiten.

Wenn Wallace gehen wollte, würde er ihn lassen. Er war zu müde, als dass ihn irgendetwas hätte berühren können. »Okay. Das passt schon.«

Wallace begann zu schluchzen. Die Pistole zitterte in seiner Hand. Dann richtete er sie auf den Boden. Er ließ die Schultern hängen und bebte am ganzen Körper. »Ich hätte Sprint Cars fahren können. Ich bin gut, was Motoren und so Zeug angeht, das kann ich alles. Ich wollte mir selber einen bauen. Mein Dad sagte, dass er mir Geld geben würde und mir beim Bauen helfen wollte. Ich sollte alles von ihm kriegen, was ich brauchte. Er wollte sogar eine Werkstatt oder so mieten, damit wir das Ding zusammenbauen konnten. Ich wäre gut gewesen, das weiß ich. Ein paar Jahre, dann wär ich durchgestartet. Vielleicht wäre ich eins von diesen NASCAR-Arschlöchern geworden, wäre Millionär geworden.«

Immer mehr Tränen schossen aus seinen Augen und liefen ihm bis hinunter zum Hals. Danny fühlte, wie auch seine Augen feucht wurden, und blinzelte dagegen an, ohne den Blick von Wallace abzuwenden.

»Aber ich wollte nicht immer blöd im Kreis herumfahren. Aus irgendeinem bescheuerten Grund dachte ich, dass das hier mein Leben wäre. Du hättest den Blick meines Vaters sehen sollen, als ich ihm sagte, dass ich kein Auto mit ihm bauen will. Er wollte wissen, warum, und ich sagte ihm, ich wollte einfach raus, die verdammte Welt sehen oder irgend so 'ne Scheiße. Ich hab über ein Jahr lang nicht einmal mit ihm geredet. Ein Jahr, gottverdammt noch mal!

Ich weiß noch nicht mal, ob er noch lebt. Nein, und jetzt bin ich dabei, Banken auszurauben, Cops zu überfahren, Geiseln zu nehmen und seh dabei zu, wie meine Freunde andere Menschen foltern! Verdammt, ich dachte, es würde einfach Spaß machen! Ich *will* diesen Scheiß nicht, Danny.

Nichts davon. Ich will einfach nur meinen Vater wiedersehen! *Fuck!*«

Er warf den Kopf zurück und schrie in Richtung Decke. Im gleichen Moment ließ er sich auf die Knie fallen. Die Pistole fiel ihm aus der Hand. Dann beugte er sich vornüber und hielt sich mit den Handballen die Augen zu. Sein ganzer Körper schüttelte sich mit jedem Schluchzen.

Danny starrte vor sich hin. Er wollte etwas tun, aber sein Gehirn fühlte sich wie ausgewaschen an, völlig leer gefegt. Er konnte nur daran denken, wie sehr er dazu beigetragen hatte, den Jungen zugrunde zu richten. Ja, daran gab es keinen Zweifel. Er hatte Wallace irgendwie seine Unschuld gestohlen, nur weil der Junge ein Talent hatte, das für ihn nützlich war. Was konnte er nur sagen? Sorry? Das Wort traf es nicht einmal im Ansatz.

Danny war nicht aufgefallen, dass Mel sich bewegt hatte, bis sie sich neben den sich schüttelnden Wallace kniete. Ganz leicht klopfte sie ihm mit einer Hand auf den Rücken.

»Schon okay!«, sagte sie. »Schon okay.«

»Fick dich, eben nichts ist okay.« Wallaces tränenerstickte Stimme war kaum zu verstehen.

»Ich weiß.« Sie drückte ihren Kopf an seinen und hielt ihn fest.

Danny sah die beiden an. Zwei Menschen, deren Leben für'n Arsch war – und ganz allein er war schuld daran. Er sah von ihnen zu Roy Taylors Leiche und dann auf den toten Soldaten, dessen Blut vom Gerüst heruntertropfte. Dann gab es da noch einen Dritten, den er ebenfalls auf dem Gewissen hatte.

Er drehte sich um und sah, dass Nelson ihn anschaute. In seinem Blick waren weder Vorwürfe noch Fragen zu sehen. Er sah ihn einfach nur an.

Danny fühlte, wie er schwach wurde, wie die ganze Welt

über ihm zusammenbrach und ihn zu zerquetschen drohte. Die Kraft wich aus seinen Beinen und er setzte sich auf den Boden. Taylors Blut war nur Zentimeter von ihm entfernt, aber es war ihm egal. Er hatte es schon an seinen Händen, da konnte es auch noch den Rest von ihm durchnässen.

Er musste etwas tun, das er schon vor Stunden tun wollte, wofür er aber bis jetzt keine Gelegenheit gehabt hatte. Es war wichtig und er hatte es schon zu lange vor sich hergeschoben. Seine Entschuldigungen waren aufgebraucht. Nur noch eins war zu tun.

Danny Black fing an nachzudenken.

19

Wallace hatte aufgehört zu weinen, aber kauerte immer noch an der gleichen Stelle auf dem Boden wie vorher. Mel saß neben ihm. Sie versuchte nicht einmal, sich die Pistole zu schnappen, die unbeachtet neben dem Fahrer lag. Danny bemerkte es, aber er sagte nichts. Wahrscheinlich wusste auch sie es, denn sie saß im selben Boot. Vermutlich hatte sie sich entschlossen, alles bis zum bitteren Ende durchzuziehen, genau wie die anderen.

Wie auch immer das Ende aussehen würde. Vielleicht der Moment, in dem sie die Reste ihrer verstrahlten Mägen entleerten und starben.

»Alles okay?«, erkundigte er sich. Wallace zuckte die Achseln und Mel winkte ab. Verschiedene Gesten für die gleiche Empfindung.

Er drehte sich zu Nelson um, der jetzt an der Seite des Land Cruisers lehnte. Er sah irgendwie ein bisschen lächerlich aus, mit freiem Oberkörper und einem Arm in einer Schlinge, wie ein gescheitertes Sex-Symbol. Das musste er dem Kerl später einmal erzählen. Sicher würden sie gemeinsam darüber lachen.

Danny fragte sich, wie lange es her war, dass die Soldaten gekommen waren. Ein paar Stunden bestimmt. Warum waren die Helikopter nicht zurückgekehrt? Die Männer hatten eine ganze Weile kein Funksignal zurückgegeben. Warum waren keine weiteren Männer gekommen, um nach dem Rechten zu sehen? Vielleicht befanden sie sich auf dem Weg oder vielleicht war das abgelieferte Trio die einzige verfügbare Einsatztruppe, eine abgelegene Einheit, die allein und verlassen das Ende ihrer Laufbahn abwartete. Wie dem auch sei, es änderte nichts an der Tatsache, dass er nicht mehr in der Red Sky Manufacturing herumhängen wollte.

Er stöhnte, kletterte auf die Füße und machte die fünf Schritte, die er brauchte, um zu Wallace zu kommen. Er kniete sich neben den verzweifelten Jungen und legte ihm eine Hand auf die Schulter.

»Wallace, wie gut kennst du dich mit Motoren aus?«

Der Fahrer sah ihn aus müden, roten Augen an. »Hä?«

»Du hast gesagt, dass du dich gut mit Motoren auskennst, dass du ein Sprint Car bauen wolltest.«

»Ja.«

»Kannst du mir dann sagen, ob wir den Land Cruiser wieder zum Laufen bringen können?«

Wallace warf einen Blick zum Fahrzeug, kaum ein Blinzeln. »Die Reifen sind völlig zerschossen.«

»Die Reifen sind mir egal. Können wir die Räder zum Rollen kriegen?«

Wallace seufzte. Er klang müde, beinahe genervt, und Danny bekam fast schon Schuldgefühle, weil er überhaupt so eine Frage stellte. »Lass mich mal sehen!«, antwortete er und stand auf.

Danny beobachtete, wie Wallace – der jetzt wieder etwas zu tun hatte – sich veränderte. Mit jedem Schritt schlich er weniger wie ein geprügelter Hund, sondern schien sein Selbstvertrauen wiederzugewinnen. Er ging um den Land Cruiser herum, untersuchte die Einschusslöcher und fuhr mit der Hand über die Außenseite. »Wie schon gesagt, die Reifen sind hin.«

Er beugte sich zur Fahrertür hinein, entriegelte die Motorhaube, ging nach vorne und öffnete sie. Er sah sich um und griff ab und an hinein, um etwas zu überprüfen.

»Der Kühler ist ziemlich hinüber, völlig im Arsch. Der Benzinschlauch sieht noch gut aus.«

Er legte sich auf den Rücken und kroch unter den Motor. Danny sah, dass Wallaces Rücken und Arme mit Öl und Kühlwasser verschmiert wurden.

»Mitten durch die Ölwanne geht ein Loch. Ich wette darauf, dass der Motor trocken ist.« Wallace kletterte unter dem Wagen hervor, stand auf und schloss die Motorhaube. Er wischte sich die Hände ab und ließ dann Hals und Schultern kreisen.

»Wie lautet die Diagnose, Doc?«, fragte Danny, der sich um einen lockeren Tonfall bemühte.

Wallaces Miene erheiterte sich kaum. »Na ja, es gibt kein Öl und kein Kühlwasser. Wir haben immer noch Benzin, aber was bringt das uns mitten in der Wüste? Wenn wir den Motor starten, könnte uns die Kiste vielleicht 25 Kilometer weit bringen. Vielleicht schaffen wir's aber auch nicht einmal aus der Halle hinaus. Ein bisschen Glück ist eben dabei, wenn du mich fragst.«

»Aber es fährt noch.«

Er nickte. »Mindestens einen halben Meter weit.«

»Können wir es flicken?«, wollte Nelson wissen.

»Was?«

Nelson ging zum Kofferraum des Wagens und öffnete ihn. Er fasste mit seinem unverletzten Arm hinein, stöhnte und zog etwas in Richtung Heckklappe. Er stöhnte wieder. Als er zurückkam, hielt er einen Behälter mit Frostschutzmittel in der Hand.

»Das hab ich in einem Getränkekarton gesehen, als ich das Bargeld eingeladen hab. Wir haben das und zwei Liter Öl. Das ist wahrscheinlich nicht alles, was wir brauchen, aber wenn wir ein paar Löcher stopfen können und das Zeug da drin bleibt, hilft das was?«

Wallace kratzte sich mit einer dreckigen Hand am Hinterkopf. Er sah verlegen aus. »Hab gar nicht dran gedacht, dass das da hinten ist.«

»Wallace?«, sagte Danny. »Kann das funktionieren?«

»Wenn wir Ölwanne und Kühler flicken können, schon. Das bringt uns zumindest mal ein Stück weiter. Wenn wir das richtig gut hinkriegen, können wir vielleicht fahren, bis die Räder abfallen oder eine Achse bricht.«

»Und wie lange dauert das?«, wollte Mel wissen. Danny sah sie an. Er war überrascht, sie sprechen zu hören.

Wallace zuckte die Achseln. »Ich bin nicht allwissend.«

»Das ist schon in Ordnung, Kumpel!«, meinte Danny. Er stemmte die Hände in die Hüften und atmete tief durch, während er alle der Reihe nach ansah. Er versuchte, den stechenden Schmerz in seinem Schädel und das fürchterliche Ziehen in seinen Muskeln zu ignorieren. Selbst das Einatmen fiel ihm jetzt schon schwer. Die Verstrahlung schien tatsächlich Wirkung zu zeigen.

»Ich sag euch mal was, Leute: Ich übernehme die volle Verantwortung für alles. Es ist ganz allein meine Schuld. Wir sind ganz schön in die Mangel genommen worden. Wir sind müde, verletzt und wahrscheinlich ziemlich krank. Und das ist auch meine Schuld. Etwas anderes möchte ich nicht hören. Ich will euch nur sagen, dass es mir leidtut. Keiner von uns – keiner von euch – hat das verdient.

Darum mache ich euch einen Vorschlag. Wir bringen den Land Cruiser wieder zum Laufen und versuchen, so weit wie möglich von hier wegzukommen. Vielleicht können wir in Richtung Tankstelle fahren oder wir nehmen die andere Richtung. Ist mir ziemlich egal.

Wenn der Cruiser den Geist aufgibt, laufen wir eben weiter. Jeder kann in eine andere Richtung laufen, wenn ihr wollt. Das Ding ist: Ich bin müde und ich bin fertig mit allem. Wenn ihr warten wollt, bis wir irgendeine Form von Zivilisation erreichen, in Ordnung, aber es wird keine weiteren Fluchtversuche oder Geiseln geben, nichts davon. Nehmt euch so viel Geld mit, wie ihr möchtet, auch du, Mel. Das hast du dir verdient. Nimm's als Entschädigung für all den Ärger, den ich dir verursacht habe.«

Sie sahen ihn an und er fühlte, wie sich sein Magen verkrampfte. Er hätte gern geglaubt, dass es von der Strahlung kam, aber er wusste, dass es in erster Linie an seinen Nerven lag. Am Schlimmsten daran war, dass er noch nicht einmal wusste, warum er so nervös war. Er ließ sie gehen, blies alles ab.

»Was ist mit Gina und Dale?«, wollte Nelson wissen.

»Scheiß auf die. Ich würde sagen, die sind Geschichte.«

Mel sah ihn voller Hoffnung an. »Ich kann wirklich gehen?«

»Ja. Und ich entschuldige mich vielmals.«

»Und was ist mit der Armee?«

Er zuckte die Achseln. »Wir machen schnell und hoffen das Beste. Wir sind in einer Situation, in der wir nichts mehr zu verlieren haben.«

»Dann bin ich dafür.«

»Gut. Und du, Wallace?«

Der Junge nickte. In seinem Kopf ratterte es, das war an seinen unruhigen Augen deutlich zu erkennen. »Wir müssen mal in den Werkzeugkisten wühlen. Ich brauche jede Art Klebeband, die wir finden können.«

»Das reicht?«

»Muss es. Wir können schließlich nichts schweißen.«

»Also gut!«, sagte Danny. Er gab Nelson einen Wink, ihm zu folgen. »Gehen wir an die Arbeit, alles klar?«

Jeder nickte. Wallace kniete sich neben den Werkzeugkasten und begann, darin herumzusuchen. Mel stand hinter ihm und schaute zu.

Nelson folgte Danny. Zusammen gingen sie zum Lagerraum.

»Frage!«, flüsterte Nelson.

»Ja?«

»Zwischen uns und der Straße liegen kaputter Straßenbelag, Schotter und Sand. Was machen wir, wenn die vier Räder ohne Reifen einsinken und wir stecken bleiben?«

Danny seufzte. »Fuck. Vielleicht können wir ein paar Ketten ausfindig machen und sie darum wickeln, wie Schneeketten. Wir sind in einer Fabrik. Es muss hier wohl irgendwo Ketten geben, oder?«

»Vielleicht. Glaubst du, dass wir 'ne Chance haben, dass es funktioniert?«

Er sah, wie sich ein mit Werkzeugen beladener Wallace dem Fahrzeugmotor näherte. Mel ging neben ihm her und strich sich das Haar aus dem Gesicht.

»Immerhin gibt's schon zwei Leute, die nicht mehr die ganze Zeit ans Sterben denken. Ich würde sagen, es hat jetzt schon funktioniert.«

»Aber was, wenn nicht?«

»Dann laufen wir eben. Wir machen, dass wir hier wegkommen.«

20

Er fühlte das Licht des gnadenlosen Feuers, das sich in Richtung des Horizonts senkte. Die nachlassende Hitze pochte in seinen Knochen. Er konnte fast schon die Kugel sehen, die sich wie eine rote Narbe vor seinem inneren Auge spiegelte. Bald.

Über sich hörte er von weit weg seltsame Laute, metallisches Scheppern und leise sprechende menschliche Stimmen. Schon zum dritten Mal hatten einer oder mehrere Menschen die Betonhöhlen am Ende der Fabrikhalle betreten. Jedes Mal wünschte er sich, dass er selbst dorthin zurückkehren könnte, dass er ihnen auflauern und sich irgendwann auf sie stürzen konnte, wenn sie um eine dunkle Ecke bogen. Nur das gnadenlose Feuer hielt ihn und die anderen Jäger davon ab. Das Feuer war, kurz bevor es den Himmel verließ, ganz besonders schrecklich. Es jagte und versengte sie, verbrühte ihre blasse Haut. In seiner Brust kündigte sich bei dem Gedanken an den verhassten Flammenball ein Grollen an. Er wünschte, er könnte ihn vom Himmel reißen und eigenhändig zerfetzen.

Er drehte sich um, um den Rest des Rudels anzusehen. Heiße Kohle glühte schwach aus einer Ecke und warf ein gedämpftes Licht auf jene, die in der Nähe standen. In einer schattigen Vertiefung in der hintersten Ecke befand sich der Älteste. Der Geruch von langsam kochendem Fleisch hing über dem Nest. Der Anführer konnte die schrecklich hungrigen Gesichter sehen, die ihn beobachteten.

Er begann leise zu grollen – aus so tiefer Kehle, dass es fast wie eine große, schnurrende Katze klang – und wurde dann allmählich etwas lauter. Die anderen Jäger kamen näher. Nur noch sechs waren übrig, nachdem die Frau einen von ihnen getötet hatte, aber das sollte genügen. Zusammen konnten sie das Fleisch, das da oben war, überrennen und für das Rudel erlegen.

Er schloss die Augen, konzentrierte all seine Sinne und suchte nach dem gnadenlosen Feuer. Hatte ihm jemand einmal gesagt, dass man es Sonne nannte? Sein Herz und seine Knochen verrieten ihm, dass der Himmelskörper sich langsam am Horizont senkte.

Er schob die Stahlplatte auf, kroch in den Gang dahinter und verhielt sich ruhig. Seine Instinkte geschliffen scharf wie eine Rasierklinge. Die anderen Jäger folgten ihm.

21

Mel kniete über einem kleinen Haufen Feuerholz und eng aufgeschichtetem Papier. Die Sonne schwand schnell und nahm die Helligkeit mit sich. Sie hatten den Wagen nach Taschenlampen durchsucht und nichts gefunden. Jetzt kam Plan B.

Danny hatte in einem der hinteren Räume ein paar Holzstühle gefunden und sie auf dem Boden zertrümmert. Das Holz würde eine ganze Weile brennen, wenn sie es denn entzünden konnte. Es war gut und fest, trotz seines Alters und der radioaktiven Strahlung, der es vermutlich über eine lange Zeit ausgesetzt gewesen war.

Sie hielt inne und griff in die Tasche ihrer Bluse, um das Zippo herauszuholen, das Danny ihr gegeben hatte. Radioaktivität. Das klang so fremdartig. Etwas Unbekanntes, das sie weder sehen noch riechen konnte, aber seit Stunden in sich aufnahm. Wie hoch war die Dosis, die sie heute abbekommen hatte? Ihr blutendes Zahnfleisch und das Grollen in ihrem Magen waren ihr einziges Indiz. Das konnte nur bedeuten, dass es ziemlich übel war, dass sie ziemlich viel von dem Zeug absorbiert hatte. Sie fragte sich, was dann als Nächstes kam. Krebs? Würde sie einfach verkümmern und sterben? Wie würde es ihr Schicksal verändern, wenn sie hier schnell herauskäme? Sie wünschte, eine einfache Antwort darauf zu bekommen, aber sie wusste auch, dass Wunschdenken sinnlos war.

»Alles okay?« Nelsons Stimme. Sie sah zu ihm hoch und bemerkte, dass er ihr mit besorgter Miene in die Augen sah.

»Klar. Ich hab nur nachgedacht.« Sie beschäftigte sich wieder damit, das Feuerzeug aus ihrer Tasche zu ziehen.

»Hey!«, sagte er, kniete sich neben sie und fuhr mit leiser Stimme fort. »Ich meine es ernst. Wenn du am Durchdrehen bist, ist das vollkommen in Ordnung. Mir geht's genauso. Und ich kann das auch ziemlich gut.«

Sie lächelte. »Und dir können noch nicht einmal die Haare ausfallen.«

»Das war gemein!« Er kicherte kurz. »Geht's dir wirklich gut?«

Sie zuckte die Achseln. »Glaub schon. Vielleicht stehe ich unter Schock.«

»Echt?«

»Vielleicht. Aber das steht mir ja wohl zu, oder? Nach dem Tag, den ich gehabt habe?«

»Wenn es jemandem zusteht, dann ganz klar dir.«

»Sieh mich an«, sagte sie. »die Königin von Red Sky Manufacturing. Und ich musste noch nicht einmal hineingeboren werden.« Sie knüllte ein Blatt Papier zu einem kompakten Ball zusammen und stopfte ihn unter das Holz. Sie betrachtete den Stapel prüfend. Hoffentlich brannte das Papier langsam und heiß genug, um das Holz zu entzünden. Sicher war sie sich nicht. Lagerfeuer waren genauso fremd für sie wie Radioaktivität.

»Was denkst du?«, wollte sie wissen.

»Über das Feuer? Ich denke, dass es klappen könnte.«

»Zumindest einer von uns glaubt dran. Schauen wir mal, ob sich was tut.« Sie nahm das Zippo und ließ die Funken sprühen. Einen Moment lang beobachtete sie die Flamme, die orange-blau im nachlassenden Licht tanzte, und brachte sie dann an die tiefste Ecke des Papiers. Das alte Papier fing an zu glimmen und verströmte einen Geruch nach brennendem Staub. Die Flamme loderte und wurde größer.

Nelson beugte sich hinunter. »Hier.« Er pustete in Richtung der Flamme, worauf diese doppelt so groß wurde. »Hilf mir mal. Aber nicht zu viel blasen. Nur so viel Luft, wie sie braucht, okay?«

Mel nickte, näherte sich mit dem Gesicht dem kleinen Haufen und blies.

Das Feuer wurde stärker und die Flammen hüllten das alte Holz ein.

»Glaubst du, dass es jetzt richtig brennen wird?«, wollte sie wissen.

Nelson blies erneut und sagte dann: »Ja, wir haben's geschafft. Gut gemacht.«

»Ja, richtig fachmännisch, was?« Sie lehnte sich zurück und starrte ins Feuer. Dann beobachtete sie die anderen, die versuchten, um die platten Reifen des Land Cruisers Ketten zu wickeln. »Wird Danny mich wirklich gehen lassen?«

Nelson setzte sich neben sie. »Ja. Dafür werde ich sorgen, selbst wenn er seine Meinung ändert.«

»Danke.«

»Ich wollte dich aber etwas fragen.« Er klang nervös.

»Was denn?« Sie drehte sich um und sah ihm direkt in die Augen.

»Danny hat ja gesagt, dass wir alle getrennte Wege gehen werden!«, antwortete er. »Das ergibt auch schon Sinn. Aber ich habe darüber nachgedacht. Was, wenn wir nicht alle in verschiedene Richtungen gehen?«

»Dass wir alle zusammenbleiben?«

»Nicht alle. Nur du und ich.«

Sie blinzelte, sah ihm noch tiefer in die Augen und erkannte, dass er es ernst meinte. Entweder das oder er war ein verdammt guter Schauspieler. Sie dachte an den Kuss. Er verriet ihr, dass er sie wirklich nicht auf den Arm nehmen wollte.

»Das ist kein Witz jetzt?«

»Nein.«

»Und was sollen wir zusammen machen? Soll ich etwa anfangen, mit dir zusammen Banken zu überfallen?«

Er lächelte. »Nein. Wir können alles Mögliche tun. Wenn wir uns etwas von dem Geld nehmen, können wir machen, was wir wollen. Wer sollte uns davon abhalten?«

»Man wird nach mir suchen.«

»Mich auch. Damit werden wir fertig. Vielleicht gehen wir nach Cabo oder irgendwohin. St. Lucia. Sag mir nicht, dass dir das nicht gefallen würde.«

»Ich habe eine Familie.«

»Lass es dir durch den Kopf gehen. Wir haben es ja nicht unbedingt eilig.«

Sie dachte über seine Worte nach. Konnte sie so etwas tun? Konnte sie wirklich alles hinter sich lassen und mit diesem Mann, den sie weniger als einen Tag kannte, durchbrennen? Sie hatte gesehen, wie er auf Menschen schoss und Verbrechen beging. Sie musste verrückt sein, wenn sie es auch nur in Erwägung zog.

Und doch tat sie genau das, denn sie mochte ihn. Er sah gut aus und war nett zu ihr gewesen. Und er hatte sie auf eine Art geküsst, die sie sich vorher nicht einmal hatte träumen lassen.

»Hey! Kann mir hier mal jemand helfen?«

Sie erschrak, als Wallaces Stimme sie aus den Gedanken riss. Er klang gar nicht mehr niedergeschlagen, sondern entschlossen. Seine Stimme hatte etwas von dem sorglosen Ton zurückgewonnen, den sie vorher gehabt hatte.

»Na komm!«, sagte Nelson, stand auf und streckte ihr seine unverletzte Hand entgegen. »Lass uns mal sehen, was wir tun können, um hier herauszukommen.«

Sie grinste Nelson an und nahm seine Hand. Ihr gefiel, wie sie sich anfühlte und sie beschloss, dass sie die Chance wollte, sie wieder zu berühren.

22

Der Anführer des Rudels führte die Jäger in den großen Gang, der die Höhlen im hinteren Teil des Gebäudes mit dem Hauptgebäude verband. Zwei der Jäger hatten sich bereits in die Fabrikhalle geschlichen und eine der Leichen gestohlen. Sie war mit einer seltsam grauen Haut bedeckt, die sich unter ihren Klauen zusammenzog und wieder ausdehnte. Aber das machte nichts. Die anderen im Nest würden die Haut schon abziehen.

Hinter ihm grollte einer der Jäger, die Aufregung rumorte in seiner Brust und seiner Kehle. Er sah ihn warnend an. Ein drohender Blick, der dem anderen deutlich sagte, dass ein weiterer Fehler ihm einen langsamen und schmerzhaften Tod einbringen würde. Der Jäger machte ein finsteres Gesicht und folgte ihm weiter.

Es spielte keine Rolle. Das wusste der Anführer des Rudels, als er den letzten Gang entlang vorauslief. Die Jagd hatte begonnen und sie ließ sich nicht mehr aufhalten. Wenn die noch lebenden Menschen den Lärm gehört hatten, würde das nur dazu dienen, ihre Angst zu schüren, ihr Fleisch schmackhafter zu machen.

Sein Maul verzog sich auf schreckliche Weise, die fast schon ein Lächeln hätte sein können. Er bewegte sich wie ein Affe auf die Fabrikhalle zu. Seine blassen, mit rosa Flecken überzogenen Arme zogen ihn vorwärts, während seine Beine über den Boden schwangen. Er wurde langsamer, als er die Türöffnung erreichte, und gab dem Rudel ein Zeichen, es ihm gleichzutun.

Er betrat durch die Tür die Fabrikhalle. Wäre dies eine Jagd wie jede andere, würden sie durch die Gänge aus rostigem Metall stürmen. Sie würden nicht eher anhalten, bis sie durch die kaputten Doppeltüren am hinteren Ende der Fabrik geprescht wären und die Nachtluft mit ihren schwarzen Zungen geküsst hatten.

Aber es war keine gewöhnliche Jagd. Das wusste der Anführer des Rudels und hielt seine Jäger im Zaum. Er führte sie nach links, wo eine weitere, schmalere Türöffnung in einen Bereich führte, von dem ihm früher jemand, an dessen Stimme er sich nun kaum noch erinnern konnte, erzählt hatte, dass es sich um eine Art Verladerampe handelte. Er ging durch die Tür und betrat den verlassenen Ort. Als er die Jäger aus dem höhlenähnlichen Ausgang herausführte in die Wüste, beschleunigte er das Tempo. So leise wie möglich führte er sie um die Außenmauer der Fabrik.

Er schnupperte in die Luft. Es roch nach Sand und Gestrüpp, aber auch nach brennendem Holz. Und nach Blut. Und Fleisch. So nah. Nur noch ein kurzer Augenblick, dann würden sie über die Menschen herfallen. Dann gab es Fleisch für mehrere Tage, vielleicht sogar noch länger.

Er unterdrückte ein Grollen, das sich aus seiner Brust zu lösen drohte. Die Zeit würde kommen. Jeden Moment würde sie da sein.

23

Danny sah zu, wie Wallace hinter dem Steuer Platz nahm. Dann kletterte er auf den Beifahrersitz. Der Fahrer starrte ihn an.

»Was?«

»Eher nicht, Boss.«

Verwirrung zeigte sich auf Dannys Gesicht, dann wurde er wütend. Wollte Wallace ihn etwa im Stich lassen? Nelson und Mel befanden sich auch noch nicht im Wagen. Wollte der Junge sie alle hier im Wüstenstaub zurücklassen?

»Wallace, was redest du denn da?«

»Ich denke, wir sollten besser nicht alle im Cruiser sein, wenn ich ihn starte. Wenn wir etwas übersehen haben und die Benzinleitung ...«

»Ach so.«

»Ich mein ja bloß. Ich würde es jemand anderen machen lassen, wenn ich könnte. Ich will auch nicht in die Luft fliegen.«

»Bist du dir sicher, dass du es tun willst?«

»Ja, Boss. Es dauert nur eine oder zwei Sekunden. Wenn ich nicht in Flammen aufgehe, könnt ihr alle einsteigen und ich werde eure Ärsche hier rausbringen.«

Danny nickte und klopfte Wallace auf die Schulter. Er stieg aus dem Wagen und stellte sich neben Nelson.

»Hat er dich rausgeschmissen?«

»Ja.«

»Dachte ich mir schon.«

»Na schönen Dank für dein Mitgefühl.«

»Keine Ursache.«

»Nettes Gequatsche!«, mischte sich Mel ein. »Probt ihr

beiden ein Vorsprechen für einen Buddy-Film oder einen Auftritt bei einer Preisverleihung?«

Danny versuchte schockiert auszusehen, aber sein Lachen verriet ihn. Nelson kicherte neben ihm und freute sich für seinen Freund. Es war schon so lange her, dass einer von ihnen einen Witz gerissen hatte.

»Seid ihr fertig mit dem Herumgealbere?«, erkundigte sich Wallace vom Land Cruiser aus.

Danny winkte ihm zu und versuchte, während er lachte, zu nicken. Er brauchte einen Moment, aber schließlich schaffte er es, genug Luft zu schnappen, um zu sagen: »Klar. Leg los.«

»Okay!«, antwortete Wallace. »Wird schon schiefgehen.«

Er schlich sich mit den Bewegungen eines Raubtiers zum Haupteingang der Fabrik. Im Eingangsbereich sah er einen schwachen Lichtschein tanzen und durch den Schatten hindurch flackern. Die Flamme war stärker als die, mit der die Weibchen Fleisch kochten. Sie tat ihm in den Augen weh und er wusste, dass es drinnen noch schlimmer sein würde. Aber er konnte sich vom Feuer nicht abhalten lassen. Die Menschen waren so nah und sein Hunger und sein Drang, Blut zu vergießen, ließen keinen Rückzug zu. Er konnte dem Schmerz ihres schwachen Feuers standhalten. In der Vergangenheit hatte er auch schon Schmerzen ertragen und jetzt war er bereit, noch mehr auszuhalten, um die Menschen niederzustrecken.

Die anderen Jäger versammelten sich um ihn. Ihre Aufregung verbreitete sich in einer gewaltigen Welle. Der Anführer spürte die Energie, die ihn antrieb. Wenn er zu Gefühlen wie Liebe fähig gewesen wäre, dann hätte er sie jetzt gespürt, in dem Moment, als er sowohl für Respekt als auch für Schrecken sorgte, als alle, die ihn sahen, zitterten und heulten.

Ein merkwürdiges, würgendes Dröhnen war aus dem Innern des Gebäudes zu hören. Er erkannte das Geräusch eines Fahrzeugs. Der Moment war gekommen. Wenn sie länger warteten, liefen sie Gefahr, ihre Beute zu verlieren.

Er reckte seinen Hals – ließ seine Rückenwirbel einen nach dem anderen knacken – und stieß einen wilden Schrei aus. Das Rudel stimmte mit ein und ihr mörderischer Gesang erfüllte die Wüstennacht. Er preschte durch den Eingang.

Danny trommelte mit dem Schraubendreher gegen sein Bein, während Wallace im Stillen ein Gebet sprach und dann den Zündschlüssel drehte. Der Motor des Land Cruisers keuchte wie ein in Rente gegangener Bergarbeiter, stotterte und erwachte dann bellend, gequält und zitternd zum Leben. Danny klatschte in die Hände, während Nelson ein »Ja!« ausstieß und Mel dankbar seufzte.

Wallace lächelte. »So, Leute, lasst uns hier abhauen!«

Danny machte einen Schritt in Richtung des Toyota, als plötzlich ein grässlicher Laut die Stille durchbrach und ihn innehalten ließ. Es war ein schrecklicher Schrei, der wie eine Mischung aus einem brüllenden Bären und einem ärgerlich quiekenden Schwein klang. Danny fuhr es eiskalt über den Rücken. Er stand still wie eine Statue. Nelson und Mel standen ebenfalls reglos da. Andere heulende Laute vereinigten sich mit dem ersten Brüllen und ein schauerlicher Chor erfüllte die Fabrik.

Hastig sah er zu Nelson, denn ihn überkam das Bedürfnis, sich mit seinem Partner abzustimmen. In dessen Augen sah er einen Blick, den er noch nie zuvor gesehen hatte, nämlich einen der totalen Verwirrung. Das hätte ihn schockieren sollen, aber er fühlte sich genauso. Niemals zuvor hatte er etwas wie dies gehört. Er wusste nur, dass es kein gutes Zeichen war.

Vom Land Cruiser her war ein dumpfer Aufschlag zu hören. Er drehte sich dorthin, um zu sehen, was zum Teufel da vor sich ging. Auf Wallaces Gesicht zeichnete sich Panik ab. Ihm war, als hätte er den Jungen schreien gehört und dann wurde sein Blick von dem Ding angezogen, das auf dem Dach des Wagens gelandet war.

Er wollte auch schreien, aber die Angst schnürte ihm die Kehle zu.

Das nackte Ding, das da oben auf dem Toyota kauerte, sah aus, als wäre es vielleicht einmal ein Mensch gewesen. Aber es war viel zu groß. Wenn es aufrecht stand, maß es wahrscheinlich an die 2,5 Meter. Kräftige Muskeln traten unter verdreckter, rosa gefleckter Haut hervor, die im Licht des Feuers blass schimmerte. Das Wesen war mit langen, verdickten Narben übersät. Seine Hände endeten in knochigen Klauen. Es hatte keine Haare auf seinem kahlen, glänzenden Kopf. Seine Augen waren milchig weiß, bis auf die winzigen Pupillen. Man konnte keine Ohren sehen – entweder waren sie abgefallen oder hatten sich aufgelöst, wenn es sie überhaupt je gegeben hatte. Sein Maul war verzerrt. Der Teil der Haut, der einmal Lippen gewesen sein könnte, schälte sich ab und war schwarz wie verbrannt. Die Zähne im Mund des Wesens waren so scharf und schwarz wie aus uraltem Gestein hergestellte Dolche.

Das Ding brüllte erneut. Das Geräusch dröhnte in Dannys Kopf, brachte seine Zähne zum Vibrieren, wodurch er wieder in die Realität zurückfand. Er griff in seinen Hosenbund, um die SIG zu ziehen, um festzustellen, dass sie nicht mehr da war. Wallace hatte sie immer noch. Er sah sich im Raum nach einer der M16 um. Sie lagen aufeinandergestapelt auf dem Boden neben dem Geländewagen. Ganz großartig.

Eine Sekunde lang fragte er sich, ob er dorthin rennen und eine davon ergreifen konnte, bevor das Untier ihn in Stücke riss. Einige weitere Kreaturen näherten sich dem Auto, bevor er sich entscheiden konnte.

Er hörte Wallace schreien. Der Toyota sprang nach vorn, wodurch das große Monster das Gleichgewicht verlor und die Aufmerksamkeit der übrigen Kreaturen dorthin gelenkt wurde. Danny konnte flüchtig erkennen, dass etwas durchs Fenster des Autos griff, eine Klauenhand, die nach dem Gesicht des Jungen schlug. Wallace hämmerte voller Panik mit den Fäusten auf das Ding ein. Der Land Cruiser machte noch einen Satz vorwärts und drehte sich ein klein wenig. Danny wusste, wie es ausgehen würde, aber er konnte seine Augen erst vom Fahrzeug lösen, als es mit der Vorderseite zuerst gegen die Wand krachte und der Motor abwürgte.

»Nelson! Lass uns abhauen!«

Er sah den fragenden Blick in den Augen seines Freundes und bedauerte, dass er als Antwort darauf den Kopf schütteln musste. Aber Nelson kannte die Wahrheit, dessen war er sich sicher. Der Versuch, Wallace zu retten, wäre völlig sinnlos und würde sie nur alle umbringen. Er hasste den Gedanken mit jeder Faser seines Körpers, aber er wusste, es war die Wahrheit.

Obwohl er den Befehl zum Rückzug gegeben hatte, ertappte er sich dabei, dass er immer noch auf den lahmgelegten Toyota starrte. Die Kreaturen – ein halbes Dutzend – krochen um den Land Cruiser herum. Keine davon war so groß wie die erste, die er gesehen hatte. Die machte sich gerade mit ihrer massiven Faust am Dach des Fahrzeugs zu schaffen. Das Metall gab mit jedem Hieb etwas mehr nach.

»Herrgott!«, keuchte er und dachte dann: *Es tut mir leid.*

»Los, komm!«, hörte er Mel sagen, die nach seinem

Handgelenk griff und ihre Stimme bohrte sich in sein Ohr. Sie zog ihn mit sich, und zwar mit einer Stärke, die ihn überraschte. Er strauchelte, ehe er seine Füße bewegen konnte und auf die hintere Wand der Fabrik zu sprintete.

Wir tun es schon wieder, rennen in die gleiche Richtung, verdammt noch mal. Aber was blieb ihnen anderes übrig? Dort hinten konnten sie sich immerhin vielleicht verstecken, sich verbarrikadieren und sich dadurch vorübergehend in Sicherheit bringen. Er legte Tempo zu und ergriff Mels Handgelenk. Nelson hielt sie mit seiner gesunden Hand auf der anderen Seite fest. Sie stürmten den nächsten papierübersäten Gang hinunter, wie ein einziger Wall entsetzter Leiber – nur noch darauf aus, wegzukommen, einfach irgendwo anders hin.

Danny sah auf die Hinterwand, der sie sich schnell näherten, und dachte an Gina und Dale. Sie waren verschwunden, und das war genau da hinten. Vielleicht hatten diese Monster sie geschnappt und in Stücke gerissen. Wenn das stimmte, waren die Kreaturen aus dem Labyrinth der Gänge und Räume gekommen, die sich im hinteren Bereich von Red Sky befanden. Dann führte er Nelson und Mel jetzt in ein mörderisches Nest. Aber hatten sie denn eine Wahl? Wenn die Kreaturen sie nicht erwischten, gab es immer noch die riesigen Schlangen. Oder noch mehr Soldaten. Oder die Tatsache, dass sie nun in der Mitte der gottverfluchten Wüste gefangen waren und an radioaktiver Verseuchung starben.

Er hoffte, dass die von Dunkelheit umhüllte Maschinerie auf beiden Seiten ihnen etwas Deckung gab. Und dass ihnen im hinteren Bereich nicht noch mehr von den schrecklichen Kreaturen auflauerten. Wenn das passierte, konnten sie sich auch gleich selbst umbringen. Das wäre dann vermutlich angenehmer.

Er sah zu seiner Linken. Nelson und Mel hielten Schritt. Gut. Hoffentlich taten sie das weiterhin, denn er befürchtete, dass ihre Flucht gerade erst begonnen hatte.

»Hier lang!«

Er verschwand zwischen einem Paar gigantisch aufragender Maschinen und ließ Mels Handgelenk los, damit sie sich ebenfalls durch den Spalt quetschen konnte. Er lief weiter den nächsten Gang hinunter und hörte, dass Nelson und Mel ihm folgten. Danny hoffte, dass dieses Manöver es den Kreaturen erschweren würde, sie zu finden, aber vermutlich war das ein Trugschluss.

Die scheppernden Schritte von oben bestätigten das.

Danny sah über seine Schulter nach hinten. Der eiserne Laufgang hing schwebend über ihnen. Durch das Gitter im Boden des Stegs konnte er einen Schatten ausmachen, der mit der Geschwindigkeit eines Windhundes auf sie zukam. Die Gestalt sah menschlich aus, bewegte sich aber auf allen Vieren, was das Bild eines jagenden Hundes verstärkte.

Mel schrie und das hätte er am liebsten auch getan. Stattdessen rannte er schneller, denn er war entschlossen, das verdammte Ding über ihnen, was auch immer es war, abzuhängen. Das Scheppern über ihnen wurde schneller, aufgeregter. Er suchte einen Ausweg aus dem Gang, aber die Maschinen auf beiden Seiten machten es unmöglich, ihn früher zu verlassen.

Er wünschte sich so sehr, noch eine Schusswaffe zur Verteidigung zu haben. Er würde Gott ja um eine bitten, aber er war sich ziemlich sicher, dass es Gott in dem Moment scheißegal war.

In der Dunkelheit vor ihnen wurde die Hinterseite der Fabrik sichtbar. Danny rannte noch schneller.

Über ihm endete das Gerüst. Ein Grunzen ertönte von dort und die Schritte wurden lautlos. Danny wollte sich gerade selbst einreden, besser nicht zurückzusehen, als ihn etwas mit der Wucht einer Abrissbirne zu Boden riss.

Wallace krachte mit der Nase gegen das Lenkrad. Blut sprudelte aus beiden Nasenlöchern und seine Augen füllten sich mit Tränen. Er stöhnte vor Schmerzen, doch da griffen die Klauen wieder nach seinem Gesicht und aus seinem Stöhnen wurde ein Schrei.

Er schlug nach den Klauen, aber sie wichen seinen Händen mit großer Leichtigkeit aus und zerkratzten seine Wangen. Sein Gesicht schmerzte, genau wie seine zertrümmerte Nase.

Er warf sich zur Seite und stellte fest, dass die schrecklichen Klingen ihn nicht mehr erreichen konnten. Er atmete tief durch und schrie erneut. Er wusste durchaus, dass das nichts half, aber das war ihm herzlich egal. Die Welt war so laut wie ein tosender Hagelsturm geworden. Fäuste hämmerten gegen das Fahrzeugdach wie Explosionen und dellten es mit jedem Schlag mehr ein. Scharfe Nägel quietschten, wenn sie in das Metall stocherten. Er wollte sich die Ohren zuhalten, aber eine schwache Stimme der Einsicht teilte ihm mit, dass es keinen Unterschied machen würde.

Es gelang ihm, einen Blick auf die Ungeheuer zu werfen – sie waren blass und muskulös und hatten Fratzen wie Dämonen – das reichte, um ihn wieder aktiv werden zu lassen. Wie von Sinnen griff er nach den Türen und verschloss sie alle. Bei der Tür hinter dem Beifahrersitz gelang es ihm erst beim dritten Anlauf, doch er schaffte es.

Wallace seufzte fast vor Erleichterung, aber dann erschien eine monströse Grimasse vor dem offenen Fenster der Fahrerseite, die mit dem Kopf herumwühlte wie eine Riesenechse. Er drückte sich gegen den Hintersitz und versuchte, so viel Abstand wie möglich zwischen sich und das Monster zu bringen. Da fühlte er das kalte, schwere Metall der Pistole, die ihm in den Rücken drückte. Mit tauben Fingern griff er nach der Waffe. Er konnte nur hoffen, dass sich etwas tat, wenn er den Abzug drückte.

Das Ding, das sich durch das Fenster quetschte, zischte ihn über den Fahrersitz hinweg an. Heiße Luft drang an seinen spitzen Zähnen vorbei. Wallace schrie erneut. Tränen liefen ihm übers Gesicht und vermischten sich mit Blut und Rotze. In einem Anflug von Mut riss er die Waffe hoch und rammte den Lauf gegen die Stirn des Monsters.

Er drückte ab. Rote und graue Masse verteilte sich auf dem Armaturenbrett des Toyotas.

Als Antwort zertrümmerte ein Paar robuster Fäuste die Windschutzscheibe. Ein weiterer Schlag verteilte das zerbrochene Glas auf den Vordersitzen. Im gleichen Moment zerschlug ein Paar Klauen das Beifahrerfenster.

Wallace warf sich über den Rücksitz und landete mit den Knien auf den mit Bargeld gefüllten Geldsäcken. Er sah sich panisch um.

Sie hatten ihn umzingelt. In jeder Richtung war etwas Abscheuliches zu erkennen, Reihen scharfer Zähne und milchige, hasserfüllte Augenpaare. Er fragte sich, wo Danny und die anderen waren, aber er kannte die Antwort. Sie waren abgehauen. Das wusste er, weil er es auch so gemacht hätte. Flucht bedeutete Überleben. Die Alternative fand er um sich herum. Sie prügelte sich durch Metall und Glas hindurch. Die Alternative war der Tod und der kam mit schnellen Schritten auf ihn zu.

Wallace schloss die Augen und betete.

Die ganze Luft schien auf einmal aus Dannys Lungen zu weichen. Mit dem Kinn zuerst krachte er auf den Betonboden.

Er sah Sterne und vernahm ein schreckliches Geräusch, ein Gebrüll, das sowohl bösartig als auch triumphierend klang. Es übertönte alles, selbst Mels Schreie. Klauen harkten über seinen Rücken. Der Schmerz, der durch seinen Körper fuhr, ließ die Galaxie vor seinem inneren Auge verlöschen. Er schrie vor Schmerzen und schlug auf das schwergewichtige Wesen ein, das ihn wie eine eingefallene Mauer nach unten drückte.

Die Klauen arbeiteten weiter und rissen das Fleisch von seinem Rücken. Er schrie weiter, aber sein Verstand begann, langsamer zu werden, und die Gedanken kehrten zu ihrem ursprünglichen Tempo zurück. *Das war's dann. So werde ich sterben. Es kann sich nur noch um Sekunden handeln.*

Doch dann war das Gewicht auf ihm plötzlich verschwunden.

Er rollte sich auf den Rücken und Luft strömte in seine Lungen. Jetzt konnte er wieder sehen: Nelson kämpfte mit der Kreatur, die eine solche Ähnlichkeit mit einem Menschen hatte, dass es grauenerregend war. Das Wesen war dünn. Seine Rippen stießen fast durch die fleckige Haut auf seinem Oberkörper. Riesige rosafarbige Geschwüre, die Eiter absonderten, bedeckten Brust und Gesicht und zwei große, blasse Hautlappen verbanden seine Arme mit seinen Flanken wie Fledermausflügel.

»Tut doch was!«, flehte Nelson. Mel konnte nur noch dastehen, mit dem Rücken an eine der Maschinen gelehnt und angstgeschüttelt nach Luft schnappen.

Danny dachte fieberhaft über eine Möglichkeit nach, diese Monstrosität anzugreifen. Er bemerkte erst jetzt, dass er immer noch den Schraubendreher fest in seiner rechten Hand hielt. Hoffentlich reichte der aus.

Er stürzte sich nach vorn und war überrascht darüber, dass er jetzt so wenig Schmerzen empfand. Nelson war es irgendwie gelungen, die Arme der Kreatur zu umklammern, doch sie wand sich unter seinem Griff hin und her wie eine Mokassinschlange, die man auf das Deck eines Bootes geschleudert hatte. Beton und Rost warfen das Kreischen als Echo zurück.

»Halt es fest!«

»Versuche ich ja!«

Danny griff nach dem Kinn der Kreatur, die sofort versuchte, ihn zu beißen. Abgebrochene Zähne krachten wie spitze Steine gegeneinander, so laut wie ein Pistolenschuss.

Er stach auf das Ding ein. Der Schraubendreher in seiner Hand verschaffte ihm zwar einen Vorteil, schien aber kaum Wirkung auf das Monster in Nelsons Griff zu haben. Sein Arm schmerzte. Der Kopf des Dings fühlte sich an wie ein Felsbrocken.

Danny nutzte eine günstige Gelegenheit, um seine linke Hand nach vorn zu holen und die Kehle der Kreatur zu fassen. Sie fauchte ihn an, als er sie am Kiefer packte, Hass und Hunger in den glühenden Augen. Er bemühte sich, den Kopf des Monsters festzuhalten. Wenn er danebenstach, traf es eventuell Nelson.

Er hob den Schraubendreher über seinen Kopf und ließ ihn mit aller Kraft, die er noch aufbringen konnte, niedersausen. Bingo.

Das Werkzeug durchstach das rechte Auge des Wesens mit einem schmatzenden, ploppenden Geräusch. Die Kreatur zuckte einmal, ehe der Schraubendreher bis zum Griff in ihrer Augenhöhle verschwand. Schlaff sank sie zusammen. Schwarzes Blut trat aus der schrecklichen Wunde. Es schoss über Dannys Hand. Er sprang von ihr weg und schüttelte das meiste der heißen Flüssigkeit auf den Boden. Den Rest wischte er sich an seiner Hose ab.

»Drecksding!«

»Alles okay?«, fragte Mel.

Es fühlte sich an, als ob auf seinem Rücken Flammen loderten. Schmerzende Bahnen zogen sich über seine Haut. Doch das würde er überleben. »Ja. Hilf mir mit Nelson.«

Sein Freund kämpfte sich mit dem toten Monster ab, versuchte es zur Seite zu schieben. Danny drückte es mit dem Fuß weg, bis Nelson befreit war, und streckte seinem Freund dann eine Hand entgegen. Nelson nahm sie und Danny half ihm auf. Die Bewegung brachte ihm erneut einen schrecklichen Schmerz ein, der sich über seinen Rücken zog.

»Herrgott, Danny.«

»Wem sagst du das?«

»Was …«

»Es ist noch nicht vorbei. Lasst uns weitergehen.« Er wartete auf Nelsons Nicken, klatschte ihm auf den Rücken und ging dann wieder voran in Richtung des hinteren Teils der Fabrik.

24

Der Anführer heulte triumphierend. Er war fast durch! Noch ein Angriff auf die zerbeulte, unsichtbare Barriere unter sich und er konnte in die stählerne Hülle eindringen und den schreienden Mann in Stücke reißen. Der Mann hatte einen aus seinem Rudel getötet und dafür würde er büßen. Vielleicht würde er ihn zurück zum Nest schleppen und die Kinder mit ihm spielen lassen, bevor sie ihn mit ihren Zähnen auseinanderrissen.

Er erstarrte, als er ein Mitglied seines Rudel schreien hörte. Derjenige befand sich weit weg, nahe des hinteren

Teils der Fabrik. Er durchforstete seine Erinnerungen und sah dic anderen drei, die bei seinem ersten Angriff nahe dem Feuer gewesen waren. Er sah sich um, blinzelte in die sterbende Flamme. Sie waren verschwunden. Sie waren weggerannt und der Großteil des Rudels hatte sie gelassen, nur fixiert auf den kleinen Mann im Fahrzeug. Ein leichtsinniger Fehler, aber einer der anderen hatte sie fliehen sehen und die Verfolgung aufgenommen.

Doch das bedeutete drei Menschen gegen einen einzigen Jäger. Sie würden dem Rudel mehr Fleisch bescheren. Er musste sie schnappen.

Er blickte zum hinteren Ende der Fabrik und sah Schatten, die sich bewegten. Das mussten die Menschen sein. Wenn sie sich noch rührten – noch rannten –, hieß das, dass sie den Jäger besiegt hatten. Und sie lebten noch.

Er knurrte. Im nächsten Moment machte er einen Satz herunter vom Dach des metallenen Käfigs und sprang mit Leichtigkeit über das Feuer. Er war schon im Galopp, als er auf dem Boden aufkam. Seine kräftigen Glieder trugen ihn schneller von den Flammen und dem Mann im Fahrzeug weg, als ein Wüstenkojote rennen konnte. Die rostigen Maschinen auf jeder Seite verschwammen hinter ihm, als er in die Dunkelheit vorpreschte. Er würde die restlichen Menschen finden. Er würde sie finden und jeden Einzelnen von ihnen töten.

Es herrschte fast pechschwarze Dunkelheit am hinteren Ende der Fabrik. Danny bemühte sich, etwas zu erkennen, aber er sah wieder Sterne, wenn er es nur versuchte.

»Fuck!«

»Was denn?«, wollte Nelson wissen.

»Ich kann überhaupt gar nichts sehen. Wir sollten zurück zum Vorratsraum gehen und uns darin verbarrikadieren.«

»Ich bring uns hin.« Mels Stimme klang verängstigt, aber es schwang auch eine Spur von Härte mit, von der er immer gewusst hatte, dass sie da war, seit er mit ihr die Stufen der Bank hinuntergelaufen war.

Danny fühlte, wie Mel ihn am Handgelenk ergriff und er nahm an, dass sie mit der anderen Hand Nelson festhielt. Sie zog ihn vorwärts und rannte los. Er folgte ihr in engem Abstand. Er hatte Angst, verloren zu gehen, wenn sie ihn nicht mehr festhielt.

Sie waren einige Dutzend Schritte vorangekommen, als sie hinter sich plötzlich ein immer lauter werdendes Gebrüll hörten, das an einen Löwen erinnerte. Danny fühlte, wie sich seine Eier zusammenzogen, als Todesangst ihn einhüllte, wie in einen Mantel aus Eis. Er wusste, woher das Geräusch kam. Es war das große Mistvieh, das er auf dem Dach des Land Cruisers gesehen hatte, der riesige, mit Narben übersäte Bastard, der aussah wie eine Kreuzung aus einem Affen und einem schrecklich entstellten Menschen.

Seine Augen gewöhnten sich langsam an die Dunkelheit. Er sah die offen stehenden Doppeltüren vor sich. Sie waren etwa sechs Meter davon entfernt. Er verdoppelte seine Geschwindigkeit und bald war er es, der Mel zog und schnurstracks auf das zulief, von dem er hoffte, dass es sie retten konnte.

Etwas krachte zwischen dem Gewirr aus Maschinen. Das Brüllen nahm an Lautstärke und Kraft zu. Schritte, die sich anhörten wie dröhnende Trommeln, rasten auf sie zu.

Danny sah nicht zurück. Durch die Doppeltür hindurch, blickte er auf die Wand zur rechten Seite. Er rannte an der ersten von Schatten umhüllten Türöffnung vorbei, weiter zur zweiten und suchte nach der dritten, die in den Vorratsraum führte.

Der Lärm ihres Verfolgers kam näher, wurde deutlicher.

Er hatte die Maschinen hinter sich gelassen. Seine Hände und Füße auf dem Betonboden klangen wie eine Lawine.

Dannys Augen hatten sich an das schwache Licht gewöhnt. Er sah das dritte schwarze Rechteck, den Eingang zum Vorratsraum und stieß Mel durch die Öffnung. Sie schrie, als sie in der Dunkelheit stolperte. Etwas klapperte im Raum und er erinnerte sich an seine vorherige Suche nach Werkzeugen und an die vielen Dinge, die er auf dem Boden verstreut hatte liegen lassen.

Etwas polterte durch die Doppeltür etwa zwölf Meter hinter ihnen. Er wollte Nelson in den Raum stoßen, aber der protestierte. Sein Freund beförderte ihn in das dunkle Zimmer und schon stolperte er über die Werkzeughaufen, die überall verteilt lagen. Er stieß einen Schrei aus und landete unsanft auf seinem Hintern.

Danny sprang auf die Füße und lief auf die Tür zu, in der Hoffnung, das verdammte Ding schließen und verriegeln zu können, bevor das heranstürmende Monster dagegen krachte. Es würde keine Zeit bleiben, die Tür zu verbarrikadieren.

Nelsons schemenhafte Gestalt stürzte zur Tür hinein. Danny ergriff ihn an seinem verletzten Arm und zog, in einem verzweifelten Versuch zu helfen.

Das Brüllen im Gang erreichte seinen Höhepunkt und Nelson schrie. Danny dachte, dass er schrie, weil er plötzlich an der verletzten Schulter gezogen wurde, doch er fühlte, wie sich der Körper seines Freundes versteifte. Er selbst stieß einen Schrei aus, als Nelson zurück auf den Gang gerissen wurde. Er stemmte einen Fuß gegen die Wand und drückte sich so fest er konnte dagegen. Danny zog an Nelsons Arm, als wäre dieser das Seil beim Tauziehen. Er wusste, dass es seinem Freund große Schmerzen bereiten musste, aber er konnte nicht zulassen, dass das Ding in der Halle ihn mit sich nahm. Auf keinen Fall.

Nelsons Schulter krachte mit einem schrecklich knirschenden Geräusch gegen den Türrahmen und wieder schrie er auf. Doch Danny hörte nicht auf zu ziehen, wollte nicht aufgeben.

Nelson wurde weiter in Richtung des Gangs gezerrt. Die von dort kommenden Laute waren schrecklich, wie von einem wütenden Hund, der ein Kaninchen riss.

»Hilf mir!«, befahl Danny, und schon waren Mels Hände nahe bei seinen. Gemeinsam zogen sie mit verzweifelter Kraft an Nelsons Arm. Sein Freund bewegte sich wieder in Richtung des Lagerraums, immer weiter in die richtige Richtung.

Sie waren dabei, zu gewinnen.

Plötzlich wurden Nelsons Schreie zu einem spitzen Heulen mit einer so hohen Frequenz, dass man es kaum noch hören konnte. Es gab plötzlich keinen Widerstand mehr und Danny stolperte in den Raum zurück. Kurz nacheinander fielen Mel und Nelson auf ihn.

Danny war sich nicht bewusst, wie viel Kraft er durch die Angst mobilisiert hatte, bis er beide Körper von sich schubste. Er sprang auf die Füße, rannte zur Tür und warf sie zu. Ein wuchtiger Schlag von draußen ließ die Tür erbeben, aber das ignorierte er. Stattdessen tastete er sich hektisch am Stahl entlang und fluchte, als er das Loch an der Stelle fand, wo eigentlich ein Türknauf sein sollte. Dann stieß er fast einen Freudenschrei aus, als seine Finger den Bolzen ertasteten. Er drehte ihn um und das schnappende Geräusch klang mehr als befriedigend.

»Bitte bleib zu!«, flüsterte er. Das Hämmern gegen die Tür wurde stärker. Er fühlte jeden Schlag in seinem Körper vibrieren wie die Stoßwelle bei einer Explosion. Ein Hieb beulte das Metall nach innen. Dannys Atem ging stoßweise vor Angst, doch die Tür schien robust zu sein. Mit etwas Glück würde sie standhalten.

Er trat einen Schritt zurück und atmete tief durch. Die Tür fiel nicht hinter ihm auf den Boden. Er konnte nur hoffen, dass das auch so blieb. Sie konnten nirgendwohin flüchten, wenn das mörderische Monster auf der anderen Seite durchbrach. Sogar Sardinen in der Dose hätten bessere Überlebenschancen.

Nelson hatte aufgehört zu schreien, aber die Geräusche, die er jetzt von sich gab, erfüllten Danny mit fast genauso viel Grauen. Sein Freund schnappte nach Luft und wimmerte bei jedem verzweifelten Atemzug wie ein Mann, dem sein eigener Geist erschienen war. Mel klang genauso entsetzt und murmelte »Oh, Gott, oh, Gott, oh, Gott!« – ununterbrochen, wieder und wieder, wie eine Abtastnadel, die in der Schallplattenrille stecken bleibt.

»Wie ist mit ihm? Was ist los?« Er suchte nach seinem Zippo, aber konnte es nirgendwo finden. »Geht es ihm gut?«

»Oh, Gott, Danny. Oh, Gott, oh, Gott.«

»Hast du mein Feuerzeug noch?«, wollte er wissen. Sie antwortete nicht, sondern brabbelte nur weiter vor sich hin. Nelson gab jetzt nur noch Zischlaute von sich. Es klang seltsam, wie eine Frau bei der Geburt.

Er fand Mels Schultern, packte und schüttelte sie. »Gib mir das verdammte Feuerzeug, damit ich nachsehen kann, wie schlimm er verletzt ist!«

Für einen Moment stellte sie ihren Singsang ein und sagte dann: »Hier.«

Danny fühlte, wie sie ihm das Stück Metall gegen die Brust presste. Er nahm das Zippo mit zitternden Fingern entgegen.

Das Monster hämmerte weiterhin auf die Tür ein. Der Krach schien in jeden Winkel des Raums zu dringen. Das Getöse tat seinen Nerven nicht besonders gut. Er öffnete den Deckel und versuchte das Zündrädchen zu drehen, doch das

Einzige, was ihm gelang, war, das Feuerzeug aus seinen zitternden Händen rutschen zu lassen.

»Fuck!«

»Was denn?«, fragte Mel.

Danny versuchte zu hören, wo das Feuerzeug auf dem Boden landete. Er dachte, er hätte den Aufschlag gehört, aber das Dreschen der Fäuste auf die Tür und Nelsons gequältes Atmen machten es unmöglich, sicher zu sein. Danny sank auf die Knie und tastete sich über den Betonboden. Er betete darum, dass das Zippo nicht in einen der vielen Müllhaufen gefallen war. Dann würde er es nämlich nie finden können und sie brauchten doch Licht.

»Beeil dich, Danny!«

»Ich versuch's ja!« Seine Hand berührte das Feuerzeug. Er griff danach, aber seine nervösen Finger ließen es über den Boden schlittern. Er versuchte die Richtung auszumachen, wo es jetzt liegen musste. Nachdem er ein paar Meter gekrabbelt war, schlossen sich seine Finger um das Zippo. Er hätte gern geschrien vor Erleichterung, stattdessen krabbelte er zurück an Nelsons Seite.

»Wie geht's dir, Kumpel?«

Statt einer Antwort wurde das Zischen lauter.

»Das dachte ich mir schon. Okay, lass mal sehen.«

Er drehte das Zündrädchen und die Flamme des Zippos erwachte zum Leben. Er hielt es über Nelsons Körper. Das Glimmen reichte gerade so aus, um die Wunden inspizieren zu können.

Mel schrie. Sie wollte noch einmal aufschreien, presste dann aber die Faust auf den Mund und verbiss sich einen weiteren Laut.

Blut befleckte Nelsons rechte Gesichtshälfte. Je weiter Danny an Nelsons Körper hinunter in Richtung der Schultern und Arme leuchtete, desto heller und größer wurden die

Flecken. Vom Ellbogen bis zum Handgelenk war die Haut blutüberströmt und sein Arm endete in zerfetzter Haut und zersplitterten Knochen.

Das Biest hatte Nelsons Hand abgerissen.

Wallace feuerte durch die zertrümmerte Windschutzscheibe. Die Monster ließen sich durch das donnernde Geräusch kurze Zeit abschrecken, doch dann griffen sie wieder an.

»Verpisst euch!« Er musste schon beinahe darüber lachen, wie absurd diese Worte waren. Als ob die Kreaturen, die versuchten, ihn zu erledigen, ihm zuhören würden. Er hatte die Geldsäcke zur Seite geschoben und kniete nun im Kofferraum des Land Cruisers. In der hinteren Scheibe auf der Fahrerseite zeigten sich Risse, dann brach sie auseinander und er wusste, es war nur noch eine Frage der Zeit. Es blieb überhaupt nicht mehr viel Zeit. Sie würden hereinkommen und ihn töten.

Er schoss auf das leere Fenster. Dieses Mal hielten die Monster keine Sekunde inne. Er konnte sie nicht einmal mehr hören. Die Schüsse hatten ihn taub gemacht. Auch seine Tränen waren getrocknet. Vielleicht waren einfach keine mehr da. Es lag sicher nicht daran, dass er plötzlich glaubte, alles würde schon wieder in Ordnung kommen.

Er sah eine weitere Kreatur, die ihren Kopf durch das Beifahrerfenster steckte. Sie sah ihn ebenfalls an und er nahm an, dass sie brüllte. Ihr Mund öffnete sich und er konnte ihren widerlichen Atem selbst auf diese Entfernung noch riechen. Er hob die Pistole und versuchte so gut wie möglich zu zielen, aber dann verkniff er sich doch, den Abzug durchzuziehen.

Er wusste, dass mindestens noch drei Monster übrig waren und das riesige kam bestimmt auch bald zurück. Er wusste nicht, wie viele Kugeln ihm noch blieben, und eigentlich war es auch egal. Er war kein Präzisionsschütze. Er konnte noch eins von ihnen erledigen, mit etwas Glück vielleicht zwei, aber sie würden ihn trotzdem kriegen. Ihm blieben nur noch ein oder zwei Minuten.

Noch bevor ihm wirklich klar wurde, was er tat, richtete er die Pistole auf den Boden zwischen seinen Knien. Er wusste, dass sich auf der anderen Seite der Benzintank befand. Es würde schnell gehen und – was noch wichtiger war – es würde die Dinger zerstören, die versuchten, ihn zu töten.

Wallace schloss die Augen und versuchte, tief Luft zu holen. Seine Angst verweigerte ihm das Atmen, aber im Kopf war er irgendwie ganz ruhig. Aus seinen Augen löste sich nun doch noch eine Träne und rollte die Wange hinunter.

Er öffnete den Mund.

»Ich liebe dich, Dad.«

Er drückte ab und alles verschwand.

25

»Nimm ihm den Gürtel ab!« Das Pochen an der Tür war genauso laut – genauso drängend – wie zuvor, aber Danny blendete es aus, weigerte sich, es zu hören. Wenn das Ding auf der anderen Seite durchbrach, war sowieso alles egal, aber jetzt riet ihm sein Verstand erst einmal dazu, Nelsons Leben zu retten, für den Fall, dass es dem Monster nicht gelang, in ihren provisorischen Schutzraum einzudringen.

Einen Moment zuvor hatte er das plötzliche Donnern einer Explosion gehört. Das Pochen hatte kurz aufgehört, doch kurz darauf ging es wieder los. Er konnte nur raten, dass Wallace etwas mit dem Land Cruiser gemacht hatte. Er wollte um den Jungen trauern, aber er hatte einfach nicht die Zeit. Erst Nelson retten, dann dem Monster entkommen, das war die richtige Reihenfolge. Alles andere konnte warten.

Danny rückte zu Seite, als er sah, dass Mel sich an Nelsons Gürtelschnalle zu schaffen machte. Er musste etwas finden, das er zusammen mit dem Gürtel nutzen konnte, um die Blutung zu stoppen. Noch nie zuvor hatte er versucht, einen Druckverband anzulegen, aber er wusste, dass es das Leder allein nicht tat. Er musste das verdammte Ding eng festschnallen.

Er untersuchte den Lagerraum im flackernden Licht des Zippos. Der Boden war ein heilloses Durcheinander aus weggeworfenem Papier, rostigen Stühlen und ausrangierten Werkzeugkisten. Die schwache Flamme des Feuerzeugs erleichterte die Suche nicht gerade.

Er fragte sich, wie viel Benzin wohl noch im Feuerzeug war. Zwar hatte er keine Angst vor der Dunkelheit, doch ein Auge auf Nelson zu haben war wesentlich einfacher, wenn er etwas Licht zur Verfügung hatte. Vielleicht konnten sie ein weiteres Feuer machen, nur ein kleines, um ein bisschen Helligkeit einziehen zu lassen. Aber er musste jetzt erst einmal etwas für Nelson finden. Prioritäten setzen, verdammt noch mal.

Jede neue Idee oder Frage war nur eine durch Panik hervorgerufene Ablenkung.

»Wie geht's ihm?«

»Lässt sich schwer sagen«, antwortete Mel. »Er redet nicht, aber er blutet auch nicht mehr so viel. Vielleicht ist das ein gutes Zeichen?«

»Ich weiß es nicht. Ich tappe hier im Dunkeln wie ein verdammter Maulwurf. Hast du den Gürtel schon um seinen Arm gewickelt?«

»Ja.«

»Zieh ihn so fest du kannst. Ich komme zurück, sobald ich etwas gefunden habe, was sich da durchziehen lässt.«

»Das wird ihm aber wehtun.«

»Weiß ich. Wenn er überlebt, wird er uns herzlich danken, bevor er uns sagt, dass wir zur Hölle fahren sollen. Tu es einfach.«

»In Ordnung.«

Er schaute nicht nach, ob Mel sich an seine Anweisungen hielt, denn Nelsons plötzlicher Schmerzensschrei verriet ihm alles, was er wissen musste.

»Danny!« Mels Stimme, in der Panik mitschwang.

»Zieh fester! Denk nicht mal dran, locker zu lassen, Mel.« Er wusste, dass sie das nicht tun würde. Ihr lag etwas an Nelson und sie hatte eine Menge Mumm. Sie konnte den Druckverband eng halten, bis er zurückkam.

Die Ansammlung von Müll vor ihm auf dem Boden sah nicht sehr vielversprechend aus. Wenn es um Nelson ging, weigerte sich Danny, sich mit so einer Scheiße wie einem Verband aus Klebeband zufriedenzugeben. Nein, er hatte vor, seinen Freund zu retten oder bei dem Versuch zu sterben.

Danny wusste, dass es mit dem Schraubenschlüssel klappen würde, sobald er ihn gefunden hatte. Das Metallwerkzeug war knapp über 15 Zentimeter lang und stabil genug. Er schnappte es sich und lief zu Nelson zurück – so schnell es ging bei all dem Müll, der auf dem Boden lag.

»Los geht's.« Er hielt Mel das Zippo entgegen. »Na los. Nimm es und halt es in seine Richtung.« Er sah sie durch den Schatten hindurch, der ihr Gesicht verbarg, nicken. Dann nahm sie das Feuerzeug.

Danny wischte den Schweiß von Nelsons Stirn. »Wie geht es dir, Kumpel?«

Nelsons Zähne klapperten. Seine Lippen zitterten. »Ging

… ging schon besser«, presste er zwischen seinen zusammengebissenen Zähnen hervor.

»Glaub ich dir. Hör zu, Nelson. Ich werde jetzt den Druckverband festzurren. Ich weiß es zwar nicht sicher, aber ich könnte mir vorstellen, dass es wehtut wie Sau. Schrei, wenn dir danach ist, aber ich tu's trotzdem, okay? Wir werden dich versorgen und am Leben halten, damit wir alle hier rauskommen.«

»Nein.«

»Sei kein Spielverderber, Kumpel.«

»Es wird … du weißt, dass es keine Rolle spielt.«

»Bullshit. Hast du in der Schule nie einen Erste-Hilfe-Kurs belegt? Das wird verhindern, dass du verblutest, du blöder Arsch.«

»Nein.«

»Doch, verdammt!«

Der Verwundete schüttelte stur den Kopf und schloss vor Schmerz fest die Augen. »Wir kommen aus der Sache nicht raus, Danny. Das weißt du. Ribisi wird leer ausgehen.«

Er sah seinen Freund lange an. Vielleicht hatte Nelson recht. Aber wenn, dann war er nicht bereit, das zuzugeben. Er hatte schon eins der verdammten Dinger getötet und er würde erst aufgeben, wenn er noch ein paar mehr erledigt hatte.

»Fick dich!«, sagte er leise. »Wenn du dich noch einmal so hängen lässt, werde ich dir deine verdammten Beine brechen und sie sind das Einzige, was an dir noch funktioniert.«

Nelson antwortete mit einem Stöhnen. Für Danny war das wie eine Einwilligung.

»Okay, los geht's.« Er drückte den Schraubenschlüssel flach gegen Nelsons Arm und schob ihn langsam unter dem Ledergürtel durch. »Lass etwas lockerer!«, sagte er Mel.

»Nicht zu viel, nur ein bisschen.« Sie gehorchte und er fühlte, wie der Gürtel etwas nachgab.

»Vielleicht solltest du noch einmal tief durchatmen, Nelson.«

»Fi… fick dich ins Knie.«

»Sorry, Kumpel. Gelegenheit verpasst.«

Er ergriff beide Enden des Schraubenschlüssels und drehte nach rechts. Der Gürtel wurde eng, doch der Schraubenschlüssel hatte immer noch etwas Spielraum. Danny atmete selbst tief durch und drehte noch einmal. Er fühlte, wie sich der Gürtel um Nelsons Arm legte. Sein Freund schrie und fuhr in die Höhe, bevor er wieder auf den kalten Betonboden zurückfiel.

»Sorry, Mann. Hab dich gewarnt.« Er nahm noch einen tiefen Atemzug und drehte den Schraubenschlüssel noch einmal. Er bewegte sich nur ein paar Zentimeter, dann nicht weiter. Enger würde er nicht werden.

Nelson Schmerzensschreie erfüllten den winzigen Raum, hallten kreuz und quer. Sein Körper versteifte sich und bebte. Die Zeit verging im Schneckentempo, doch irgendwann entspannte sich Nelson. Seine Schreie wurden zu einem Stöhnen und dann zu einer Reihe langer Seufzer.

Danny seufzte ebenfalls.

»Mel, komm mal rüber.«

Sie fiel beinahe über den am Boden liegenden Nelson. »Ja?«

»Nimm den Schraubenschlüssel mit beiden Händen. Halt ihn fest, okay? Etwa alle fünf Minuten solltest du ihn kurz lockern, damit ein wenig Blut durchfließen kann.«

»Ist das eine gute Idee?«

»Es wird dafür sorgen, dass das, was von seinem Arm noch übrig ist, nicht abstirbt. Das genügt mir und ihm genügt es wahrscheinlich auch.«

»Genügt mir!«, wiederholte Nelson durch seine zusammengebissenen Zähne.

»Und was machst du?«, wollte sie wissen.

»Als Erstes werde ich die verdammte Tür verbarrikadieren. Weiß nicht, wie's dir geht, aber ich hätte gern mehr als zehn Zentimeter Metall zwischen mir und dem Ding da draußen.«

Sie nickte und schloss kurz die Augen.

»Dann werde ich ein kleines Feuer anmachen. Zwar wird es heiß werden, aber immerhin haben wir dann auch etwas Licht.«

»Und was ist mit dem Rauch?«

»Verdammt.« An dieses Problem hatte er überhaupt nicht gedacht. Licht war ihnen keine große Hilfe, wenn sie daran erstickten. Danny lief an der Wand des Zimmers entlang und hielt das Feuerzeug hoch. Er wusste, dass es hier drin ein kleines Fenster gab. Er hatte es gesehen und weigerte sich zu glauben, dass er es sich nur eingebildet hatte. Jetzt musste er es nur noch wiederfinden ... Da!

Das Fenster konnte keineswegs als groß durchgehen. Es war nur eine einzige, dünne, mit Sand verschmutzte Glasscheibe. Wenn sie brach, konnte das Fenster als eine Art Rauchabzug dienen.

Er bückte sich und stöberte in den am Boden verstreuten Gegenständen zu seinen Füßen.

Nach kurzem Suchen fand er ein Maßband. Er hob es hoch, um zu sehen wie schwer es war. Das Metallgehäuse fühlte sich gut und stabil an, wie ein eiernder Baseball.

»Wird schon schiefgehen.« Danny holte mit seiner Wurfhand aus, während er das Zippo mit seiner anderen Hand vor sich hielt, und ließ dann das kleine Geschoss durch die Luft sausen. Er zischte, als das Maßband wenige Zentimeter rechts des Fensters aufprallte. Es hatte einen

Grund gegeben, weshalb er nicht Teil der Schulmannschaft gewesen war.

Danny hob das Maßband vom Boden auf und holte erneut aus. Er atmete langsam und gleichmäßig, versuchte seine Muskeln zu lockern. Als er sich ruhig und entspannt fühlte, warf er erneut. Dieses Mal krachte das Maßband durch die Scheibe hinaus in den Nachthimmel. Danny stieß einen Freudenschrei aus und sprang zur Seite, als das restliche Glas auf den Boden klirrte.

»Fuck!«

»Alles okay?«

»Sicher.« Er sah sich am Boden um. Das Glas hatte sich nicht sehr weit verteilt. Solange sie nicht auf Händen und Füßen dort herumkrochen, sollte es keine Probleme geben. »Hier liegen jetzt ein paar Scherben, also passt auf. Aber wir haben jetzt einen Rauchabzug.«

»Danny?« Mel klang besorgt.

»Was?«

»Das Ding hat den Versuch aufgegeben, hier reinzukommen.«

26

Der Anführer des Rudels hörte das Klirren von zerbrechendem Glas und erstarrte. Er konnte sich kaum noch an die Worte für ein solches Geräusch erinnern. Denn das Leben von damals war lange vorbei.

Das Geräusch kam von der anderen Seite der Tür, dessen war er sich sicher. Hatten die Menschen etwa einen Fluchtweg gefunden?

Er knurrte und wich von der Tür zurück. Die Hand des Mannes trug er zwischen den Zähnen. Er kaute darauf herum, als er den Gang verließ und die Fabrik betrat. Das flackernde Licht eines Feuers war jetzt stärker, zweifellos kam das von dem lauten Donner, den der Mann in der Blechkiste verursacht hatte. Er musste nachsehen, was der Mensch angerichtet hatte. Vielleicht hatte der Rest des Rudels ihn gefangen und schleppte ihn nun zum Nest zurück? Seine Instinkte allerdings sagten etwas anderes. Ein Bauchgefühl flüsterte ihm zu, dass die restlichen Jäger tot waren, verbrannt durch die List des Menschen.

Der Gang durch die Laderampe brachte ihn nach draußen. Er erwartete fast schon, die übrigen Menschen über den Wüstenboden rennen zu sehen, in einem vergeblichen Versuch zu entkommen. Doch es gab keine Spur von ihnen. Stattdessen sah er, dass das Mondlicht von einigen spitzen Steinen reflektiert wurde, die er als Glas kannte. Sie lagen auf der Erde neben der Wand der Fabrik. Mit seinen Augen suchte er die Betonfassade ab und fand die Ursache. Das Fenster war klein, viel zu klein, als dass er hätte hindurchkommen können. Aber das winzige Loch würde es auch den Menschen nicht ermöglichen, hindurchzuschlüpfen – und das war gut so.

Wieder erschien die schreckliche Imitation eines Lächelns auf seinem Gesicht. Die Menschen saßen in der Falle. Sie konnten nicht entkommen. Sie hatten sicher Angst davor, durch die Tür zu gehen und durch das Fenster konnten sie auch nicht. Er hätte beinahe triumphierend aufgeschrien, aber konnte sich gerade noch zurückhalten. In seinem tierischen Hirn begann sich ein Plan zu entwickeln und er musste gerissen sein, wenn er wollte, dass er aufging.

Die Gedanken strudelten durch seinen Kopf und er rannte zurück zur Tür. Er warf sich mit dem Körper einmal, zweimal dagegen, trommelte gegen den Stahl und heulte vor Wut, harkte mit den Krallen auf dem Metall hin und her und entlockte der eingedellten Oberfläche ein schreckliches Quietschen.

Und dann verschwand er. Er stürmte den Gang hinunter, auf das Nest zu. Um die anderen Jäger brauchte er sich keine Sorgen zu machen. Wenn sie gestorben waren, musste er einfach neue abrichten. Sie hatten momentan sowieso keinen Nutzen für ihn. Sie konnten nicht durch das Fenster klettern, geschweige denn die Tür niederreißen. Er musste die übrig gebliebenen Menschen auf andere Weise angreifen.

Er wusste, was zu tun war, wie er in den Raum hineinkam. Die Menschen würden schreien, während sie starben, dafür würde er sorgen.

27

Danny versuchte, den Metallschrank zu verrücken, und stöhnte vor Anstrengung. Das Möbelstück quietschte, als es langsam über den Betonboden schrammte. Das Geräusch quälte sein Trommelfell. Zähneknirschend versuchte er es auszublenden, aber es attackierte ihn wie glühend heiße Nadelstiche. Als es ihm gelungen war, den Schrank über die kurze Strecke zu schleifen, war er sich nicht sicher, ob er nicht sein Gehör permanent geschädigt hatte. Er dachte an die schrecklichen Schmerzen, die sein Körper durch die Strahlung erdulden musste, und kam zu dem Schluss, dass seine Ohren sich genauso gut dem Club anschließen konnten.

Mit dem Zippo betrachtete er sein Werk.

»Was denkst du? Glaubst du, er wird standhalten?« Er sah, dass Nelson trotz des Lärms in einen unruhigen Schlaf gefallen war. Das tat ihm sicher gut.

Mel zuckte die Achseln, während sie die ganze Zeit

Nelsons Druckverband festhielt. »Was immer das Ding ist, es hat wieder aufgehört. Vielleicht hat es aufgegeben.«

»Ja. Aber du musst schon entschuldigen, dass ich ihm diesen speziellen Sinneswandel nicht abnehme.«

»Glaubst du es etwa nicht?«

Sie hob fragend die Augenbrauen und brachte sie dann wieder in ihre ursprüngliche, sorgenvolle Position.

»Mel, ich weiß noch nicht mal, woher zum Teufel diese Biester überhaupt gekommen sind. Vielleicht aus den Bergen oder aus einem Loch in der Wüste. Scheiße, nach allem, was ich weiß, kommen sie irgendwo aus dieser Fabrik.«

Ein Schatten legte sich über ihr Gesicht. »Tja. Wir wissen also gar nichts.«

»Eben. Kann nicht behaupten, dass mich das glücklich macht, aber so ist es nun mal.«

Danny ließ das Feuerzeug gerade lange genug aus, um sich das Hemd auszuziehen. Dann begann er, sich nach Brennmaterial für das Feuer umzusehen. In der Ecke fand er eine Reihe von Wischmopps und Besen, brach einen Besenstiel entzwei und warf beide Teile auf den Boden. Das tat er mit zwei weiteren Mopps, bei denen er vorher den Textilbezug entfernte.

»Was glaubst du, was diese Dinger waren?«, wollte Mel wissen.

Er schaute sie groß an.

»Sind«, fügte sie hinzu.

»Ich weiß es nicht. Ich hab so was bislang nur in Horrorfilmen im Spätprogramm gesehen.« Er wurde starr, als ihm ein Gedanke kam, der ihn traf wie ein Schlag in die Magengrube. Er erinnerte sich daran, dass er sehr wohl schon einmal etwas wie diese Monster gesehen hatte, sogar in natura. Er hatte es an dem Tag von oben bis unten betrachtet.

»General Jacobson's«, flüsterte er. Sein Atem ließ die Flamme des Feuerzeugs flackern, als die Erinnerung auf ihn einstürmte: das Ding in dem Behälter – diese bleiche Monstrosität mit einem Kopf wie eine Bowling-Kugel und einem Arm wie eine Klinge, deren Augen fast auf seine wulstige Stirn zu krabbeln schienen.

»Was?«, fragte Mel.

Er schüttelte den Kopf. »Gwynette, du unausstehliche alte Schachtel! Du wusstest es die ganze Zeit!«

»Danny, was redest du denn da?«

»Als wir zum Tanken anhielten! In dem verdammten kleinen Kuriositätenmuseum war eins dieser Dinger. Es war ein totes Baby, aber es war genauso verkorkst wie diese Dinger!«

Mels Gesicht wurde weiß, das sah Danny selbst in dem schwachen, flackernden Lichtschein.

»Ach du lieber Gott!«, flüsterte sie.

»Sorry, Mel. Ich glaube leider nicht, dass er uns hört.«

»Was sind das für Wesen? Sind es … ich weiß nicht. Sind sie so eine Art Ureinwohner?«

»Vielleicht lehne ich mich zu weit aus dem Fenster, aber ich würde behaupten, dass sie nichts Natürliches sind. Die findest du nicht in einem Biologiebuch. Möglicherweise sind sie durch die Strahlung mutiert; vielleicht sind sie etwas Brandneues. Ich hab keine Ahnung, wie sie hierherkamen oder von woher, aber es ist mir auch egal. Ich will einfach einen Weg hier raus finden, bevor es Nelson noch schlechter geht.«

Er ging auf die Knie und schichtete die Textilbezüge der Mopps und sein Hemd auf einen Haufen. Dann legte er die durchgebrochenen Holzstiele pyramidenartig darüber. »Verdammte Gwynette«, murmelte er, »wenn ich das hier überlebe, werde ich ein Wörtchen mit dir reden. Und dabei ist es mir scheißegal, wie verdammt gut dein Brathähnchen schmeckt.«

Danny berührte sein Hemd mit der Flamme des Zippos. Der Stoff fing schwach an zu glimmen. Er blies ein paar Mal gezielt auf die Stelle, um das Feuer richtig zu entfachen. Innerhalb kürzester Zeit fingen die Textilbezüge an zu brennen.

Er ließ den Deckel des Feuerzeugs zuschnappen und war erleichtert, dass er jetzt so gut sehen konnte. Das Feuer vertrieb die Schatten, auch wenn es eine fette schwarze Rauchschwade durch die Luft trieb. Die dunkle Rauchsäule wand sich zur Decke des Raums und verschwand dann durch das Fenster. Gut. Vielleicht kamen sie also nicht durch Ersticken zu Tode.

»Was ist mit Tageslicht?«, fragte Mel.

»Was?«

»Diese Viecher. Sie haben nicht während des Tages angegriffen. Sie haben gewartet, bis die Sonne unterging. Wenn wir es bis zum Morgen durchstehen, können wir vielleicht entkommen und zurück auf die Hauptstraße gelangen.«

Er dachte kurz darüber nach, schüttelte dann aber den Kopf. »Nein, es ist zwar eine Idee, aber keine gute.«

»Wieso denn nicht?«

»Weil wir mitten in der Wüste sind. Wir haben kein Wasser, vermutlich kein Auto und Nelson fehlt ein ganzer verdammter Körperteil. Wenn er nicht verblutet, wird er dehydrieren, einen Sonnenstich bekommen oder irgend so was.«

»Vielleicht kommt jemand vorbeigefahren und nimmt uns mit.«

»Würdest du uns mitnehmen, wenn du uns die Straße entlangwandern siehst?«

Während sie darüber nachdachte, verdüsterte sich ihr

hübsches Gesicht. Die Schatten des Feuers ließen sie für einen Moment unheimlich aussehen, als sie sich die Frage durch den Kopf gehen ließ.

»Das ist kein Grund, es nicht zu probieren«, antwortete sie schließlich. »Vorher wollten wir es schließlich auch versuchen.«

Danny kickte eine Reihe Werkzeuge zur Seite, die klackernd über den Boden flogen.

»Schau uns doch mal an, verdammt noch mal, Mel. Wir werden sterben! Hast du immer noch das Gefühl, ständig kotzen zu müssen? Ich schon. Ich kann mein eigenes Blut im Mund schmecken. Wir sind verseucht und das Einzige, was uns bleibt, ist Zeit. Keine Hoffnung, keine Gebete. Und Nelson hat noch nicht mal einen funktionierenden Arm, Herrgott.

Also scheiß auf deine Idee – sorry, dass ich es so ausdrücke. Wenn dir sonst nichts einfällt, das ein verdammtes Wunder bewirken kann, dann halt einfach die Klappe, damit ich mir was ausdenken kann.« Er stützte seine Ellbogen auf die Knie und rieb sich mit zusammengekniffenen Augen die Schläfen.

Mels nächste Frage kam leise.

»Warum versuchen wir es dann überhaupt?«

Er öffnete die Augen und sah sie an. »Was?«

»Na ja, wenn alles, was wir haben, Zeit ist – wenn es wirklich hoffnungslos ist –, warum sich überhaupt etwas ausdenken? Warum nicht einfach Däumchen drehen und aufgeben?«

Er dachte darüber nach. Das war ein Argument und er hatte keine schlagfertige Antwort parat.

»Also?«, fragte sie.

»Ich weiß es nicht. Herzlichen Glückwunsch, jetzt hast du mich erwischt.«

Im Raum wurde es still. Danny sah, dass die Kassiererin ihn anfunkelte und wandte sich ab. Er wollte ihr nicht in die Augen sehen. Nicht jetzt, da sie dafür gesorgt hatte, dass er an sich selbst zweifelte. Er ließ die Schultern sinken und grübelte vor sich hin. Vielleicht war er einfach noch nicht bereit zu sterben.

28

Er polterte durch die Gänge der Fabrik. Er musste nicht sehen, was vor ihm in der Dunkelheit lag, denn seine Muskeln verließen sich auf Erinnerungen an die steinernen Tunnel, in denen als Überbleibsel eines ganzen Killerlebens unzählige Knochen verstreut umherlagen. Seine bloßen Füße klatschten und seine Klauen kratzten über den Betonboden. Er war fast da, hatte das Nest beinahe erreicht.

In seinem tierischen Hirn überschlugen sich die Gedanken. Wenn es den Jägern irgendwie gelungen war, zurückzukehren, konnten sie mithelfen, aber er brauchte auch die anderen. Die Jäger allein reichten nicht aus.

Er gab ein Geräusch von sich wie das Schnurren einer Raubkatze, voller Rache und Gerissenheit. Er erreichte den Anfang der letzten Treppe und hastete nach unten. Seine Muskeln passten sich jeder Bewegung an und trugen ihn mit Leichtigkeit um die letzte Ecke. Er beschleunigte, als er den letzten Gang hinunterrannte, und bremste gerade noch rechtzeitig ab, um nicht mit der Stahltür am Ende zusammenzustoßen. Er umfasste mit seiner Klaue den Griff und stieß sie auf.

Er fühlte fast etwas wie Emotionen in sich aufwallen, noch etwas, das er lange vergessen hatte. Er sollte eigentlich mit den anderen Jägern zurückkehren, mit genug Fleisch, um die Bewohner des Nests lange Zeit zu versorgen. Stattdessen war er allein zurückgekommen und das einzige Stück Fleisch, das er hatte ergattern können, befand sich bereits in seinem Magen. Die Knochen hatte er im Gang oben entsorgt. Und die Jäger waren nicht da. Sie waren wirklich tot.

Und dem Rudel blieben nur drei Menschen und ein toter Jäger. Das reichte nicht.

Die Frauen, die noch Augen hatten, sahen ihn verwirrt an. Andere schnüffelten in der Luft und fragten sich, warum sie kein Fleisch rochen. Die Älteren sahen verwirrt aus, aber regten sich nicht. Sie blieben in ihren Ecken, denn sie wussten, dass man sie füttern würde, wenn es Fleisch gab. Die dunkle Ecke des Ältesten verhöhnte ihn, leise und anklagend.

Die Kinder sahen erbärmlich und hungrig aus. Ihre Augen flehten ihn um Nahrung an. Einige von ihnen kuschelten sich zusammen und ihre Rippen rieben gegeneinander.

Eine der Frauen trat vor. Sie war mit nur einem einzigen Auge auf ihrer linken Schläfe geboren worden. Ihr rechter Arm bog sich auf ihren Rücken, gefangen in verwachsenen Schichten von Hautlappen. Sie war einige Zeit, nachdem die Krankheit um sich gegriffen hatte, gekommen, das war offensichtlich.

»Fruh!«, gab sie halb stöhnend, halb spuckend von sich. Mit ihrem intakten Arm deutete sie aufs Feuer, dann auf ihren Mund, ein schief herabhängendes Loch, das aussah, als hätte man es in ihr blasses Gesicht eingeritzt. »Fruh!«

Der Anführer des Rudels knurrte drohend. Sie zog sich in Windeseile zurück und kauerte sich neben das Feuer, während sie jammerte und ihr Gesicht mit ihrer dreifingrigen Hand bedeckte.

Er widmete seine Aufmerksamkeit den Kindern. Im Nest

gab es acht. Es galt, eine Frau, einen Mann und einen Verwundeten niederzustrecken. Dazu wählte er sich vier der Kinder aus und zog sie mit seinen Klauenhänden zu sich. Die restlichen taugten nicht für die Jagd, denn sie waren entweder zu groß oder unfähig zu kämpfen.

Er machte den vier Auserwählten Zeichen, ihm zu folgen. In ihren Gesichtern zeigten sich Aufregung und Hunger. Bösartigkeit. Er wusste, dass sie schon seit ihrer Geburt jagen wollten. Jetzt kam für sie die Gelegenheit. Sie konnten lebendes Fleisch in Stücke reißen, ihre eigene Beute erlegen.

Er brüllte und sein Schrei durchdrang das Nest. Die Kinder taten es ihm nach und heulten selbst aus voller Kehle. Er stürzte aus dem Nest und die Kinder, die jetzt Jäger waren, folgten ihm.

Er führte sie durch das Innere der Fabrik in die oberen Gänge. Dort waren die meisten der Kleinen höchstens einmal ganz kurz gewesen, wenn überhaupt. Sie folgten ihm in kurzem Abstand und jaulten und knurrten wie ein Rudel Kojotenwelpen. Er hörte aufeinanderschlagende Zähne und Gliedmaßen, die über den Stein wetzten.

Er führte sie an der Tür vorbei und sah kurz zurück. Zwei der Kinder widmeten dem eingedellten Metall einen interessierten Blick. Beobachter. Gut. Diese Gabe brauchten sie in Zukunft.

Eines der Kleinen zögerte, als er sie durch die Fabrik hindurch nach draußen brachte. Es hatte diese Gegend nie gesehen, vermutlich noch nicht einmal gewusst, dass es sie gab. Es – eines der drei geschlechtslosen Kinder, die die Frauen in den letzten Jahren zur Welt gebracht hatten – sah erstaunt auf die verrosteten Ruinen aus nutzlosem Metall.

Der Anführer des Rudels knurrte und das Kind beeilte sich, den anderen nachzukommen. Zufrieden damit, dass sein neues Rudel eine Einheit bildete, drehte sich das Alphatier um und signalisierte ihnen, zu schweigen. Sie gehorchten. Er deutete mit dem Kopf auf das Fenster. Ihre Augen sahen zu dem engen Quadrat, in dem ein Loch im Glas sichtbar war. Sie schnupperten mit ihren Nasen in der Luft, witterten das Brennholz und fletschten die Zähne. Ihre Gesichter verzogen sich vor Hunger und Vorfreude.

Er wusste, dass sie zum Fenster klettern würden. Er hatte gesehen, wie sie beim Spielen an Wänden hochgeklettert waren. Sie konnten in Sekundenschnelle hineinklettern und die Menschen angreifen.

Er sah sie an und deutete mit seinem kräftigen Arm. Er tat, als schlitze er die Luft mit seinen Klauen auf und rammte seine Hände dann in den Sand. *Töten.* Er tat so, als würde er mit großer Kraft etwas mit den Zähnen zerreißen, das er dann kaute und schluckte. Dann schüttelte er den Kopf. *Nicht auffressen.* Schließlich deutete er mit einer Klaue auf die Kehle des Kindes, das ihm am nächsten stand. *Wenn ihr es doch tut, werde ich euch töten.*

Langsam nickten die Kinder – die neuen Jäger. Sie verstanden und sie würden gehorchen.

Gut. Er riss seinen Kopf auf dem dicken muskulösen Hals herum und deutete auf das von Glas umrandete Loch. Dann drückte er sich an den Kindern vorbei und betrat die Fabrik erneut. Er würde an der Tür warten, einsatzbereit für den Fall, dass die Menschen versuchten zu fliehen. Die Kinder würden den Rest erledigen.

29

»Wann hast du zum ersten Mal jemanden getötet, Danny?«

Er wandte den Blick von Nelsons Gesicht ab und löste

sich aus seinen Gedanken. Er freute sich fast über die schreckliche Frage, denn es gefiel ihm nicht, seinen Freund leiden zu sehen, und eine Ablenkung war so gut wie die andere, vermutete er.

»Bist du dir sicher, dass du das wissen willst?« Er sah, wie Mel zögerte, doch dann nickte sie.

»Ja, ich denke schon.«

»Warum? Ich meine, falls es dir nichts ausmacht, dass ich das frage. Es gibt sicher bessere Themen für 'nen Small Talk. Zum Beispiel: Mein Sternzeichen ist Fische.«

Sie löste den Gürtel um Nelsons Arm. »Ich habe heute gesehen, wie du Menschen getötet hast. Und ich sah auch, wie Gina und Dale getötet haben, aber ich hab erkannt, warum sie es machen. Ihnen macht es Spaß. Es ist Teil ihres Lebens, wie eine Sucht oder so.

Nicht bei dir. Du hast gesagt, dass du es wirklich hasst, aber trotzdem tust du es. Ich verstehe einfach nicht, wie man Morde begehen kann, als ob es einfach zur Arbeit dazugehört oder so.«

Danny nickte langsam. Er musste zugeben, dass ihre Argumentation Sinn ergab.

»Ich tue es, sobald ich muss. Falls ich sonst wieder im Gefängnis lande, wenn ich es nicht tue.«

»Also warst du schon mal in Haft?«

»Nein. Im Gefängnis. Das ist ein Unterschied. Haft ist Bezirkssache oder 'ne lokale Angelegenheit. Da kommst du in wenigen Tagen rein und wieder raus, vielleicht in einem oder zwei Monaten. Ins Gefängnis stecken sie den wahren Abschaum.

Mein erstes und einziges Mal im Knast war vor etwa neun Jahren, in Burnham, weit im Osten. Ich wurde wegen eines Raubüberfalls eingebuchtet, weil ich versucht hab, einen Spirituosenladen auszurauben wie ein Hirnamputierter. Ich war zu der Zeit sturzbetrunken. Darauf bin ich nicht besonders stolz.

Na ja, aber ich dachte halt, dass es nicht so schlimm sein würde. Ich hielt mich aus allem raus, ließ alle in Ruhe. Eigentlich ganz einfach.

Aber am Ende meines sechsten Jahres ging ein sizilianischer Junge plötzlich im Hof auf mich los. Er trug ein Klappmesser bei sich. Er war neu, versuchte, sich einen Ruf zu verschaffen oder was weiß ich. Es war ein Wunder, dass ich ihn überhaupt kommen sah.«

Vor seinem inneren Auge spulten sich Erinnerungen ab wie ein Film. Er konnte sie nicht aufhalten.

»Ich trug immer eine Zahnbürste bei mir, die ich zu einem Dolch zurechtgeschliffen hatte. Ich riss sie mir aus der Hemdtasche und stieß sie dem Jungen in die Kehle, als er versuchte, mit dem Messer auf mich loszugehen. Ich hab echt nicht mal drüber nachgedacht. Ich wurde angegriffen und hab reagiert. Der Typ fiel wie ein Zementsack zu Boden und ich hab die Waffe einem Wärter zugeschoben, den ich immer bezahlt hab. Ich dachte, ich wäre fein raus.«

Mel sah ihn aufmerksam an. »Warst du aber nicht.«

»In Burnham saß Anton Ribisi ein. Er war ein sehr einflussreicher Boss. Er schmiss den Laden quasi allein. Dem stellte man sich nicht in die Quere, nicht wenn man noch weiterleben wollte. Das Problem war, dass er es sich im Gegensatz zu mir ohne Probleme leisten konnte, die Wärter zu bestechen. Oder manchmal prügelte er die Informationen einfach aus ihnen heraus, so was in der Art.

Na ja, und der Typ, der auf mich losgegangen war, war sein Cousin. Wie ich schon sagte, es war sein erster Tag auf dem Gefängnishof und ich kannte seine Geschichte nicht. Ich dachte, er wäre einfach ein Junge, der versuchte, mich aufzuspießen, und habe mich verteidigt. Das sah Anton anders.«

Mels Augen wurden groß. »Herrgott, Danny. Ein einflussreicher Boss? Die Mafia, oder? Wirklich?«

»Genauso wirklich wie das Hier und Jetzt, ja.«

»Wie hast du es geschafft zu überleben, um Himmels willen?«

Er lächelte schief. »Ich habe mir das Leben erkauft. Ich hatte Glück, denn Ribisi hing nicht allzu sehr an seinem Cousin. Offenbar baute der Junge sowieso die ganze Zeit Scheiße. Anton hatte von mir gehört, wusste, dass ich zu Überfällen zu gebrauchen war. Da kam ihm eine Idee. Er wollte ein gutes Wort beim Bewährungsausschuss für mich einlegen, damit ich früher rauskam. Gute Führung und Überbelegung waren in dem Jahr beliebte Gründe.«

»Wie viel schuldest du ihm?«

Danny verdrehte die Augen. »200.000 pro Jahr. Ich muss es seinen Leuten pünktlich auf die Minute abgeben, sonst machen sie sich auf die Suche nach mir. Das hält mich auf Trab, und da es immer schwieriger wird, muss ich immer größere Risiken eingehen, um es zu schaffen. Die letzten 60.000 für dieses Jahr muss ich Ribisis Mittelsmann bis diesen Freitag übergeben.«

»Das ist in zwei Tagen, Danny.«

»Glaub mir, das weiß ich.«

Mel sah ihm tief in die Augen. »Warum tust du es immer noch?«

»Weil mir mein Leben lieb ist. Du kannst mich einen Feigling nennen, aber für die andere Möglichkeit bin ich einfach noch nicht bereit.«

Er atmete tief aus. »Sorry«, sagte er, »ist nicht die tollste Geschichte, das weiß ich.«

»Schon okay, ich wollte sie schließlich hören.«

»Das dachtest du zumindest.«

Sie sah auf Nelson hinunter und betrachtete ihn lange Zeit.

Als sie schließlich wieder sprach, tat sie es, ohne ihn anzusehen.

»Ich hätte das Gleiche getan.«

»Ja, vielleicht. Du bist ziemlich hart im Nehmen, Mel. Meine Güte, jeder, der nicht zusammenklappt nach all dem, was du heute mitgemacht hast, muss so was von zäh sein. Wenn wir hier rauskommen, kann ich dich vielleicht bei einem Job brauchen.«

Sie lachte kurz auf. »Meinst du echt?«

»Warum denn nicht?«

Sie zuckte die Achseln. »Es gibt einige Gründe …«

»Sicher? Hast du wirklich in El Paso dieses großartige Leben, zu dem du unbedingt zurück willst? Einen Mann? Kinder? Eine großartige, geheime Karriere, bei der du nicht von 9 bis 5 den Diener für andere spielst?«

»Ich …«

»Dacht ich's mir doch.« Er lächelte sie an. Zwar war es kein strahlendes Lächeln, doch er bemühte sich, so wissend auszusehen, wie er nur konnte. »Siehst du? Was hält dich denn zurück?«

Sie sah ihn lange an, bevor sie sprach.

»Ich will mir nicht überlegen müssen, wie sehr ich an meinem Leben hänge. Ich will nicht darüber entscheiden müssen, ob ich jemanden töte oder nicht.«

Sein Lächeln wurde breiter. »Wirklich? Diese Entscheidung musst du vielleicht noch treffen, bevor die Sonne aufgeht.«

»Das sind keine Menschen.«

»Ist das wichtig?«

Fast hätte sie ihm gesagt, dass es egal war, aber dann hielt sie sich zurück. Sie schüttelte den Kopf – nicht weil sie ihm widersprechen wollte, sondern einfach, weil sie es nicht wusste, denn er hatte sie bei etwas erwischt, das fast schon eine Lüge war.

»Du musst nicht darauf antworten«, sagte er.

Ihre Antwort war ein Schrei.

Danny fuhr zusammen und versuchte herauszufinden, was zum Teufel los war. Eine Sekunde später hörte er das Zischen oben hinter sich. Er drehte sich in die Richtung um und sah das kinderartige Wesen, das im zerbrochenen Fenster hing und durch die schwarze Rauchwolke zu ihnen herunter glotzte.

Es war blass und dünn. Seine mit Beulen übersäte Haut lag straff über Knochen, die wie alte Stöcke hervortraten. Sein Kopf und Rumpf ragten durch das zerbrochene Fenster und mit seinem zu einer Fratze verzogenen blassen Gesicht, das teilweise von Rauch und Schatten verdeckt war, knurrte es sie wütend an. Seine Augen waren nur weiße Schlitze auf grauem Grund. Seine Zähne sahen jedoch so scharf aus, als könnten sie eine Kuh in Stücke reißen. Auf ihnen spiegelte sich das Licht trotz des Halbdunkels.

Danny fluchte, aber er stand so sehr unter Schock, dass er nicht einmal wusste, was genau er von sich gab. Die Welt schien sich langsamer zu drehen und seltsam lautlos zu werden, als er das Ding, das wie die Horrorversion eines Kindes aussah, durch das Fenster klettern und auf den Boden springen sah. Es landete auf dem Haufen der verstreut daliegenden Werkzeuge und Gegenstände. Dabei entstand ein Geräusch, das klang, als würden Blätter im Wind wehen.

Sekunden später griff es an und die Welt bewegte sich wieder in der gewohnten Geschwindigkeit. Das Ding sah zu Danny hoch und fletschte die Zähne, bevor es auf ihn zu sprang. Er konnte erkennen, dass es männlich war, denn ein schlaffer Penis hing ihm zwischen den nackten Beinen. Es öffnete beim Angriff erwartungsvoll das Maul, bereit, die Zähne in weiches Fleisch zu schlagen. Danny schlug mit aller Kraft mit der Faust nach dem Ding. Der Hieb klang wie ein Feuerwerkskörper, als er traf. Das Monster drehte sich wie ein Kreisel, bevor es zu Boden ging.

Ein weiteres ließ sich in dem Moment von oben herab fallen, als das andere zusammenbrach. Dieses sah durch die Rundung der Hüfte weiblich aus. Deswegen war es aber trotzdem nicht weniger gefährlich. Unmittelbar nachdem es auf seinen Knien gelandet war, stürzte es sich auf Mel.

Mel schrie vor Angst und schlug nach dem Ding. Vor lauter Verzweiflung ließ sie Nelsons Druckverband los. Danny konnte ihr das nicht verübeln. Das dürre, entfernt weiblich aussehende Ding warf sich auf sie wie ein angriffslustiger Hund.

Danny sah nur noch ein Knäuel aus Armen und Beinen und hörte Schreie, Geknurre und das erwartungsvolle Klackern scharfer Zähne. Er musste ihr helfen. Mel würde sterben, wenn er tatenlos zusah.

Er trat zwei Schritte auf das Gewirr aus kämpfenden Gliedern zu. In dem Moment ging der Junge auf ihn los wie ein Berserker. Danny stürzte auf den Betonboden und Schmerzen schossen seinen Arm hinauf. Momente später versenkte sich eine Reihe scharfer Zähne in seine rechte Schulter und der Schmerz breitete sich aus wie eine Bombe. Fast wurde ihm schwarz vor Augen. Er schrie gequält auf, als das schreckliche Kind begann, den Kopf vor- und zurückzubewegen, um seinen Arm abzureißen.

Danny rollte sich auf den Rücken und ballte seine linke Hand zur Faust. Mit voller Wucht hämmerte er diesen Knüppel aus Knochen und Haut gegen den Schädel des Dings, aber es schien keine Wirkung zu haben. Das kleine Biest versuchte weiterhin, ihn auseinanderzunehmen.

Dannys Gebrüll wurde zu einem Schmerzensschrei. Mit der linken Hand griff er dem Monster an die Kehle. Seine rechte Hand ballte er zur Faust und rammte sie in die

Leistengegend des Dings. Sofort öffnete es den Mund und erfüllte den winzigen Raum mit einem gequälten Kreischen.

Danny ergriff das Wesen mit beiden Händen und schleuderte es gegen die Wand. Es krachte gegen die Metallschränke und fiel zu Boden. Flüchtig registrierte Danny, dass sich weitere Kreaturen durchs Fenster fallen ließen, aber das Wesen vor ihm richtete sich auf, schüttelte den Kopf vor und zurück und war dabei, sich zu sammeln. Danny kam wieder auf die Füße, als das Ding sich auf den Boden hockte und zischte.

»Komm schon, du kleines Mistvieh«, flüsterte er. »Komm. Dir werd ich's zeigen.«

Das kleine Monster machte sich zum Angriff bereit und schrie wie eine extrem schlecht gelaunte Furie. Die Geschwindigkeit, mit der es sich bewegte, war angsteinflößend und der Kampfschrei, der aus seiner Kehle drang, konnte einen in den Wahnsinn treiben.

Danny trat mit aller Kraft zu. Sein Fuß krachte auf das Kinn des Kindes wie ein Vorschlaghammer. Die kleine Kreatur schien in der Luft zu stehen und sich in einem unmöglichen Winkel nach hinten zu verbiegen. Ihr Hals knackte wie eine Schrotpatrone. Das Monster schrie nicht auf, wand sich nicht vor Schmerzen. Es fiel einfach aus der Luft nach unten und regte sich nicht mehr, ein unbeweglicher Haufen, so leblos wie eine Puppe. Das Wesen lag still da wie ein Klumpen Hackfleisch.

Er wollte das scheußliche Kind einen Moment im Auge behalten, um sicherzugehen, dass es auch liegen blieb. Aber stattdessen wandte er seine Aufmerksamkeit Mel zu. Sie kämpfte immer noch mit dem Mädchen, das sie angegriffen hatte, aber jetzt war offensichtlich, wer die Oberhand gewann. Die Kassiererin hatte das bösartige Etwas an der Gurgel gepackt und schlug es immer wieder mit dem

Schädel auf den Boden. Sie ließ sich nicht einmal davon aus dem Konzept bringen, dass das Ding mit seinen Klauen die Haut von ihren Armen riss und das Blut in Sturzbächen ihre Hände herunterlief. Sie schrie und heulte nicht vor Schmerzen, sondern nur vor wahnsinniger Wut.

Der Schädel der Kreatur krachte immer wieder auf den Boden und machte dabei ein Geräusch wie rohes Fleisch auf einem heißen Stein. Nach drei Schlägen hörte Danny etwas bersten und sah einen Blutfleck auf dem Betonboden. Noch ein paar Stöße und das Ding hing schlaff und reglos in Mels Armen. Die Kassiererin knurrte, als sie das Monsterkind beiseite warf.

Dannys und Mels Blicke kreuzten sich. Beide waren erstaunt darüber, dass der andere noch lebte. Danny war fast schon stolz auf die Frau. Sie hatte getan, was er sich erhofft hatte, und noch mehr. Er hatte gewusst, dass unter der Oberfläche eine knallharte Person steckte, aber bis jetzt hatte er es nie so deutlich gesehen, bis zu diesem Moment, als sie dem Tod gegenüberstand und mit bloßen Händen und reiner Willenskraft ums Überleben kämpfte.

Er wollte ihr gerade zulächeln, als er die anderen hörte.

Fauchen und Knurren. Das Knirschen von Zähnen. Das schmatzende Geräusch von Haut und Muskeln, die zerrissen wurden. Sein Magen verkrampfte sich und er hatte das Gefühl, in ein bodenloses, schwarzes Loch zu fallen. Er musste nicht hinschauen. Er wusste, Nelson war tot.

Ein kurzer Blick genügte ihm zu erkennen, dass wirklich noch etwas durchs Fenster hineingekommen war. Zwei weitere Monster, von denen jedes so klein und kindhaft war wie die beiden anderen. Sie hatten sich direkt auf Nelsons daliegenden schutzlosen Körper gestürzt. Jetzt hielten sie sich mit dünnen, kräftigen Gliedmaßen an ihm fest. Ihre Klauen und Zähne arbeiteten wie Maschinen und zerrissen den Mann. Noch während Danny zusah, biss ein Monster, von dem er glaubte, dass es weiblich war, Nelson die Kehle durch. Blut spritzte an dem blassen, haarlosen Kopf vorbei. Das monströse Mädchen beugte sich zurück, die Haut dehnte sich und riss ab. Einen halben Meter weiter zerrte eine seltsame, geschlechtslose Kreatur einen dicken Strang Darm aus Nelsons Eingeweiden und biss hinein.

Danny fiel die Kinnlade hinunter. Er krächzte wie unter Schock und fluchte in sich hinein. Sie zerlegten seinen besten Freund, rissen ihn mit Zähnen und Klauen in Stücke. Der Anblick lähmte ihn für Sekunden, die sich wie Tage anfühlten. Er konnte nur dastehen und zusehen, wie sie in Zeitlupe an Nelsons Fleisch zerrten und rissen. Die Szene war erschreckend intensiv und entsetzlich. Der Schock überwältigte ihn und sein Körper wurde zu einem Eisblock. Während er weiter zusah – staunend wegen der Blutflecke, die nach und nach Nelsons Gesicht verschmierten –, wurde der Schock zu Schrecken und der Schrecken zu Wut. Er sah Rot.

Mit einem Schritt war er an der Seite seines Freundes. Er trat zu und traf das Mädchen in den Rippen. Er hörte ein zufriedenstellendes Knacken, als der dünne Körper von Nelsons Leiche flog. Das Ding jaulte vor Schmerzen, bevor es auf dem Betonboden aufschlug.

Das andere Kind sah zu ihm auf und zischte. Heißer Speichel spritzte von seinen Zähnen. Angriffsbereit streckte es sein Bein aus, doch Mel erstickte den Versuch zur Attacke im Keim. Sie ergriff das geschlechtslose Kind mit beiden blutenden Armen und riss es von Nelsons Körper. Das Ding wand sich in ihrem Griff, aber sie ließ nicht locker. Ihr Gesicht wurde zu dem einer Killerin, mit dem hässlichen Ausdruck von Hass und Mordlust. Ihre schrillen Schreie glichen denen des Monsters, als die beiden sich ineinander verkeilten und sich bekämpften, wobei jeder versuchte, die Oberhand zu gewinnen.

Danny riss seinen Blick von dem Geschehen los und konzentrierte sich wieder auf das andere Kind. Es kam wieder auf die Füße und presste sich dabei eine Hand auf die dünnen Rippen. Sein deformiertes, wulstiges Gesicht verzog sich zu einer schmerz- und hasserfüllten Fratze. Es fixierte ihn mit den Augen. Das Licht des Feuers versteckte die Bösartigkeit in seinem Blick so wenig wie Wasser, das über Glas fließt.

Das Feuer. Die Idee kam mit solcher Vehemenz, dass sie Danny beinahe umgehauen hätte. Er machte drei Schritte zurück und stand neben der schwachen Glut. Das Kind verfolgte ihn mit gefletschten Zähnen. Er hatte eine Sekunde, vielleicht zwei, bevor die kleine Kreatur angreifen würde.

Er bückte sich und griff nach dem unversehrten Ende des brennenden Besenstiels. Er schwang es in Richtung des Mädchens, hielt die Fackel wie ein flammendes Schwert. Das Kind quiekte vor Angst, huschte nervös hin und her und versuchte, seine Augen abzuschirmen.

»Was ist los? Gefällt das dir nicht? Du kleines Stück Scheiße!«

Es kauerte in der Ecke. Seine Schreie drangen ihm ans Ohr. Es war ihm egal. Dieses Ding hatte Nelson getötet, hatte ihm die Kehle herausgerissen. So jemanden würde er nicht ungestraft entkommen lassen.

»Hast du jetzt Angst vor mir? Glaubst du, dass mich das auch nur einen Scheiß interessiert?«

Das kleine Ungeheuer starrte ihn an und kreischte vor Wut und Angst. In dem Moment stach Danny mit dem flammenden Pflock mit aller Kraft zu. Das brennende Ende drang in das offene Maul des Monsters ein und auf der anderen Seite wieder aus. Das Kreischen des Kindes erreichte unglaubliche Höhen, dann sackte die Kreatur in sich zusammen, während die Fackel immer noch aus ihrem Rachen herausragte.

Danny sah nach Mel. Erst jetzt fiel ihm auf, dass es im Raum still geworden war, bis auf das Knistern des langsam sterbenden Feuers. Er hätte die Kassiererin kaum als die Frau identifiziert, die er noch Minuten zuvor kannte. Sie sah selbst wie ein Monster aus. Blut bedeckte ihre Arme. Ihre Hände waren zu Klauen verkrampft. Blut tropfte von ihren Fingerspitzen auf den Betonboden. Ihr Gesicht verzerrte sich zu einer Fratze aus Trauer und Zorn.

Das seltsam geschlechtslose Ding lag vor ihren Füßen. Sein Hals war in einem unnatürlichen Winkel verdreht.

»Mel?«, flüsterte er.

Ihr Schrei erfüllte die Luft wie die Explosion einer Atombombe. Danny hatte noch nie so viel Leid, Hass und Angst in nur einem einzigen Schrei gehört. Gleichzeitig wusste er, dass es möglich war. Ihm ging es genauso.

Er sah auf die Leiche seines besten Freundes auf dem Boden. Die Monster – egal ob sie nun Kinder waren oder nicht – hatten ihn zerfleischt. Sein Hals bestand nur noch aus nassen Überresten von Blut und zerfetzter Haut. Sein Bauch war eine leere Höhle. Die Eingeweide lagen in achtlos herausgezerrten Schlingen kreuz und quer auf dem Boden. Und seine Augen. Nelsons Augen, die Augen eines Freundes, starrten von Grauen gezeichnet an die Decke. Sie konnten nichts mehr sehen. Sie hatten keine Aufgabe mehr, außer als Zeichen dafür, wie er gestorben war.

Danny schrie ebenfalls. Er reckte sein Gesicht in Richtung Decke und stieß ein schreckliches Gebrüll aus, dessen Gewalt der von Mels Schrei gleichkam. Gemeinsam überfluteten sie den Raum mit ihrem rasenden Zorn.

30

Er wartete vor der Tür. Die Muskeln hatte er angespannt. Er war einsatzbereit. Als der Kampf begann, hörte er die verheißungsvollen Geräusche seiner Schützlinge, die sich auf die Menschen stürzten und mit aller Kraft angriffen. Sein Gehör nahm das Geräusch von Knirschen und Zerren, Reißen und Beißen wahr. Das schreckliche Halblächeln zeigte sich wieder auf seinem Gesicht. Jetzt mussten die neuen Jäger jeden Moment eine Möglichkeit finden, die Tür zu öffnen, damit er eintreten und seinen Anspruch auf die niedergestreckten Menschen erheben konnte.

Doch plötzlich lief etwas falsch. Die Schreie der Kinder klangen nicht länger entschlossen und rachgierig, sondern eher verängstigt und schmerzerfüllt. Nach und nach wurden die Geräusche des Tötens zu Geräuschen heftiger Gegenwehr und wandelten sich dann wieder in Laute des Sterbens. Nach und nach verstummten die Kinder.

Nein!

Die wütende und herausfordernde Stimme eines Mannes war durch die dicke Metalltür wie ein Flüstern hörbar. Es erscholl ein spitzer, erschrockener Schmerzensschrei, dann war es ganz still im Raum.

Er starrte auf die Tür, den metallenen Durchgang, der ihn daran gehindert hatte, die Menschen dahinter zu töten. Sie hatte ihn davon abgehalten, den Kindern – den neuen Jägern – zu Hilfe zu eilen. Wäre da nicht das verbeulte Metall, hätte er die Menschen selbst erledigen können. Er hätte die Kinder nicht gebraucht.

Jetzt waren sie tot. Und es war seine Schuld. Und er hatte sich geirrt. Er war so sicher gewesen, dass sie ohne Probleme mit den Menschen fertig werden konnten. Schließlich hatten die Menschen keine Waffen und einer von ihnen war schwer verletzt. Er hatte sich getäuscht. Den Menschen war es gelungen, die Kinder zu besiegen – trotz ihrer Verletzungen und obwohl sie in der Unterzahl waren.

Die Hälfte der Kinder des Rudels war tot. Er wusste, dass es seine Schuld war, auch wenn das Rudel zu viel Respekt vor ihm hatte, um ihm die Schuld zu geben. Vielleicht hätte er allein mit den Menschen fertig werden können, wenn er gewartet und sich versteckt hätte, bis die Menschen das Zimmer verlassen mussten.

Er schäumte vor Wut und Hass. Er wollte diese Menschen tot sehen, vorher würde er keine Ruhe finden. Sie hatten Schlimmeres getan als zu fliehen. Sie hatten ihn dazu gebracht, an sich zu zweifeln. Er würde dafür sorgen, dass ihre Körper zerfetzt wurden, noch bevor die Nacht zu Ende ging.

Er atmete tief durch, ließ Sauerstoff in seine Lungen strömen und brüllte so laut er konnte. Das Geräusch hallte den Gang hinauf und hinunter und wurde von der eingedellten Tür zurückgeworfen. Er bäumte sich auf und hämmerte mit beiden Fäusten gegen das Metall, sodass es in seiner Halterung vibrierte. Er hörte auf zu brüllen, stand gebeugt da und fixierte die Tür mit zusammengekniffenen Augen. Vielleicht konnte er sie zerstören, wenn er nur lange genug darauf einschlug. Aber das würde er nicht tun. Die Menschen da drinnen waren im Vorteil. Sie wussten, dass er kommen würde, und würden vorbereitet sein. Sie hatten den Sieg geschmeckt. Beim nächsten Mal hätten sie nicht mehr so viel Angst.

Aber es gab noch andere Möglichkeiten. Er konnte im Schatten warten und dabei die Tür im Auge behalten. Irgendwann mussten sie herauskommen, sonst würden sie verhungern. Er konnte warten. Sie würden ihm nicht noch einmal entwischen, sondern sie würden sterben. Schmerzhaft. Grausam. Dafür würde er sorgen und das Rudel rächen.

Der Gedanke an Rache wurde fast übermächtig. Er verbarg sich tiefer im Schatten.

31

Danny kniete neben Nelson. Er sah auf das leblose Gesicht seines Freundes und versuchte das Blut darauf auszublenden. In seinem Gehirn liefen Erinnerungen ab wie verblichene Filmaufnahmen und Nelsons Gesicht erschien in jeder von ihnen. Er war loyal, zuverlässig und freundlich gewesen, obwohl er ein Leben lebte, das normalerweise solche Eigenschaften zerstörte. Aber so war Nelson nun einmal gewesen.

Und jetzt war er tot. Seine Augen starrten ins Nichts. Schmerzen und Angst zeichneten sich in seinem Gesicht ab wie in einem Albtraumszenario.

Danny ergriff die Hand seines Freundes. Er hörte Mel, die nur einige Meter weit weg war. Sie versuchte, gegen die Tränen anzukämpfen, schniefte und schluchzte. Sie hatte Nelson zwar weniger als einen Tag gekannt, doch sie hatte sich von ihm angezogen gefühlt. Er vermutete, dass da sogar noch mehr gewesen war. Sicher ließ sich ihr Verhalten teilweise durch das Stockholmsyndrom erklären, aber Danny kannte die Wahrheit. Nelson war eben einfach gut, unwiderstehlich und liebenswert gewesen.

»Es tut mir leid!«, flüsterte er, auch wenn ihn Mel vielleicht hören konnte, aber das war ihm egal. Er fühlte sich innerlich wie tot und es war ihm scheißegal, ob die Frau seine Worte hörte oder nicht. Sie konnte später selbst auf die gleiche Weise Abschied nehmen, wenn sie wollte.

»Ich weiß, dass keiner von uns zu viel mehr taugte. Es war

uns ja eigentlich immer klar, dass wir ein böses Ende nehmen würden, wenn unsere Zeit kommt. Aber das hast du nicht verdient. Keiner von uns, aber du ganz besonders nicht. Gina und Dale, die Flucht nach New Mexico, all das. Nur ich. Nur ich ganz allein bin schuld.

Ich möchte, dass du etwas weißt: Ich werde nicht hier sitzen und hoffen, dass du mir verzeihst oder so eine Scheiße. Das verdiene ich nicht und ich will es auch nicht. Wo immer du bist, den Gedanken kannst du gleich streichen. Ich weiß, dass ich Scheiße gebaut habe, und ich werde die Konsequenzen daraus ziehen.« Er drückte Nelsons Hand fester. Sie wurde schon kalt.

»Und ich möchte dir danken. Du hättest nicht so lange zu mir halten müssen. Ich weiß, dass es manchmal die Hölle gewesen sein muss. Aber es war toll von dir. Ich werde es nicht vergessen und ich werde dir deshalb ewig etwas schuldig bleiben.«

Er beugte sich näher zu seinem Freund und brachte seine Lippen ganz nah an dessen Ohr. Wieder war es ihm egal, ob Mel ihn hörte oder nicht. Er hatte nur das Gefühl, dass die Worte, die er zu sagen hatte, geflüstert werden sollten.

»Deshalb möchte ich dir was versprechen, mein Freund. Was auch immer diese verdammten Dinger sind, ich werde so viele töten, wie ich kann. Das schwöre ich. Das schulde ich dir.«

Danny streckte seine Hand aus und schloss Nelsons Augen. Dann zwang er sich auf die Füße und begann, die Schränke zu öffnen. Er brauchte Waffen.

Mel konnte nur vor sich hinstarren. Sie versuchte, ihre Gedanken zu ordnen, aber ihr Gehirn war damit eindeutig überfordert. Zu viel ging ihr durch den Kopf und das Sortieren würde eine Ewigkeit dauern und so viel Zeit hatte sie einfach nicht. Sie warf einen Blick auf das Quartett der toten Kinder, mit denen sie sich nun das Zimmer teilten, aber sie konnte es nicht ertragen, länger hinzuschauen. Sie waren zu schrecklich, zu *falsch*.

Stattdessen sah sie auf Nelsons blutiges Gesicht und dachte an gar nichts. Gar nichts fühlte sich sicher, erträglich an. Nichts versuchte nicht, sich durch Fenster fallen zu lassen oder Türen einzuschlagen. Nichts biss keine Hände ab oder riss Kehlen oder Därme heraus. Ja, nichts war sicher.

Sie lächelte fast, als ihr die doppelte Bedeutung ihrer Worte bewusst wurde, und die Wahrheit, die darin lag, *Nichts* war mehr sicher. Der Tod lauerte überall und sie konnte nichts dagegen tun. Er wartete in der Wüste und auf der anderen Seite der verbarrikadierten Tür. Er sah aus wie Soldaten, die wie Monster aussahen. Er sah aus wie Monster, die in der Größe von Riesen und von Kindern daherkamen. Was konnte sie bloß tun? Warten, bis sie verhungerte? Versuchen zu entkommen, nur um dann in Stücke gerissen zu werden? Die Antwort war einfach: Nichts.

Wieder dieses Wort. Es bestimmte jetzt ihr Leben.

Danny sagte etwas zu Nelson. Sie blendete ihn aus, weigerte sich zuzuhören. Schließlich waren sie Freunde gewesen. Sie wollte ihm so etwas wie Privatsphäre lassen. Das wollte er bestimmt, also warum sollte sie es ihm nicht gönnen?

Sie konnte die Gefühle, die Nelsons Tod in ihr auslöste, nicht deuten. Vielleicht hatte er das, was er über ihr gemeinsames Durchbrennen gesagt hatte, ernst gemeint. Vielleicht war sein Kuss echt. Der Gedanke gefiel ihr. Und doch war der Mann ein Krimineller. Lügen zu erzählen musste ihm im Blut gelegen haben.

Aber er war nett zu ihr gewesen.

Sie verdrängte die Gedanken. Zu viele, zu schnell. Falls Gott sie auf wundersame Weise errettete, konnte sie eine halbe Ewigkeit über ihre Gefühle für den Mann nachdenken. Jetzt war dafür keine Zeit. Und hier war nicht der richtige Ort.

Danny sprach direkt ins Ohr des Toten. Als er fertig war, schloss er Nelsons Augen, bevor er aufstand. Der Schmerz stand ihm ganz deutlich ins Gesicht geschrieben, aber da war noch etwas. Er verdrängte die Schmerzen, schottete sich ihnen gegenüber ab und sperrte sie weg wie ein altes Andenken. Noch während sie zusah, wurde Dannys Trauer durch Wut ersetzt und Entschlossenheit verdrängte die Traurigkeit.

»Was tust du da?«, erkundigte sie sich. Ihre einfache Frage zerstörte ihren Schutzwall, den sie um sich herum aufgebaut hatte. Die Realität holte sie mit einem Schlag wieder ein. Die tiefen Kratzer auf ihren Armen brannten wie Feuer und das Blut auf ihrer Haut fühlte sich heiß und zäh an. Sie wollte es sich abwaschen, aber sie wusste, das war nicht möglich. Selbst wenn sie es konnte, würde es die Übelkeit oder die schrecklichen Schmerzen, die sie in ihren Muskeln und Knochen spürte, nicht ausschalten.

Danny antwortete nicht gleich. Er ging auf einen der Metallschränke zu und hielt dann kurz inne, um einiges von dem Müll aus dem Weg zu treten. Dann öffnete er den Vorratsschrank und sah hinein. Er schien etwas zu suchen, aber sie wusste nicht was.

»Danny?«

»Ich werde sie töten.«

»Was?«

»Du hast mich schon verstanden.« Er zog eine Handvoll Gegenstände aus dem Schrank, die krachend auf den Boden fielen. Sie zuckte bei dem Lärm zusammen, aber sie ließ Danny nicht aus den Augen.

»Das kannst du nicht.«

»Warum nicht?«

»Weil das Ding riesig ist. Es hat Nelson einfach so die Hand abgebissen. Stell dir vor, was es mit dir anstellen wird, wenn du versuchst zu kämpfen.«

»Ich werde es nicht bekämpfen. Ich werde es töten. Hast du mir nicht zugehört?«

Sie wollte die Sache rational betrachten. Danny litt und das war seine Art, mit den Schmerzen umzugehen. Aber sie hatte sein Gesicht gesehen und wusste, dass er alles genauso meinte, wie er es sagte.

»Hast du einen Plan?«

»Brauche ich nicht.«

»Doch, Danny. Sei kein Idiot.«

Er wirbelte zu ihr herum. Sein Gesicht verzog sich zu einer wütenden Fratze. »Was zum Teufel willst du, dass ich tue, Mel? Diese Untiere haben meinen besten Freund getötet. Fuck, sie haben meinen *einzigen* Freund getötet! Was soll ich tun? Willst du, dass ich einfach abwarte und schaue, wie lange dieses miese Schweinevieh braucht, um hier reinzukommen und sich auf uns zu stürzen? Willst du, dass ich vor ihm wegrenne? Nein, danke.

Wir kommen hier nicht raus. Wir haben keine Chance. Das ist mir schon bewusst, damit habe ich mich in gewisser Weise abgefunden. Aber wenn du auch nur für eine verdammte Sekunde denkst, dass ich nicht versuche, ein paar von den Monstern mit in den Tod zu reißen, dann bist du dümmer als ich dachte.«

Sie sah ihn lange an, wartete ab, ob er noch etwas sagen wollte, aber er schwieg. Sein Gesicht sprach Bände und sie wusste, dass sie ihm diesen Todeswunsch nicht ausreden konnte. Tief drinnen, wollte sie es auch gar nicht. Sie befand sich im selben Höllenloch wie er und sie wusste, wie ihre Chancen zu überleben standen.

»Du hast recht!«, sagte sie. »Ich bin dabei.«

»Gut zu hören. Willkommen im Club.«

»Aber wir brauchen einen Plan, denn ohne brauchen wir die Tür nur halb aufzumachen und schon wird uns das Ding das Gesicht zerfetzen. Ich weiß nicht, wie es mit dir steht, aber das ist nicht meine Vorstellung von perfekter Rache.«

Er nickte. »Hast du eine Idee?«

»Noch nicht. Aber das hat noch etwas Zeit. Wir müssen uns nur sicher sein über das, was wir definitiv wissen und das, was wir nur vermuten.«

»Stimmt.«

»Gut. Also sollten wir uns vielleicht hinsetzen und kurz darüber reden, bevor das Feuer ausgeht.«

Er nickte wieder. Sein Gesicht blieb wie versteinert, aber seine Augen verrieten, dass er angestrengt nachdachte. Er ließ von dem Schrank ab und setzte sich neben Nelson, direkt ihr gegenüber.

»Und«, fragte er, »was wissen wir denn sicher?«

Sie saßen da und sprachen leise miteinander, dachten über ihre Optionen nach, auch während sie auf die Geräusche näher kommender Kreaturen horchten. Die Schatten und das Licht des Feuers tanzten auf ihren Gesichtern, aber sie merkten es nicht.

Auch das kleine, rot blinkende Licht in der oberen Ecke des Raums bemerkten sie nicht – oder die Kamera daneben.

Er lauerte im Schatten. Seine Muskeln spannten sich einsatzbereit unter der dicken Haut. Seine Lungen füllten sich mit der heißen, abgestandenen Luft und leerten sich dann wieder. In seinem primitiven Hirn stellte er sich vor, die Menschen zu zerreißen, ihr Fleisch und Blut zu schmecken.

Er presste seine Zähne aufeinander, als die Bilder sich in seine Augen brannten.

Er hörte Stimmen – die zwei Menschen, die schnell, aber leise sprachen, doch nun immer lauter wurden. Er beugte sich vor, versuchte die Worte zu verstehen, aber es gelang ihm nicht. Plötzlich begann der Mann zu schreien. Die Wut in seiner Stimme war unbändig und deutlich spürbar. Seine Stimme klang wie das dunkle Feuer in Herz und Geist des Rudel-Anführers.

Sie würden kommen. Er wusste es. Er hatte sie zum Handeln gezwungen, sie wütend gemacht.

Er verzog den Mund und etwas, das fast als ein Kichern durchgehen konnte, entschlüpfte seiner Kehle.

32

»Bereit?«

»Warte. Eine Sekunde noch.« Mel schloss die Augen und atmete tief durch. Sie hatte die ganze letzte Stunde versucht, ihrer Nerven Herr zu werden, ein Gleichgewicht zwischen Angst und Entschlossenheit zu finden, aber jetzt, da sie die Tür gleich öffnen wollten, fragte sie sich, ob sie bereit war, das zu tun, was getan werden musste.

Sie dachte an das Gemetzel in der Bank, die überstürzte Flucht danach und das Blut, das aus Dales Bauch gesickert war. Sie fühlte, wie Nelsons Hand sich um ihre schloss, und konnte sich genau erinnern an den verrückten, irrealen Moment, als die Psychopathin Gina sie alle als Geiseln genommen hatte. Sie sah die so unmenschlich aussehenden Soldaten. Sie spürte Nelsons Kuss und hörte sein Angebot, ihn zu begleiten, fühlte, wie sie sich nach ihm sehnte. Dann sah sie die Monster und hörte ihr Gebrüll und ihre Schreie, als sie angriffen. Die Ereignisse der letzten zwei Stunden gingen ihr durch den Kopf – in einem verrückten, erschreckenden Ansturm. Sie erinnerte sich daran, wie sie den Kopf des Kinder-Monsters gegen den Betonboden geschlagen und den Hals des anderen so lange gedreht hatte, bis es krachte und das schreckliche Ding aufgehört hatte, sich zu regen.

Als sie die Augen öffnete, sah sie wieder auf Nelsons Leiche. Nelson, der so nett zu ihr gewesen war, der sie vor Gina beschützt und ihre Hand gehalten hatte, als sie Trost brauchte. Nelson, der das Monster, das sich von oben auf Danny heruntergestürzt hatte, von ihm weggezogen und gegen es gekämpft hatte, bis Danny es erledigen konnte. Nelson, der gewartet hatte, bis die, an denen ihm etwas lag, sicher im Lagerraum waren, bevor er versuchte selbst hineinzugelangen, und deshalb eine Hand verlor. Sie hätte ihn besser beschützen, ihn am Leben halten sollen. Sie fühlte sich fast so, als hätte sie ihn im Stich gelassen.

Sie wusste nicht, ob sie Danny traute, aber sie konnte es für Nelson tun. Sie konnte sich den Monstern entgegenstellen, für sich selbst, und sie konnte es tun, um zumindest ansatzweise Rache zu üben für den Mann, der ihr Freundlichkeit gezeigt hatte, obwohl er es nicht musste.

»Ich bin bereit.«

»Okay.« Danny beugte sich vor und ließ die Flamme des Zippos aufflackern. Er berührte damit den in Öl getränkten unteren Teil des Mopps, den sie in der Hand hielt. Er fing sofort Feuer und erfüllte den Raum mit einer neuen Art von Helligkeit unterhalb der schwarzen Rauchschwaden.

Er steckte das Feuerzeug wieder ein und griff nach dem leeren Schrank, der die Tür versperrte. Er hatte aus den Besenstielen Waffen geschnitzt. Sein Speer lehnte an der Wand. In seinen Gürtellaschen hatte er zwei Spieße verstaut. Langsam brachte er den Metallschrank zurück in seine ursprüngliche Position. Mel zuckte bei jedem Quietschen zusammen, aber es blieb ihnen keine andere Wahl. Sie hatten darüber gesprochen. Einer von ihnen musste bereit sein anzugreifen, falls die Monster durch die Tür stürmten. Schon jetzt hielt sie ihren Speer mit festem Griff, bereit ihn im ersten Körper zu versenken, der durch die Tür kommen mochte.

Aber es kam niemand. Es hämmerte auch niemand gegen die eingedellte Metalltür. Die Tür hatte in der letzten Stunde niemand mehr malträtiert. Sie hatte mit Danny alle Eventualitäten durchgesprochen und sie waren sich einig, dass die Monster nicht einfach verschwunden waren. Vielleicht versteckten sie sich oder gruppierten sich neu. Aber in jedem Fall waren sie noch da draußen. Das bedeutete, dass sie noch vorsichtiger sein mussten.

»Sollen wir warten?«, fragte sie. Sie ließ die verbeulte Tür dabei nicht aus den Augen.

»Ich weiß es nicht. Vielleicht eine Minute, aber länger nicht. Ich will nicht die Nerven verlieren.«

»Das könnte passieren?«

»Nein.«

Sie ignorierte Danny, der seinen Speer ergriff und ihn mit der rechten Hand anhob. Er fuhr wegen seiner verwundeten Schulter zusammen, aber es sah okay aus. Wenn er bereit war, die Fackel zu nehmen, würde er es ihr sagen. Vorher würde sie ihn nicht damit behelligen.

Die Zeit lief. Sie wartete jede einzelne Sekunde ab, konzentrierte sich auf die Tür und ihren Atem. Luft drang in ihre Lungen und trat in langsamen, stetigen Zügen wieder aus. Das Atmen allein jagte ihr schon Schmerzen durch den Körper. Jeder ihrer Muskeln fühlte sich an wie ein Bogen, der überspannt und gleich abgeschossen wurde.

»Okay«, sagte Danny endlich. »Gib mir die Fackel.«

Mel reichte sie ihm wortlos. Ihren Speer hielt sie immer

noch fest in der rechten Hand. Ihre Spieße hatte sie in ihrem Hosenbund verstaut, wo sie leicht erreichbar waren. Sie hatte ihre Bluse ausgezogen und sie zu einem improvisierten Tragetuch gebunden, in dem drei mit Öl gefüllte und mit dicken Lappen versehene Behälter untergebracht waren. Es waren absolut notdürftige Waffen. Sie wusste nicht, wie viel sie helfen würden, wenn die Zeit kam, sie einzusetzen. Aber sie waren eine Ergänzung ihres Arsenals und das war ja schließlich nicht schlecht. Wenn es sonst nichts half, so sorgte das Öl, das Danny gefunden hatte, zumindest für Licht.

Und doch wünschte sie sich, dass sie noch ihre Bluse anhätte. Jetzt, da sie in ihrem BH herumlief, fühlte sich die Wüstennacht auf ihrem Rücken und ihren Schultern eiskalt an. Die Fackel hatte gegen das Kältegefühl wenig ausrichten können, selbst als sie sie getragen hatte. Jetzt hielt sie nur ihre Entschlossenheit davon ab, zu zittern wie ein hilfloses Beutetier.

»Los geht's!«, sagte Danny. Er warf ihr einen Blick zu und sie nickte als Antwort. Sie war so bereit, wie sie nur sein konnte. Und doch fühlte sie sich, als müsste sie sich jeden Moment übergeben; das schreckliche Gefühl hatte sie nie verlassen. Ihr Mund war voll Blut und ihr Schädel brummte vor Schmerzen. Aber sie würde sich durchboxen. Das musste sie, wenn sie Nelson für die Freundlichkeit, die er ihr gegenüber gezeigt hatte, danken wollte.

»Okay«, flüsterte sie.

Falls Danny sie gehört hatte, ließ er es sich nicht anmerken. Stattdessen entriegelte er die Tür. Es ertönte ein klickendes Geräusch, das sich in dem Raum viel zu laut anfühlte. Einen Moment später öffnete sich die Tür mit einem Knarren.

Danny nahm seinen Speer von der Wand und sah Mel an.

Sie folgte ihm in den Gang.

Dannys Magen rebellierte mehr als je zuvor, als er durch die Tür in die dunkle Halle trat, aber er weigerte sich, das zu zeigen. Der große Bastard konnte irgendwo in der Nähe lauern und er würde ihm gegenüber keine Schwäche zeigen. Wenn das Untier ihn angreifen wollte, würde er ihm entgegentreten, ohne die geringste Spur von Furcht oder Ergebenheit zu zeigen.

Schatten tanzten am Rande des Fackelscheins. Danny konnte nach eigener Einschätzung an die sechs bis zehn Meter weit in jede Richtung sehen. Das war nicht viel und vermutlich würde es noch weniger werden, wenn sie sich erst tiefer in die Fabrik vorwagten. Er hätte sich gewünscht, dass ihre Suche nur eine einzige Taschenlampe zum Vorschein gebracht hätte.

Er schaute in alle Richtungen. Sein Kopf brummte. Die Kopfschmerzen schienen ihm fast den Schädel zu spalten. Er wusste, dass es nur noch schlimmer werden würde.

»Wohin?«, fragte Mel ihn. Sie klang cool und professionell. Er fragte sich erneut, ob er sie nicht einmal bei einem Job einsetzen konnte. Nicht dass es jetzt wichtig gewesen wäre. Er musste sich jetzt eher damit beschäftigen, lang genug zu überleben, um den Ungetümen ordentlich zuzusetzen, die die Red Sky Manufacturing ihr Heim nannten. Alles andere war jetzt erst mal scheißegal.

»Danny?«, drängte ihn Mel zu einer Antwort. »Wohin sollen wir gehen?«

Er schwenkte seine Fackel nach rechts. »Wir wissen, in welcher Richtung die Fabrikhalle liegt. Wenn wir diese Drecksdinger finden wollen, müssen wir tiefer hineingehen.«

»In Ordnung.«

»Okay, lass uns gehen. Bleib dicht bei mir, ja?«

»Gar keine Frage.«

Er atmete tief durch. Der Geruch nach brennendem Öl reizte seine Nase und drang in seine Lungen ein. Er atmete den verbrannten Geruch aus und wandte sich nach rechts. Bei jedem Schritt untersuchte er jeden flackernden Schatten und führte Mel tiefer in die Fabrik hinein.

Er lauerte in Beobachtungsposition. Nur der Mann und die Frau kamen heraus. Beide trugen sie Waffen in den Händen. Der Mann hatte Feuer. Sie sahen hart aus. Ihre Gesichtszüge erinnerten nicht an Beute, sondern an Jäger.

Es war egal. Diese Betonhallen waren sein Zuhause. Er hatte sein gesamtes Dasein hier verbracht und er würde sich von diesen Menschen nicht vernichten lassen. Er hatte nicht die anderen Jäger überlebt, um einem Paar schwacher, verängstigter Menschen zum Opfer zu fallen. Sie würden durch seine Hand sterben und dann als Futter für den Rest seines Rudels dienen. Mit der Zeit würde das Rudel seine ursprüngliche Stärke zurückgewinnen und er hätte sein Ansehen wiedererlangt.

Die Menschen drehten sich von ihm weg und liefen tiefer ins Herz der Fabrik hinein. Er folgte ihnen. Seine Schritte waren nur ein Flüstern in der Dunkelheit. Sie würden seine Präsenz erst spüren, wenn es schon zu spät war und er würde erst dann angreifen, wenn er wusste, dass sie nicht entkommen konnten.

33

Der lange Gang endete T-förmig. Danny hielt die Fackel in den Kreuzungspunkt und schwenkte sie nach links und rechts. Er hoffte darauf, sich dadurch einen Vorteil zu verschaffen, obwohl seine Sicht eingeschränkt war, auch wenn er zur Sicherheit darum betete, dass nichts Großes, Blasses und Mordlustiges auf ihn zusprang. Er machte Mel ein Zeichen ihm zu folgen und sie tat es. Sie sah einsatzbereit aus, hielt den Speer in ihrer Hand hoch und wartete darauf, einen tödlichen Stoß auszuführen.

Danny schwang die Fackel nach rechts. Etwa zehn Meter weiter befand sich eine Wand. Links war nur Dunkelheit. Er wagte sich dort hinein und hielt dabei den brennenden Mopp vor sich wie die Lanze eines Ritters. Das leise Grollen des Feuers war alles, was er hörte. Überall sonst war Stille, eisig und schrecklich.

Er lief weiter den Gang hinunter. Der Korridor wand sich scharf nach rechts, dann wieder nach links. Es ergab keinen Sinn. Er ging nirgendwohin. Da waren noch nicht einmal Türen. Wer baute eine Fabrik mit einem Gang, der *nicht* irgendwohin führte?

Sein Instinkt, der zwar von Übelkeit geschwächt, aber trotzdem noch tauglich war, sagte ihm, dass der Gang auf jeden Fall irgendwohin führen *musste*.

Danny blickte einmal kurz über seine Schulter zurück, um sich zu vergewissern, dass Mel noch da war. Ihr Ausdruck war immer noch hart, und das war gut. Es nutzte ihm nichts, wenn sie anfing, sich zu langweilen und ihre Aufmerksamkeit nachließ. Doch auch er musste konzentriert bleiben. Er richtete seine Augen wieder auf den leeren Korridor vor sich.

Nach weiteren zehn Schritten kam der erste Knochen. Es war ein zerbrochener Oberschenkelknochen, wahrscheinlich von einem Kojoten. Ein Ende war komplett abgehackt worden. Die Splitter, die übrig blieben, reflektierten den Feuerschein wie Glasscherben. Zwei Schritte weiter befand sich der Rest des Knochens im Staub neben etwas, das ein zertrümmertes Becken sein konnte.

Wir kommen näher, dachte Danny. Er wollte es Mel mitteilen, doch er wusste, dass sie klug genug war, um das selbst zu erkennen. Stattdessen packte er Fackel und Speer fester und trat tiefer in die Dunkelheit und folgte der Spur der Knochen.

Mel blieb vier Schritte hinter Danny. Dieser Abstand gab ihr genug Raum, sich problemlos zu bewegen, ohne der Fackel zu nah zu kommen. Ihre Haut war schweißbedeckt, trotz der Kälte. *Das sind die Nerven,* meinte ihr Verstand. Sie wusste jedoch nicht, ob sie das glauben sollte. Vielleicht lag es daran, dass sie doch so nah an der Fackel war, jedenfalls hatte sie wirklich das Gefühl, dass es immer heißer wurde, je weiter sie sich in die Gänge der Fabrik vorwagten.

Sie warf einen Blick auf die verstreuten Knochen, aber machte sich darüber weiter keine Gedanken. Sie versuchte ihre Sinne auf den Bereich hinter dem Lichtkreis zu konzentrieren. Da waren nur Dunkelheit und Stille, und das war gut. Aber in dem Moment, da sie etwas anderes ausmachte, musste sie vorbereitet, bereit zum Angriff sein.

Fast wie eine Antwort darauf hörte sie plötzlich ein Geräusch hinter sich. Es war nicht viel, ein leichtes Trippeln, das ein Echo ihrer eigenen Schritte gewesen sein konnte. Aber sie wollte sich nicht darauf verlassen. Nicht wenn das Monster, das wie eine scheußliche Parodie eines Menschen aussah, irgendwo da draußen war.

Sie streckte den Arm aus und tippte Danny auf die Schulter, wie sie es vorher besprochen hatten. Er hielt ohne ein weiteres Wort an und wirbelte herum, um die Dunkelheit hinter ihnen in Augenschein zu nehmen. Die Fackel fauchte, als er sie herumschwang, aber da war nichts.

Sie deutete in die Dunkelheit und Danny ging drei Schritte an ihr vorbei. Nichts. Die Knochen, an denen sie vorbeigelaufen waren, lagen noch genauso da wie vorher. Noch zwei weitere Schritte gaben den Blick auf einen immer noch leeren Gang frei.

Ohne ein weiteres Wort oder sonstige Geräusche trat Danny wieder vor sie und ging weiter den Gang entlang. Er sah sie noch nicht einmal an, um ihr zu sagen, dass es okay war, dass er ihre Vorsicht zu schätzen wusste. Sie fühlte einen Anflug von Schuld, aber schüttelte ihn schnell ab. Vorsicht war besser als Nachsicht.

Mel schätzte den Abstand bis zu Danny ein. Vier Schritte. Sie schloss zu ihm auf und folgte ihm, als er seinen schweigenden Marsch fortsetzte, lauschte jedoch umso angestrengter und umklammerte den Speer in der Hand wie eine Rettungsleine. Sie würde sich nichts und niemandem kampflos ergeben.

Nach einigen weiteren Minuten, in denen sie geschwiegen und sich Gedanken gemacht hatten, führte die Fackel sie durch fast vollständige Finsternis. Danny hielt an und bedeutete ihr still zu sein. Sie befolgte die Anweisung und wartete.

Danny deutete mit seinem Speer weiter, nicht nach vorn in die Dunkelheit, sondern nach unten. Sie folgte seiner Bewegung mit den Augen und sah etwas, das absolut Sinn ergab.

Treppen.

Während er leise hinter den Menschen herschlich, fühlte er, wie sich die Welt um ihn herum ins Nichts auflöste. Er war wieder ein Jäger, ein Räuber, der geduldig seiner Beute folgte. Sonst zählte nichts und nichts würde ihn von seinem Jagdwild ablenken.

Er beging absichtlich einen kleinen Fehler, als er die Klaue an seinem Fuß kurz leicht gegen den Betonboden schrammen ließ. Die Frau hielt sofort an und machte dem

Mann ein Zeichen. Der Jäger verzog sich tief in die Schatten und mied das Licht des Feuers mit routinierter Leichtigkeit. Nach kurzer Suche lief der Mann weiter den Gang hinunter. Zwar wusste er nicht, dass er da war, aber misstrauisch schien er schon.

Gut. Er hatte den Menschen etwas Angst einjagen wollen. Er folgte dem Lichtkreis und als die Menschen einen Moment später die erste Treppe erreichten, lächelte er.

Bald.

Danny ging die Treppe hinab voran, wobei er eine Stufe nach der anderen nahm. Hier gab es noch mehr Knochen, die in kleinen Haufen entlang der Wände verstreut lagen. Er bewegte sich vorsichtig, denn er wollte in nichts hineintreten, das ihn auf dem Betonboden ausrutschen ließ und ihn hinab in die Dunkelheit beförderte. Die Mitte der Treppe war jedoch frei.

Fast hätte er einen weiteren Schritt gemacht, doch da sah er etwas aus dem Augenwinkel. Etwas befand sich in der Mitte des Treppenhauses. Zunächst hatte er gedacht, dass es Schlamm oder Feuchtigkeit war, doch als er die Flamme darüber hielt, erkannte er, dass es Blut war. Es war dunkel und eingetrocknet und man konnte die Spuren klauenartiger Fußspuren erkennen.

Danny stupste Mel an und deutete auf die Flecken.

Sie sah ihn an.

»Gina und Dale?«, flüsterte er.

»Glaubst du, dass sie hier unten sind?«

Er schüttelte den Kopf. »Jedenfalls nicht lebendig.«

Sie nickte und er setzte seinen Weg die Treppe hinunter fort.

Jeder Schritt hallte in der Dunkelheit, verdoppelte, verdreifachte sich als Echo, das von den Wänden und der Decke zurückkam. Seine Versuche, die Treppe leise hinunterzugehen, scheiterten kläglich. Er hasste den Geräuschpegel, aber er konnte verdammt noch mal nichts dagegen tun.

Nach 20 Schritten erreichten sie einen weiteren Gang. Die Dunkelheit dort bedrängte sie noch mehr und der Radius des Fackelscheins verringerte sich auf sechs Meter.

Danny drehte sich zu Mel um. Sie erwiderte seinen Blick und nickte kurz. Das war das Zeichen, das er gebraucht hatte. Er sah wieder nach vorne und ging weiter den mit Knochen übersäten Gang hinunter.

Fast hätte er die Worte übersehen. Er war so damit beschäftigt, in die Dunkelheit vor sich zu spähen, dass er beinahe an den rostfarbenen Buchstaben, die auf die Wand zu seiner Linken geschmiert waren, vorbeigelaufen wäre. Erst als er schon fast vorbei war, wurde er darauf aufmerksam. Als er stehen blieb, klopfte ihm auch schon Mel mit dem Finger auf die Schulter.

Sie trat näher und zusammen untersuchten sie die Schrift. Sie war nachlässig, ängstlich und vielleicht auch voller Wut geschrieben worden. Buchstaben, mit kantigen Bewegungen geschrieben – möglicherweise mit einer in Farbe getauchten Hand –, ergaben Worte, Sätze.

SIE HABEN UNS DAS ANGETAN.
WIR DACHTEN ES WAR NUR EIN JOB.
WIR BRAUCHTEN ARBEIT.
SCHEISS AUF SIE!

Mel sah ihn mit schmalen Augen an. »Denkst du das Gleiche wie ich?«

Danny nickte. Er dachte an die Soldaten und die Werkzeugkisten, auf denen auf jeder Seite EIGENTUM DES MILITÄRS DER VEREINIGTEN STAATEN stand. Etwas

Schreckliches war hier passiert, etwas war gänzlich falsch gelaufen. Ihm war fast alles klar. Er hatte Angst, das letzte Puzzlestück einzusetzen, die eine Information, die ihm noch fehlte.

»Lass uns weitergehen!«, sagte er.

Er ging weiter den Gang hinunter und wusste, ohne sich umzudrehen, dass Mel dicht hinter ihm lief.

SCHEISS AUF SIE!

Die hektischen, wie im Wahn hingekritzelten Worte blitzten immer wieder in Mels Kopf auf. Wer hatte sie geschrieben? Was war mit dem Verfasser passiert? Sie fragte sich, ob sie die Antwort finden würden. Sie ging nicht davon aus und versuchte sich selbst zu überzeugen, dass es ihr egal war.

Es gelang ihr nicht.

Er hielt inne, als sie die Worte des Ältesten fanden. Er verspürte den Drang anzugreifen, als die Menschen die uralte Schrift inspizierten, die schon an der Wand gewesen war, lange bevor er geboren wurde. Stattdessen wartete er ab. Wenn er jetzt angriff, konnten sie ihm immer noch entkommen. Wenn er dagegen wartete, bis sie die zweite Treppe erreichten, konnten sie nirgendwohin rennen außer direkt hinein ins Nest. Sie wären gefangen und hätten keine Chance zu entwischen, geschweige denn zu überleben. Er würde sie vor den Augen des Rudels abschlachten.

Die Menschen ließen die Worte hinter sich und setzten ihren Weg fort. Er sah kurz auf die Schrift, als er vorbeiging, aber schenkte ihr keine besondere Beachtung. Er konnte ohnehin nicht lesen, hatte nie gelernt, die Worte zu verstehen. Das musste er auch nicht. Er führte nun das Rudel an und der Älteste – auch wenn man ihn respektvoll behandelte – war nur noch ein weiteres Maul, das gefüttert werden musste.

Doch der Älteste würde nicht für immer leben. Eines Tages würde er sterben und dann würde das Rudel nur noch dem Jäger folgen.

»Noch mehr Stufen«, sagte Danny, als er das Ende des nächsten Korridors erreichte. Er wusste, dass es riskant war, mehr als zu flüstern, aber die Stille machte ihm zu schaffen, strapazierte ihn zusätzlich zu seinen Kopfschmerzen und der Übelkeit. Sie trieb in fast schon in Richtung Hysterie. Er musste eine Stimme hören, damit er nicht einfach anfing zu schreien.

»Nach unten?« Mel flüsterte, aber ihre Stimme klang dabei nicht zittrig. Sie war immer noch stark und zuversichtlich. Gut.

»Ja.«

»Sind da auch Knochen?«

Sie brauchte die Frage nicht zu stellen, aber er war froh, dass sie es tat. Er hielt die Fackel nach vorn und sah die dunkle Treppe hinunter. Dort gab es eine große Ansammlung von Knochen auf beiden Seiten der Stufen. Lediglich in der Mitte war etwas freier Platz, auf den man treten konnte. Die Überreste der Skelette sahen zu groß aus. Zwar waren sie nicht von Menschen, vielleicht eher von Hunden, doch sie waren zu gigantisch, um wahr zu sein. Danny dachte an die Monster-Klapperschlange, die Nelson erschossen hatte. Deshalb waren die Knochen so riesig. Alles hier war zu groß. Was die Strahlung nicht getötet hatte, hatte sie verändert.

Er verdrängte den Gedanken, bevor er sich festsetzen konnte. Falls das stimmte, bedeutete das zu viele schreckliche

Dinge auf einmal. Es waren Geheimnisse, die er gar nicht wissen wollte, geschweige denn darüber nachdenken, wie zum Beispiel, woher die Monster stammten.

»Lass uns gehen!«, bat er Mel und ging ohne zu zögern weiter die Treppe hinunter. Er setzte einen Fuß vor den anderen und bewegte sich tiefer, immer tiefer in die Dunkelheit, auf der Suche nach einer Konfrontation, die ihn Rache üben ließ.

Danny spannte seine Kiefermuskeln an, packte Speer und Fackel fester. Er würde nicht schwächeln, würde keine Gnade zeigen. Das hatte er versprochen.

34

Danny wollte etwas sagen, als er die unterste Stufe erreichte, doch er zwang sich zu schweigen. Sie mussten ziemlich nah dran sein und er wollte sich nicht ankündigen. Er hoffte, dass diese schrecklichen Wesen nicht seine vorherigen Worte gehört hatten, aber er erwartete das Schlimmste.

Der Gang unten am Ende der Treppe machte eine scharfe Linkskurve. Ein kurzer Blick genügte, um zu sehen, dass sie auf der richtigen Spur waren. Eine Menge Knochen lag dort herum, zu hohen Haufen gestapelt. Nur ein enger Pfad in der Mitte des Gangs war geblieben. Die Betonwände waren abgeplatzt und staubbedeckt, aber es gab immer noch genug Oberfläche, um weitere Hinweise zu offenbaren. Mehr Buchstaben bedeckten die Wände. Manche schienen mit Farbe hingeschmiert worden zu sein und einige mit hellerem Material, von dem er annahm, dass es sich um getrocknete Fäkalien handelte. Worte und Sätze sprangen ihm entgegen wie zur Anklage erhobene Finger, die ihn verurteilten, weil er ein Mensch war.

ICH HOFFE, DASS SIE GLÜCKLICH SIND.

SCHEREN SICH NICHT EINEN DRECK UM UNS.

FÜHLE WIE SICH IN MIR ETWAS VERÄNDERT.

TUT WEH. BRENNT.

WIE KÖNNEN SIE DAS TUN?

WIR HABEN RECHTE!

SIEBEN MONATE UND ICH WILL EINFACH NUR NACH HAUSE.

ICH LIEBE DICH, SARAH.

SO FÜHLTE SICH DER HERR DES ZORNS!

MEIN SOHN HEISST CHARLIE. ICH HABE ES FÜR IHN GETAN.

Er schüttelte den Kopf. Er verstand nicht alles, doch der Schmerz, das Leid, die Angst und die Qual waren unmissverständlich. Wer auch immer diese Botschaft geschrieben hatte, musste gelitten haben. Er hatte ein Brennen gespürt und Schmerzen. Hatte seine Lieben vermisst und sich in eine Falle gelockt gefühlt, als etwas Schreckliches nach und nach von ihm Besitz ergriff.

Mel sah ebenfalls auf die Worte, die gleichen Sätze und wütenden Anschuldigungen. Danny drehte sich zu ihr, aber sie sah ihn nur mit großen Augen an. Er wusste, was dieser Ausdruck bedeutete und er war der gleichen Meinung. Aber es änderte nichts. Diese Worte konnten uralt sein, doch Nelson war gerade erst gestorben. Sie konnten nicht wegen einer lächerlichen Anwandlung von Mitleid von ihrer Rache absehen – von Nelsons Rache. Sie mussten weitermachen und Gott stehe jeder Kreatur bei, die sich ihnen in den Weg stellte.

Mel drehte sich weg von dem Gekritzel an der Wand und folgte Danny weiter den dunklen Gang hinunter. Sie sah auf seinen Rücken und die Schatten, die darüber tanzten. Seine angespannten Muskeln verrieten ihr, dass er genauso entschlossen war wie sie. Dazu hatte er jedes Recht; Nelson war sein Freund gewesen. Wenn die Monster jemanden umgebracht hätten, an dem sie so sehr gehangen hatte, würde sie sie noch viel mehr hassen.

Nach ein paar langsamen, vorsichtigen Schritten, die ihre Beine vor Anspannung schmerzen ließen, wand sich der Korridor nach links. Hier lagen nicht so viele Knochen. Der Boden war staubig, aber größtenteils frei. Das traf allerdings nicht auf die Wände zu.

Worte und Sätze bedeckten jeden Zentimeter des Betons. Jeder Satz und jedes Fragment erschien verzweifelter und wütender als jene davor. Eine Botschaft stand über der nächsten, wodurch fast alles unlesbar geworden war. Mel konnte ein hellrotes SO BETROGEN und ein DAS IST JETZT UNSER LEBEN in verwaschenem Blau ausmachen, doch alles andere war überkritzelt oder komplett unleserlich.

Sie wollte etwas sagen, etwas flüstern, um ihre Verwirrung und die Angst, die sie ergriffen hatte, auszudrücken. Doch bevor sie noch den Mund aufmachen konnte, wandte sich Danny ihr zu und deutete ihr mit dem Zeigefinger auf den Lippen, still zu sein. Im schwächer werdenden Fackelschein war sein Gesicht von Schatten überzogen. Doch sie sah genug von ihm, um die Härte in seinen Augen zu erkennen.

Er nahm den Finger von den Lippen und deutete den Flur hinunter. Ihre Augen folgten ihm und sie keuchte fast vor Schreck. Jetzt wusste sie, weshalb sie schweigen sollte.

Am Ende des betonierten Korridors befand sich eine Tür. Mel konnte nicht ausmachen, ob das Metall, das mit weiteren Worten bekritzelt war – darunter ein dunkelrotes HOME! SWEET HOME! SO SCHEISS BESCHEIDEN ES AUCH SEIN MAG –, aus Eisen oder Stahl war, aber sie sah so stabil aus wie der Eingang zu einem normalen Bunker. Wenn sie verschlossen war, hatten sie keine Chance, sie aufzubekommen.

Aber sie war nicht verschlossen. Als sie die Tür genauer ansah, die auf einer Art Schiene befestigt schien, sodass man sie aufschieben und nicht aufstoßen musste, sah sie einen schwachen, flackernden Lichtschein am rechten Rand. Die Tür war einen Spalt breit geöffnet, nur so weit, dass Licht hindurchfallen konnte. Und Licht konnte Feuer bedeuten.

Sie hatten die Biester gefunden.

Danny machte einen Schritt auf die Tür zu, doch sie

packte ihn kurzerhand an der Schulter und hielt ihn zurück. Er drehte sich zu ihr um. In seinen Augen zeigten sich Nervosität, aber auch Einsatzbereitschaft. Furcht umklammerte ihr Herz mit eisigen Fingern. Sie wollte ihm sagen, dass sie es nicht konnte, dass sie zurückgehen und einen anderen Fluchtweg suchen wollte, doch sein Blick hielt sie zurück. Sie senkte den Kopf und presste die Augen zusammen.

Sie konnte nicht zurück, nicht nachdem sie Danny und Nelson versprochen hatte, dass sie es bis zum Ende durchziehen würde. Nelson war nicht mehr da, um ihr ihre Feigheit nachzusehen und Danny lebte vielleicht nicht lange genug, um überhaupt darüber nachzudenken. Doch was noch wichtiger war: Sie würde sich selbst nicht vergeben können. Sie würde sich selbst hassen, bis sie ihren letzten Atemzug tat.

Sie atmete tief durch, redete sich selbst gut zu und sah wieder zu Danny. Sie nickte, umschloss mit den Händen fest den Speer und schüttelte ihn ein wenig, um ihrem Partner zu signalisieren, dass sie bereit war.

Danny lehnte seinen eigenen Speer gegen die Wand und ergriff dann mit seiner freien Hand die ihre. Er drückte sie fest und nickte ihr ebenfalls zu. Mel war dankbar für die Geste und sie konnte verstehen, wie leicht es für Nelson gewesen sein musste, diesem Mann so lange zu folgen.

Mel machte sich bereit, als Danny seinen Speer wieder in die Hand nahm und auf die Tür zuging. Sie ging einen einzigen Schritt, dann einen zweiten und dann gaben ihre Knie nach, als die Übelkeit in ihrem Magen sie überwältigte wie ein K.o.-Schwinger beim Boxen. Ihr Speer fiel klackernd auf den Boden, als sie die Hände ausstreckte, um sich wieder zu fangen. Ihr Magen rebellierte und verpasste ihrem Körper einen unnachgiebigen Ekelschauder, als sie sich über ihre Hände erbrach. Heiße Gallenflüssigkeit und halb verdautes Hähnchen spritzten mit einem unangenehmen, schmatzenden Geräusch auf den Boden. Der penetrante Gestank dazu machte ihrer Nase so sehr zu schaffen, dass sie auch noch die letzten Reste ihres Mageninhalts erbrach.

Schließlich wurde aus ihrem Würgen ein schmerzhafter Hustenanfall. Sie sah Sterne, als sie es schließlich schaffte, Luft zu schnappen. Mel kam auf die Knie, spuckte und versuchte den schlechten Geschmack in ihrem Mund loszuwerden. Sie wischte sich die Hände an ihrem Rock ab und säuberte ihren Mund. Sie schämte sich nicht. Auch Angst hatte sie keine. Sie war einfach unheimlich froh, dass es ihrem Magen besser ging.

Danny sah sie besorgt an. In seinen glänzenden Augen spiegelten sich sowohl Sorge als auch große Angst. Er sah von ihr zur Tür am Ende der Halle. Als er sich wieder zu ihr umdrehte, hörte sie schlurfende und kratzende Geräusche begleitet von leisen, beunruhigten Schreien.

Sie hatte es ruiniert. Egal wie viele Monster hinter der Tür warteten, sie wussten jetzt ganz sicher, dass Besucher kamen.

»Sorry!«, flüsterte sie und meinte es ehrlich.

»Was machen die Behälter?«

Die Behälter! Sie sah nach. Zwei von ihnen waren noch intakt. Der dritte hatte sich in einen Haufen Glasscherben und ein klebriges Nass verwandelt. Sie fragte sich, wie viel Öl sich auf ihrem Körper befand und ob sie sich entzünden würde wie ein Feuerball, sobald Danny versuchte, einen der übrigen Molotows zu entzünden.

»Fuck, fuck, fuck!«

»Bleib ruhig!«, befahl ihr Danny. »Steh auf.«

Sie griff nach ihrem Speer und kam auf die Füße. Die übrigen Gefäße schlugen an ihrer Hüfte aneinander. »Ich hab's vergeigt, Danny.«

Er schüttelte den Kopf. »Wir hätten sie eh nicht überraschen können.«

»Das heißt nicht …«

Hinter ihr brüllte etwas.

35

Danny wollte schreien, doch stattdessen griff er in seine Tasche und holte das Zippo hervor. »Gib mir einen der Behälter.«

»Was?« Mel schauderte, als sie über ihre Schulter in die Dunkelheit sah. Immer noch hing ihr etwas Gallenflüssigkeit in einem dünnen Faden an ihrem Kinn.

»Behälter!«

Mel zuckte bei seinem Schrei zusammen, doch er holte sie wieder in die Realität zurück. Sie fasste in ihre improvisierte Schlinge und zog einen der übrig gebliebenen Molotows hervor. »Besser du zündest ihn an. Ich weiß nicht wie viel …«

»In Ordnung. Geh hinter mich.«

»Ich kann kämpfen.«

Danny zwängte sich an ihr vorbei, als weiteres Gebrüll die Luft zerriss wie das Bremsenkreischen eines wütenden Zuges. »Ich weiß, Mel. Tu es einfach!«

Er warf seine Fackel in die beklemmende Dunkelheit und das Monster kroch in den gedämpften Lichtschein. Getrocknetes Blut bedeckte sein Kinn und seine Klauen. Der Fackelschein reflektierte auf seiner straffen Haut, ein Farbenspiel aus Orange und Rot auf vernarbtem Grau und Rosa.

Danny blieb auf seiner Position und bewegte sich nur, um die Fackel etwas weiter nach vorne zu stoßen, in der Hoffnung, das riesige Ungeheuer zum Angriff zu provozieren.

»Ich schulde dir noch was. Wie wär's mit ein paar Schmerzen als Retourkutsche, du hässliches Stück Scheiße?«

Als Antwort erhob sich die Kreatur auf ihre Keulen und breitete die Arme aus. Muskeln traten unter der Haut hervor. Die Kiefer klappten auseinander und der Schlitz von einem Mund weitete sich, als sie einen Wutschrei ausstieß, der den ganzen Gang erschütterte.

Danny sah etwas an seinem Kopf vorbeiflitzen. Der Kriegsschrei des Monsters verstummte plötzlich, als ein hölzerner Schaft in seine Brust eindrang. Mels Speer. Er hätte fast gelächelt. Die Frau hatte keine Geduld für männliches Imponiergehabe. Sehr löblich.

Er wartete, bis die Kreatur sich aufrichtete und den Speer mit einer schmerzerfüllten Bewegung herausriss. Aus der Wunde trat schwarzes Blut. Dann warf er den Behälter und hörte, wie er den Körper des Monstrums traf. Danny näherte sich mit der Fackel bewaffnet und blieb etwa eineinhalb Meter vor dem Ding stehen, bereit, nach einem weiteren Schritt den nächsten Behälter zu werfen.

Stattdessen schlug das Ungeheuer nach der Fackel wie nach einer lästigen Fliege. Schmerz pochte in Dannys Arm, als die Kreatur erneut zuschlug und sein Handgelenk zur Seite schleuderte. Die Fackel flog ihm aus der Hand, prallte von der Wand ab und fiel klackernd hinter dem riesigen Killer auf den Boden.

Danny versuchte mit seinem eigenen Speer anzugreifen, doch das Monster stürzte sich auf ihn, warf ihn zu Boden und brüllte ihm ins Gesicht. Danny ließ den Speer fallen und stieß stattdessen beide Hände in die Kehle des Ungetüms, um den riesen Kopf nach hinten wegzudrängen. Schwarze Reißzähne schlugen weniger als einen halben Meter von seinem Gesicht entfernt aufeinander. Der Atem der Kreatur roch nach Verwesung und Blut.

Dannys Arme brannten vor Anstrengung, doch das Maul des Monsters kam näher und näher. Er schrie, als der Angreifer die Klauen in seine Seite grub und die Haut über den Rippen aufriss. Explosionen von Licht und Farben trübten seinen Blick.

»Die Fackel!«, schrie er, in der Hoffnung, dass Mel verstand. Er wollte, dass sie die Kreatur umrundete und den brennenden Mopp ergriff. Doch der Bastard war so riesig, dass er vielleicht den ganzen Gang blockierte.

»Hurensohn!« Mels Kampfschrei klang wie das Kreischen einer wütenden Harpyie. Ihr Fuß kam wie aus dem Nichts. Sie rammte ihn dem Monster ins Auge, als ob sie versuchte, seinen Kopf zwischen zwei Torpfosten hindurchzudreschen. Etwas ploppte heraus und eine heiße, gallertartige Masse spritzte in Dannys Gesicht. Das Biest heulte vor Schmerzen. Dann bäumte es sich auf und zog die Klauen von Dannys Körper weg.

Danny nahm einen tiefen wohltuenden Atemzug. Seine Seiten brannten wie Feuer. Er griff nach einem der Spieße, aber die Knie des Monsters schraubten sich um seine Hüfte und hielten seine Hände gefangen. Er sah, wie die Kreatur nach Mel ausholte. Mels Arme wurden mit der Wucht eines Stahlträgers getroffen. Sie krachte gegen die Wand und blieb reglos am Boden liegen.

Danny verlor keine Zeit. Statt um einen der Spieße zu kämpfen, nahm er beide Hände zusammen und hielt sie geballt über seinen Kopf. Er schrie, als höllische Schmerzen durch seinen Körper schossen, aber er wollte nicht aufgeben. Nicht jetzt. Das Monster über ihm presste seine Hand auf die blutende Augenhöhle, in der Sekunden zuvor noch ein Augapfel gewesen war. Es heulte vor Schmerzen, bis Danny ihm beide Fäuste in den Hals rammte.

Es würgte – ein gequältes, stotterndes Geräusch – und fiel

dann nach hinten. Danny hörte einen weiteren schrillen Schrei und sah dann Mel durch die Luft fliegen und sich auf das Biest stürzen. Sie hielt einen Spieß angriffsbereit in der Hand, als sie zusammen mit dem Monster auf den Betonboden krachte. Sie schrie, als sie die hölzerne Waffe mit aller Kraft in ihr Opfer stieß.

Danny drückte sich hoch auf seine Ellbogen, als der Gang durch das Schmerzgeheul des Monsters erbebte. Es warf Mel ab und sie landete auf Dannys Knien. Er zog sie an sich schaute auf, als sich der Kopf der Kreatur hob. Dannys Blick fiel auf ihr Gesicht.

Mel hatte ihm das andere Auge genommen. Der Spieß ragte aus der triefenden Augenhöhle des Monsters. Danny dachte bestürzt: *Warum ist es nicht tot? Warum zum Teufel ist es nicht tot?* Als ob es darauf reagieren wollte, stolperte das Ungetüm und brach über der Fackel zusammen.

Das Biest fing Feuer wie eine alte Matratze. In einer Sekunde grollte es vor Schmerzen, in der nächsten schrie es gellend und ruderte mit den Armen, als die Flammen seinen Körper einhüllten. Es kam auf die Füße, nur um dann gegen die Wand zu torkeln und rückwärts umzufallen. Es reckte die Klauen in die Luft. Sein Kopf zuckte vor und zurück, als würde es unter Strom stehen.

Danny wollte zusehen, wie es brannte. Er wollte daliegen und warten, bis das verdammte Ding sich nicht mehr regte und zu Asche wurde, aber plötzlich war Mel auf den Füßen und zog ihn an seiner verwundeten Schulter hoch, in die entgegengesetzte Richtung. Dannys Magen rebellierte, als er auf die Füße kam. Er glaubte schon, dass er Mels Vorstellung von vorhin wiederholen müsste, aber irgendwie schaffte er es, an seinem Mittagessen festzuhalten.

»Was?«, schrie er, doch Mel achtete gar nicht auf ihn. Sie rannte auf die Tür zu und zog ihn mit sich. Er erkannte, was sie vorhatte und ihm war klar, dass sie das Richtige tat. Sie mussten sich dem stellen, was sich hinter der Tür verbarg, bevor es noch die Chance hatte, sie anzugreifen. Auf die eine oder andere Weise waren sie nah dran, das Ganze zu beenden.

Sie prallten gegen die Metalltür und es klang wie ein Gong, dessen Echo durch den engen Raum hallte. Danny warf einen letzten Blick auf das brennende Monster. Es regte sich nicht mehr. Die Flammen, die über seinen Körper züngelten, schlugen immer höher.

»Den wären wir los.« Gemeinsam mit Mel griff er nach dem Metallhebel – seine zerrissenen, blutigen Hüften taten ihm weh – und zusammen zogen sie die Tür über ihre quietschende Schiene.

Der starke Geruch nach verbranntem Holz und nach Unrat überraschte ihn. Beinahe wäre er rückwärts gestolpert. Stattdessen gewann endlich seine Übelkeit Oberhand. Danny beugte sich nach vorn und hustete das bisschen, das noch in seinem Magen war, auf seine Schuhe.

Verdammt, hör auf!, schrie etwas in ihm. *Sie werden dich umbringen, während du kampfunfähig bist!* Doch keiner griff ihn an. Er hörte ein paar quäkende Laute, ein Geräusch, das wie ein Weinen klang, aber keine Schreie wie von Rachegeistern oder blutrünstiges Geheul. Neben ihm gab Mel einen Laut von sich, der wie Schluckauf klang.

Er öffnete die Augen, wischte sich die Tränen ab und sah sich um.

»Oh, mein Gott.«

Sie wusste nicht, was genau sie erwartet hatte, aber jedenfalls nicht das, was sie jetzt sah.

Mel ließ die Augen durch den Raum schweifen und hätte am liebsten geweint. Was einst ein Schlafsaal gewesen sein mochte, war jetzt eine Katastrophe. Knochen teilten sich den Boden mit verrottenden Betttüchern und Gestrüpp. Eine ganze Ecke des Zimmers war voll mit altem Müll. Der penetrante Gestank war überwältigend. Ein kleines Feuer brannte in der gegenüberliegenden Ecke und ein nicht definierbares Stück Fleisch wurde über den Flammen geräuchert.

Die Wände waren bedeckt mit Schriften und mit Bildern, die sie an Hieroglyphen erinnerten. Primitive Zeichnungen mit Männern und Frauen, die sich vor Schmerzen wanden, sich übergaben oder sich ihr Haar büschelweise ausrissen, beherrschten die Betonoberfläche. Sie wusste nicht, wie alt diese Malereien waren, nur dass sie ziemlich alt sein mussten. Andere, etwas neuer aussehende Bilder zeigten Monster, die denen, die sie angegriffen hatten, nicht unähnlich waren. Darüber stand in krakeliger Schrift die Frage geschrieben MACHT UNS DAS ZU PATRIOTEN?

Da war noch etwas. Ein großes Symbol, das in Schwarz auf eine Fläche von vielleicht zwei Quadratmetern gemalt worden war. Es war nicht perfekt, doch Mel erkannte es trotzdem. Sie würde das Trefoil mit dem Kreis und den drei Segmenten, die an Ventilatorflügel erinnerten, überall erkennen. Es war das Zeichen, das vor Radioaktivität warnte.

Mehr als ein Dutzend … Dinger … befanden sich im Raum. Diese Wesen wirkten aber nicht wie Mörder auf sie. Jede dieser erbärmlichen Kreaturen sah schlimmer aus als die nächste. Ein Kind ohne Arme versteckte sich hinter seinen eigenen Knien. Sein gesamter Körper war in den Brustkorb von etwas gezwängt, das vielleicht einmal ein Hund von der Größe eines Kalbs gewesen war. Es fixierte sie mit furchtsamen Augen. Ein Erwachsener trat vor das Kind, um es zu schützen. Es war eine Frau mit einem buckligen Rücken. Ihre ausgezehrten Brüste hingen schlaff herunter. Etwas, das ein Arm gewesen sein mochte, sah aus, als wäre es ihr auf dem Rücken angewachsen, und ihr eines Auge war ungefähr da, wo sich normalerweise die Schläfe befand.

»Gruh!«, befahl sie. Ihr Mund bewegte sich kaum, da die Haut dort nur ein minimales Öffnen ermöglichte. Sie deutete mit ihrem intakten Arm auf die Tür, wollte sie hinausscheuchen.

Mel war zu fassungslos, um gehorchen zu können. Sie drehte sich von der Frau weg und sah die anderen an. Sie trugen keine Kleidung und die meisten waren zu deformiert, um als etwas anderes durchgehen zu können denn als Monster. Eine Kreatur, von der sie vermutete, dass sie männlich war, schleppte sich nach vorne. Ihre Beine waren miteinander verwachsen und bildeten einen gigantischen Klumpen aus Fleisch und Knochen. Sie hatte keinen Unterkiefer mehr und konnte Mel nur mit milchigen Augen ansehen, die um etwas baten, das sie nicht ganz verstehen konnte. Ein Stöhnen kam aus dem, was als sein Mund diente, und es klang so gequält, dass Mel ein Schauer über den Rücken lief.

Zwei Kinder hielten einander fest. Sie sahen gesund aus, bis Mel sah, dass sie zusammengewachsen waren, denn ihre beiden Körper hatten nur ein paar Beine. Etwas, das aussah wie der Anfang eines Arms, verband ihre Körper wie ein Rohr.

Am anderen Ende des Zimmers, im Schatten des Feuerscheins, befanden sich einige Pritschen in verschiedenen Stadien des Zerfalls. Auf einer von ihnen lag jemand, eine uralte Kreatur, auf deren Kopf sich noch ein paar Büschel weißer Haare befanden. Etwas an der gebrechlichen Gestalt kam Mel irgendwie vertraut vor, doch der Feuerschein reichte kaum bis dorthin. Das Einzige, was sie im Schatten deutlich ausmachen konnte, war das Haar, das sich noch auf dem Kopf der Gestalt befand.

»Was sind sie?«, wollte Danny wissen, als er auf die Füße kam. Seine Stimme zitterte vor Verwunderung und einer gehörigen Portion Angst.

»Ich weiß es nicht. Ich …«

Fast hätte sie den Gedanken laut ausgesprochen, der ihr gekommen war, aber dann änderte sie ihre Meinung. Es war einfach zu schrecklich. »Ich weiß es nicht.«

Ein schreckliches keuchendes, rasselndes Husten kam aus der Ecke im Schatten. Die weißen Haare hoben sich etwas in die Höhe und sanken dann wieder auf die ausgebreiteten Decken zurück.

Die Frau mit dem angewachsenen Arm stellte sich vor die Ecke und schüttelte den Kopf. Aus ihrem verbliebenen Auge ging deutlich eine Warnung hervor, als sie wieder gestikulierte und ihnen zu verstehen gab, dass sie gehen sollten. »Ältar! Ältar!«

Wieder brachte ein Hustenanfall die widerliche Luft durcheinander. Es klang fast ungehalten, verärgert. Mel versuchte in die dunkle Ecke zu spähen, doch die Frau davor änderte ihre Position und versperrte ihr die Sicht.

Mel wusste nicht, was sie tun sollte. Diese Wesen waren nicht gefährlich. Sie waren nicht die schrecklichen, tödlichen Kampfmaschinen, auf die sie zuvor getroffen waren. Diese verängstigten Missgestalten kämpften um ihr eigenes Überleben, das an einem seidenen Faden hing. Sie hatten nicht angegriffen und Mel entdeckte nicht einen, der auch nur im Entferntesten wie eine Bedrohung aussah. Sie sah zu Danny und der entgeisterte Ausdruck auf seinem Gesicht sagte ihr, dass er zum gleichen Schluss gekommen war wie sie.

Aus dem dunklen Eck kam ein neues Geräusch, kein

weiterer Hustenanfall, sondern etwas, das leiser und viel kürzer klang. Es erinnerte sie an ihren Vater, wenn er sich räusperte, bevor er ihr eine Gutenachtgeschichte vorlas.

»Nein.« Sie flüsterte das Wort so leise, dass sie es kaum selbst hörte. »Nein, nein.« Sie streckte die Hand nach Danny aus. Er nahm sie und drückte sie. Ihr war fast, als könnte sie das gleiche Entsetzen spüren, das auch ihm zu schaffen machte.

Es konnte nicht sein. Es war einfach nicht möglich.

Eine müde Stimme kam aus dem Schatten. Sie klang verärgert und gebieterisch, trotz der geringen Lautstärke. »Lasst allein!«

Ein Mensch.

Danny fuhr es eiskalt den Rücken herunter, als er die Stimme hörte. Sie war menschlich – schwach, wütend und alt, aber doch eindeutig menschlich. Es ergab keinen Sinn. Was machte der Mann hier unten mit diesen Wesen?

Du kennst die Antwort doch schon, nicht wahr?, dachte er. *Sie hat sich dir die ganze Zeit schon gezeigt, auch wenn du dich dagegen gesträubt hast, aber sie war trotzdem da. Jetzt kannst du sie nicht mehr leugnen. »Macht uns das zu Patrioten?« Was zum Teufel hast du denn gedacht, was das bedeutet?*

Danny machte einen Schritt in Richtung der mit Feldbetten vollgestellten Ecke. Mels Hand ließ er nicht los. Er musste sie nicht mit sich ziehen; sie ging freiwillig mit.

»Lasst allein!«, befahl die Stimme erneut. Das schreckliche weibliche Wesen gestikulierte immer noch, dass sie gehen sollten, und schrie dabei »Gruh!«, immer und immer wieder. »Gruh! Gruh! Gruh!«

»Wir wollen euch nichts tun!«, sagte Danny. Ihm fiel ein, dass die toten Kinder im oberen Stockwerk und der brennende

Körper vor der Tür einen anderen Eindruck erweckten, doch er hatte wirklich nicht mehr die Absicht, sie zu töten. Er wusste nicht, was er wollte. Vielleicht wollte er einfach nur verstehen.

»Armee-Mann geh! Lass uns!« Ein Hustenanfall folgte den Worten.

»Wir sind nicht die Armee!«, sagte Mel neben ihm.

Danny wandte sich ihr zu und nickte. »Sie sagt die Wahrheit. Wir gehören nicht zum Militär. Wir sitzen nur hier fest.«

»Gruh!«

Er machte einen weiteren Schritt vorwärts, doch die Frau stellte sich ihnen entgegen. Drei schnelle Schritte, bei denen sie uralten und wahrscheinlich heftig verstrahlten Staub aufwirbelte. Dann gestikulierte sie wieder wild.

»Gruh!« Sie klang verzweifelt. Danny sah, wie ihr eine Träne über die Wange lief. Herrgott, sie war zu Tode verängstigt!

Er hob beide Hände. »Tut mir leid. Ich mache nichts. Versprochen.«

»Gruh!«

»Nein«, sagte dic raue Stimme. »Okay. Lass vorbei.«

Die Frau drehte sich um und schrie protestierend. Irgendwo im Raum begann ein Kind zu weinen, plärrte so laut es konnte.

»Lass vorbei. Okay.«

Die Frau sah Danny an – mit einem Blick, der eine Warnung, aber ebenso gut eine Bitte hätte sein können –, dann gab sie den Weg frei und sah wie ein gescholtenes Kind zu Boden.

Mel ließ Dannys Hand nicht einen Augenblick los, als sie auf die Liege und die verhutzelte Gestalt, die darauf lag, zugingen. Dannys Augen gewöhnten sich langsam an die

Dunkelheit, die die Ecke verbarg. Er konnte die Gestalt in ihrer vollen erbärmlichen Pracht sehen.

Der alte Mann war nur noch ein Schatten seiner selbst. Verrunzelte, ausgetrocknete Haut war über kantigen Knochen eingesunken. Einer seiner Arme endete nicht in einer Hand, sondern einer Art Klinge, die fast identisch war mit der des Exemplars, das in Gwynettes Museum ausgestellt war. Auch wenn das Gesicht des Mannes eindeutig menschliche Züge hatte, stimmten die Proportionen nicht. Die Augen standen schief und befanden sich an seltsamen Stellen über einer Nase, die wenig mehr war als ein flacher Knubbel aus Haut und Knorpelgewebe. Er lag im Sterben. Ein Blick auf seinen spindeldürren Körper und sein ausgemergeltes Gesicht machten das offensichtlich.

Der Mann sah zu Danny hoch, hob seine eine intakte Hand und deutete auf sich selbst. »Muh… Mor…!« Auf seinem entstellten Gesicht zeigte sich Frustration. Er deutete mit der Hand mit Nachdruck auf seine Brust.

»Mor... Morgan!«

Nach einem kurzen Moment der Verblüffung wurde Danny die Bedeutung der Worte klar.

»Sie heißen Morgan.«

»Ja.«

Mel trat näher. »Herrgott, Danny. Er erinnert sich kaum noch.«

»Ja!«

Danny wusste nicht, was er sagen, mit was er anfangen sollte. Er öffnete den Mund, aber es kam kein Laut heraus.

»Nicht Armee?«, fragte der sterbende Mann namens Morgan.

»Nein. Nicht Armee.«

»Aber die haben all das hier angerichtet!«, stellte Mel fest. Es war keine Frage.

»Wie sind Sie hierhergekommen?«, wollte Danny wissen. Er konnte es sich schon denken, aber er wollte sichergehen.

»Großvater hier arbeiten!«, sagte Morgan. »Braucht Geld. Lang her. Sagten ihm ›Ein Jahr. Leben. Arbeiten. Männer, auch Frauen.‹«

Danny nickte, Mel ebenfalls, wie er bemerkte.

»Wurde krank. Blutet.«

Die Strahlung. Hatte sie die Arbeiter so schnell erwischt wie ihn selbst oder hatte sie erst mit der Zeit ihre Wirkung gezeigt?

Morgan räusperte sich, bevor er fortfuhr. »Armee nicht lassen gehen. Erschießt, die versuchen. Kein Essen nach Jahr. Geben Chemikalien. Spritzen. Op... Operationen. Zwingen Menschen jagen. Erschießen wenn zu weit weggehen. Dad später geboren. Ich danach.«

»Oh, mein Gott!«, keuchte Mel.

»Aber nicht meiner!«, antwortete Danny.

»Es war ein Experiment, Danny. Sie haben Menschen hierhergebracht und angefangen, sie mit Strahlung vollzupumpen, um die Wirkung zu testen. Herrgott, Danny, unsere Regierung ist hierfür verantwortlich!«

»Ja, das stimmt, Mel. Sie ist verantwortlich und ich wünschte, dass mich das überraschen würde.«

»So etwas können sie doch nicht tun!«

»Haben sie aber. Siehst du ja. Sie sind damit durchgekommen.«

Sie schloss die Augen und verzog das Gesicht. Ihre Wut ließ sie wie ein kleines Mädchen aussehen.

»Wichser!«

Die Wesen, die menschlich hätten sein sollen, schrien vor Angst vor ihrem Gefühlsausbruch. Sie verzogen sich wie ein einziges, verängstigtes Geschöpf.

Danny nahm Mel in die Arme. Sie trommelte mit den

Fäusten gegen seine Brust und schrie wie besessen. Schließlich sank sie in sich zusammen, drückte sich an ihn und weinte an seiner Schulter.

»Wie konnten sie das tun, Danny? Was gibt ihnen das Recht zu denken, dass das okay ist?«

»Ich wünschte, ich wüsste es. Ich schwör's bei Gott. Ich wünschte, ich wüsste es.« Er strich ihr mit den Fingerspitzen über das Haar und flüsterte ihr beruhigende Worte ins Ohr, doch sie zitterte noch lange in seinen Armen.

»Alles wird gut, Mel. Ich verspreche es.«

»Wird es nicht!«

»Doch, okay? Du und ich, wir werden hier herauskommen und alles wird gut werden.«

Ihr Haar klebte an seinen Fingern. Als Danny die Augen öffnete, sah er, wie sich ein Büschel davon von ihrer Kopfhaut löste, als er sie streichelte. Er ließ es auf den Boden fallen und strich ihr erneut übers Haar. Wieder löste sich ein Büschel, das noch dicker war als das letzte.

Danny schloss die Augen wieder und knirschte mit den Zähnen. Sie fühlten sich lose an.

»Alles wird gut!«, sagte er wieder und versuchte seine Stimme zärtlich klingen zu lassen.

»Versprichst du es mir?«

»Ja.«

Er hielt sie lange fest und versuchte, sein schlechtes Gewissen wegen der Lüge zu verdrängen.

36

»Was sollen wir tun?«, fragte Mel, als sie wieder fähig war zu sprechen. Sie flüsterte die Worte an Dannys blutverschmierter Schulter. Es war ihr egal, ob er sie überhaupt hörte. Tief in ihrem Innern wusste sie, dass es sowieso egal war. Sie konnten diesen Menschen nicht helfen, geschweige denn das Unrecht ungeschehen machen. Sie hatte sie in ihrer Suche nach Rache gefunden, doch statt Hass fühlte sie nur noch Mitleid.

»Ich weiß es nicht.« Dannys Stimme klang sanft, einfühlsam. Er versuchte sein Bestes, um sie zu trösten. Dafür war sie ihm dankbar. »Vielleicht sollten wir einfach gehen. Sie werden uns nicht verfolgen.«

»Nein«, sagte Morgan mit schwacher, bröckelnder Stimme.

»Meinst du nicht?« Mel kannte die Antwort, doch sie hatte Danny trotzdem fragen müssen.

»Nein.«

»Ich weiß.« Sie löste sich aus Dannys Armen. Ihre Tränen waren getrocknet. Vielleicht, nur vielleicht, konnte sie die Fabrik verlassen und sich wieder erholen. Vielleicht hatte das Gift sie nicht komplett zerstört. Vielleicht konnte sie noch immer überleben.

Danny sah schwach und blass aus. Seine Hüften bluteten immer noch vom Angriff der Bestie, doch seine Wunden sahen nicht gravierend aus. Vielleicht würde auch er wieder in Ordnung kommen.

Sie wandte sich wieder zu Morgan um. Der sich langsam auflösende Mann sah sie mit Augen an, die verständnisvoll und gleichzeitig gefühllos aussahen.

»Wir könnten Hilfe holen!«, bot sie ihm an.

Er versuchte zu lachen, doch der Versuch ließ ihn nur erneut keuchen und husten. Sein ganzer Körper zitterte dabei.

Danny schlang einen Arm um sie. »Lass uns erst einmal darüber nachdenken, hier rauszukommen. Bis dahin können wir ihnen sowieso nicht helfen.«

Sie nickte und hielt Morgans Blick die ganze Zeit stand. »In Ordnung.«

Mel ließ zu, dass Danny sie von der Liege wegführte. Er brachte sie an die Tür und ließ sie dort stehen. Er nahm einen brennenden Stock aus dem Feuer. Sie fragte sich, ob er lange genug brennen würde, bis sie den Weg zurück zur Wüste fanden.

Als Danny zu ihr zurückkam, schleppte sich eins der Kinder in ihre Richtung. Seine Rippen sahen aus wie ein Waschbrett auf seiner blassen, verdreckten Haut. Es deutete auf seinen Mund und stöhnte vor Schmerzen. Mel wurde klar, dass es um Essen bettelte.

Wieder traten ihr Tränen in die Augen, vor Traurigkeit, Wut und Frustration. Was konnte sie dem erbärmlichen Wesen, das menschlich sein sollte, darauf erwidern? Wir haben einen von euch direkt vor der Tür geröstet? Oben liegen eure toten Brüder und Schwestern; die könnt ihr essen? Nein, sie sagte lieber nichts.

»Lass uns gehen!«, bat sie Danny. Er nickte und ging an ihr vorbei zur Tür hinaus.

Mel folgte ihm, doch dann hielt sie noch einmal inne und sah zurück zu den Wesen, von denen sie gedacht hatte, es seien Monster. Sie beobachteten sie mit Augen, in denen sich Hunger, Verwirrung, Furcht und Traurigkeit zeigten. Ohne die Großen, die wahren Killer, wie lange würden sie wohl überleben? Wie lange konnten sie ohne Essen auskommen, bevor sie verkümmerten und starben?

Sie vermutete, es würde nicht besonders lange sein. Vielleicht ein paar Wochen, vielleicht einen Monat, aber nicht länger.

»Es tut mir leid.« Sie schloss die Tür und überließ sie ihrem Schicksal.

Danny führte Mel durch die Schattenwelt der Fabrik. Alle paar Sekunden drehte er sich zu ihr um, um sich zu vergewissern, dass sie ihm noch folgte. Seine Hüften taten höllisch weh und sein Zahnfleisch blutete immer stärker. Sein Magen beschwerte sich lautstark und rebellierte. Zweimal musste er anhalten, um sich zu übergeben. Beim zweiten Mal konnte sich Mel auch nicht mehr halten. Am Ende mussten sie beide über sich lachen, bis sie weinten.

Nach kurzem Nachdenken fand er einen der Vorratsräume. Von dort aus ging es in den Gang, der zur Haupthalle der Fabrik führte. Danny sah zurück zu dem Raum, in dem die Leiche seines besten Freundes lag, aber er entschied sich, nicht dorthin zurückzukehren, um Abschied zu nehmen. Wenn er das tat, würde er Nelsons Körper mitnehmen und ihn vielleicht ordentlich begraben wollen. Aber es war schon schwer genug, dafür zu sorgen, dass sie ihre eigenen Beine noch heraustrugen. Nelson wäre ihnen nur ein zusätzlicher Klotz am Bein.

»Auf Wiedersehen, Kumpel!«, flüsterte er.

»Was?«, fragte Mel. Sie verlor immer mehr Haar. Auf ihrer Kopfhaut waren bereits kahle Stellen, die aussahen wie schorfige Wunden. Falls sie es bemerkte, ließ sie es sich nicht anmerken.

»Nichts. Lass uns gehen.«

Er warf seine neue Fackel beiseite, als sie die Fabrikhalle erreichten. Die Sterne im nächtlichen Wüstenhimmel, die durch die Fenster schienen, sorgten für genug Licht, um zumindest das Gröbste erkennen zu können. Er manövrierte sie durch die Gänge mit den Maschinen, hielt nicht inne, um die Kreatur anzusehen, die er mit dem Schraubendreher zur Strecke gebracht hatte. Er wollte einfach nur raus hier, raus. Wenn er gekonnt hätte, wäre er gerannt.

Der Land Cruiser war ein rauchendes Skelett. Der Beton

um den Wagen herum war schwarz versengt. Falls jemand im Wagen gewesen war, als er explodierte, hatte er sich in Luft aufgelöst.

Danny schenkte Mel ein schwaches Lächeln. »Tja, mit dem Auto kommen wir wohl nicht mehr weg.«

Sie schüttelte den Kopf. »Sicher? Vielleicht können wir es wieder in Gang bringen?«

Er kicherte und nahm ihre Hand, als sie am Wrack des Toyotas vorbeigingen. Weitere 20 Schritte brachten sie durch die Red-Sky-Doppeltür und hinaus in die Wüstennacht.

Ein Licht blitzte auf, blendete sie.

Danny hob schützend eine Hand vor sein Gesicht. Mel schrie erschrocken auf. Dannys Magen krampfte sich zusammen, als ihn die Angst überfiel.

Das war's, dachte er. *Game over.*

»Keine Bewegung!«, kreischte eine Stimme durch ein Megafon. »Hände über den Kopf und nicht bewegen!«

Er ließ Mels Hand los und gehorchte. Am Rande des Lichtstrahls sah er eine Bewegung, Soldaten, die sich duckten und Schusswaffen auf sie richteten. Herrgott, es waren Dutzende!

»Nein!«, schrie Mel neben ihm. »*Nein!* Das können Sie nicht *tun!*« Sie hatte ihre Hände zu Fäusten geballt, hielt sie nahe am Körper und beugte sich trotzig nach vorne, dem Licht entgegen. Sie kreischte vor Wut.

Doch sie können, gar kein Problem. Danny war sich nie zuvor einer Sache so sicher gewesen. Nie in seinem ganzen Leben.

»Hände hoch, Lady!«

»Fick dich!«

Danny wollte ihr helfen, wollte ihr Mut zusprechen. Stattdessen fiel er im Sand, der den zerstörten Parkplatz bedeckte, auf die Knie. Sein Gesicht wurde ausdruckslos.

Sein ganzer Körper war wie betäubt. *So fühlt es sich also an. So ist es, wenn man aufgibt.* Seine Hände sanken auf die Knie.

Neben ihm ließ sich auch Mel auf die Knie sinken. Sie schrie immer noch, ihr Gesicht vor Angst verzerrt. Sie krümmte sich und schrie in den Sand, auf die Soldaten.

Danny sah an sich hinunter. An seiner Hüfte hingen immer noch die zwei hölzernen Spieße. Erbärmliche Waffen, keine Frage, doch sie würden ausreichen. Nein, er würde jetzt nicht aufgeben. Er war Danny Black, gottverdammt, und er hatte immer noch den einen oder anderen Trumpf im Ärmel. Scheiß auf die mit Knarren fuchtelnden Wichser.

Eine Gestalt löste sich aus der Gruppe der Soldaten und ging entschlossen auf sie zu. Ihre Schultern hielt sie steif und aufrecht. Nach etwa zehn Schritten war sie nah genug, sodass Danny sie genauer betrachten konnte. Hinter einer Hutkrempe sah er stechende Augen. Auf der Krempe befanden sich vier Sterne.

»Ein General?«, fragte er.

»Sprich nicht, wenn man dich nicht dazu auffordert!«, blaffte der Mann. Seine Stimme klang rau und irgendwie dumpf.

»Ficken Sie sich ins Knie, Sir.«

Der Stiefel des Mannes kam aus dem Nichts und traf Danny am Brustbein. Er fiel nach hinten, während die Schmerzen in seiner Brust explodierten.

»Mir reicht's jetzt mit euch!«, brüllte der General. »Haben du und deine Scheißkumpels auch nur die geringste Ahnung, wie viel Arbeit ihr heute zunichte gemacht habt? Hm?«

Danny stöhnte. Er sah Mel an. Sie hatte die Augen gesenkt und ließ ihren Tränen freien Lauf. Er sah, wie sich ihre Kiefermuskeln anspannten und er wusste, dass sie genauso wütend war wie er.

»Keine Ahnung!«, antwortete er. »War es denn mehr als eine Woche?«

Dieses Mal verpasste ihm der General eine schallende Ohrfeige. Danny spuckte Blut auf den Schuh des Mannes.

»Ihr habt keine Ahnung, was euch zwei erwartet. Ihr werdet noch darum betteln, dass ich euch umbringe, bevor ich mit euch fertig bin.«

Danny kicherte. Das hätte genauso gut aus Ribisis Mund kommen können. Oder von Gina. Arschlöcher, alle drei.

»Steh auf!«

Danny ignorierte den Befehl. Er hatte schon lange aufgehört, sich Autoritäten zu beugen, also warum sollte er jetzt wieder damit anfangen? Stattdessen streckte er eine Hand aus und berührte Mel am Arm.

»Mel.«

»Wag es nicht, mit ihr zu reden, verdammt noch mal. Du sprichst mit mir und sonst mit niemandem, verstanden?«

Sie sah ihn mit verweinten, rot umrandeten Augen an. Ihr Mund war geöffnet, ihre Lippen vor Wut und Verzweiflung verzerrt.

»Es tut mir leid!«, sagte Danny. »Alles.« Mit seiner anderen Hand griff er nach einem der Spieße.

Mel lächelte, fast schon berauscht. Er sah das Blut auf ihrem Zahnfleisch, doch es tat ihrer Schönheit keinen Abbruch. Er verstand, warum Nelson sich in sie verguckt hatte.

»Schon okay!«, beruhigte sie ihn. »War schön, dich kennenzulernen, Danny.«

»Ebenso.«

Ihr Blick wanderte zu seiner Hand, dann wieder zu ihm.

»Mach es schnell.«

Er nickte.

Mit einer einzigen Bewegung packte er Mel im Nacken,

zog sie nach hinten und streckte ihren Körper durch. Er hob den Arm, den Spieß fest in der Hand und fixierte mit den Augen ihr Brustbein. Er hörte Soldaten schreien, den General brüllen, doch es war zu spät. Er stieß Mel den Pflock direkt ins Herz, zertrümmerte ihr Brustbein. Ihr Körper bäumte sich einmal kurz auf und Blut strömte aus der Wunde in ihrer Brust. Dann wurde sie still und fiel in den Sand.

»Hände hoch!«

Er spürte, dass der General nach ihm greifen wollte, und rammte ihm als Antwort die Faust in die Leistengegend. Der Offizier krümmte sich und stöhnte vor Schmerzen. Im nächsten Moment riss Danny den Spieß aus Mels Herz und rammte ihn dem General in die Brust. Warmes Blut ergoss sich über seine Hände. Der Mann stieß einen Schrei aus, bevor er auf den Boden sackte.

»Lassen Sie die Waffe fallen!«, befahl jemand von hinter dem Lichtschein.

Danny sah noch einmal auf Mels Körper und drehte sich dann zu dem viel zu hellen Licht um. Wie sie im Lagerraum bereits beschlossen hatten, war es egal, ob sie lebten oder starben. Hauptsache, es geschah zu ihren Bedingungen.

»Ich denke nicht daran!«

Er lächelte, als er den anderen Spieß ergriff und sich vom Boden abstieß. Er schwang seine Waffe und rannte los. Er hörte einen gebrüllten Befehl, gefolgt von den ersten beiden Schüssen.

Dann hörte Danny Black nichts mehr.

EPILOG

Schreckliche Schmerzen in seiner Brust – verdammt, in seinem ganzen Körper – weckten ihn auf. Es war dunkel und zunächst war er sich sicher, dass er im Koma lag. Dann blinzelte er und seine Augen gewöhnten sich an die Dunkelheit. Nein, kein Koma. Irgendwie hatte er überlebt.

Danny berührte mit der Hand seinen Körper und zuckte vor Schmerzen zusammen. Vorsichtig tastete er seine Brust und seinen Bauch ab, doch er fand keine Schusswunden. Sie mussten Gummigeschosse verwendet haben. Nicht-letale Wirkmittel nannten sie das manchmal. Nicht tödlich, doch es tat trotzdem noch höllisch weh.

Er versuchte den Kopf zu heben, aber ohne Erfolg. Wenn man ein halbes Dutzend Mal fast getötet wurde, war das vielleicht normal. Doch er musste wissen, wohin sie ihn gebracht hatten und was sie mit ihm vorhatten.

»Fruh.«

Er hätte fast geschrien, als er die kratzige Stimme hörte. Als trockene Finger sein Kinn und dann seine Lippen berührten, begann er zu weinen. Das konnten sie ihm nicht angetan haben. Nein.

»Fruh.« Etwas Nasses, Weiches wurde gegen seine Lippen gepresst. Es schmeckte wie geräuchertes Fleisch und er begann, darauf herumzukauen. Trotz seiner Schmerzen verlangte sein Magen nach Nahrung. Seine Zähne taten weh. Einer fiel ihm aus, doch er kaute trotzdem weiter. Er kaute so lange, bis er den Bissen schlucken konnte und er hasste sich dafür, dass er darüber nachdachte, wessen Fleisch er verschlang.

»Ausruhen!«, sagte der Älteste von irgendwo in der Dunkelheit.

Er nickte schwach. Ja. Ausruhen klang gut.

»Wenn besser, du jagen.«

Gut, dachte er, bevor der Schlaf ihn wieder überwältigte. *Ich werde jagen. Und mit etwas Glück wird Ribisi mich finden, bevor ich mich verwandle.*

www.natesouthard.com

NATE SOUTHARD lebt in Austin, Texas. Seine Kurzgeschichten erregten schnell Aufmerksamkeit und seit der Veröffentlichung seines ersten Romans *Red Sky* (2011) wird er von Thriller- und Horrorfans geradezu verehrt. Nate ist bekannt dafür, unablässig an seinen Texten zu feilen, bis auch der letzte Satz perfekt ist. Viele Leser vergleichen seinen harten, schnörkellosen Stil mit den Filmen von Quentin Tarantino.

Brian Keene: *Ich bin ein großer Fan von Nate Southard.*

Christopher Golden: *Nate Southard schreibt mit der Wucht und dem Stolz eines Boxers, und er benutzt keine Handschuhe.*

David Wellington: *Dieses Buch hält Dich fest wie einen Gefangenen ...*